Tödliches Begehren

★ Mortal Desire ★

dead soft verlag – editio cupido

Die Deutsche Nationalbibliothek verzeichnet diese Publikation in der Deutschen Nationalbibliografie.

Inka Loreen Minden

Tödliches Begehren – Mortal Desire

erotischer Soft-SM-Roman

www.deadsoft.de
editio cupido
Hrsg: Monika Hanke

www.inka-loreen-minden.de

Umschlaggestaltung: Monika Hanke
Coverfotos: © Paul Parzych – fotolia.com / Männerrücken
© brongkie – fotolia.com / Handschellen

Druckerei: Books on Demand GmbH, Norderstedt
Printed in Germany

ISBN: 978-3-934442-64-1

Anmerkung: Dies ist eine m/m Liebesgeschichte, die explizite Erotikszenen enthält. Einige der im Buch beschriebenen Praktiken können gefährlich sein und sollten ohne Erfahrung nicht nachgemacht werden!

Erfundene Personen können darauf verzichten, aber im realen Leben gilt: Safer Sex!

»So …«, sagte Gabriel leise. »Was mache ich jetzt mit dir?«
Ethans Herz raste und ihm wurde beinahe schwarz vor Augen. Vergeblich zerrte er an den Handschellen, mit denen seine Hände über dem Kopf an der Eisenstange gefesselt waren, aber das führte nur dazu, dass sich das Metall schmerzhaft in seine Haut drückte. »Bitte lass mich gehen!«

Der schwarzhaarige Mann, der sich über ihn beugte, sah trotz seiner Attraktivität zum Fürchten aus: Gabriel Nortons Gesicht glich einer kalten Maske; die Brauen hatte er tief nach unten gezogen und der Blick aus seinen eisblauen Augen schien Ethan zu töten. Schwer schluckend sah er auf den muskulösen, athletischen Körper … Gabriel war ihm haushoch überlegen!

»Ich kann dich nicht mehr gehen lassen. Du weißt zu viel«, knurrte Gabriel so nah an Ethans Gesicht, dass der den maskulinen Duft inhalieren konnte, den dieser gefährliche Mann verströmte. Finger glitten an Ethans Hals hinab, streichelten über seine Brust und legten sich schließlich auf den Schritt seiner Hose. »Nachts wirst du meine Lüste stillen.« Gabriel drückte leicht zu, und Ethan spürte, wie er sofort darauf reagierte. Sämtliches Blut schoss in seine Lenden, und das Kribbeln in der Wirbelsäule sagte Ethan, dass ihm gefiel, was gerade mit ihm passierte.

Leise lachend sagte sein Peiniger: »Ich wollte schon immer einen Toy-Boy haben. Du wirst mir dienen, Ethan. Mit Leib und Seele. Denn du gehörst jetzt mir!«

Ethan schloss stöhnend die Augen, während Gabriel ihn durch den Stoff der Jeans streichelte. Die bestimmenden Worte erregten ihn. Immer mehr Blut pumpte in seinen Unterleib; er konnte nichts gegen die aufkeimende Lust unternehmen. Er war Gabriel bereits willenlos verfallen, denn Ethan begehrte diesen anziehenden Mann, wie er noch nie zuvor einen Mann begehrt hatte. Gabriels körpereigene Hitze und sein männlicher Geruch ließen Ethan nicht mehr klar denken.

Gabriels Finger glitten in den Bund seiner Hose und schlossen sich fest um seinen steinharten Schaft. »Du wirst mein Toy-Boy sein. Hast du verstanden?!«

»Ja«, hauchte Ethan. Er konnte kaum sprechen, denn Gabriel massierte ihn mit seiner großen Hand. Zuckend wand sich Ethan unter ihm. Er war Gabriel ganz und gar ausgeliefert. »Ich … gehöre … dir …«

Ein paar Stunden zuvor:

Ethan Hunter saß, wie an beinahe jedem Abend in den letzten Wochen, am Einarmigen Banditen. Der junge Mann besuchte das Starlight-Kasino aber nicht, um seiner Spielsucht zu frönen. Im Gegenteil: Eigentlich schenkte Ethan den sich drehenden Walzen mit den bunten Symbolen kaum Beachtung, sondern observierte den großen Mann, dessen Bild sich in der Scheibe des Automaten spiegelte.

Als freischaffender Reporter war Ethan immer auf der Suche nach der Story seines Lebens, und er hoffte sie hier, im Starlight, zu finden. Ethan fragte sich, was Gabriel Norton wohl alles zu verbergen hatte, wobei er eine weitere Münze in die Slot Machine warf und den Hebel betätigte, ohne Mr Norton aus den Augen zu lassen. Der große, schwarzhaarige Mann, der einen sehr teuren Anzug trug, war der Sicherheitschef dieses Hauses. Das hatte Ethan schon herausgefunden, obwohl es verdammt schwer war, an genauere Informationen zu kommen, was Gabriel Norton betraf. Aber es konnte sich auszahlen, an dem Mann dranzubleiben. In gewissen Kreisen ging das Gerücht um, dieses Kasino diene nur dazu, Geld zu waschen. Geld, das aus Korruptionen und illegalen Geschäften – womöglich Waffenschmuggel, Drogenhandel und Prostitution – stammte.

Für Ethan musste ja nicht gerade der Pulitzerpreis rausspringen, doch er erhoffte sich, endlich eine Festanstellung bei einer der größeren Zeitungen von New York zu bekommen. Es war beinahe ein Ding der Unmöglichkeit, sich in der größten Stadt Amerikas als Reporter durchzuschlagen. Da musste Ethan der Presse schon einen Knüller liefern, um beachtet zu werden. *Wie zum Beispiel ein Verbrechersyndikat ausheben,* dachte er sarkastisch. Aber da brauchte er sich nichts vormachen. Das war eine gewaltige Nummer zu groß für ihn. Er würde nie in der oberen Liga spielen.

Dennoch wollte Ethan jetzt unbedingt an der Sache dranbleiben. Er hatte auch schon eine Menge Zeit und Nachforschungen in diesen Fall investiert, um jetzt einfach aufzugeben. Sogar ein kleines Zimmer in einer windigen Spelunke hatte er sich genommen, damit er immer in Nortons Nähe bleiben konnte. Beinahe kam sich Ethan wie ein Groupie vor.

Im Moment hielt er sich mit Gelegenheitsjobs über Wasser. Er musste dringend zu mehr Geld kommen, aber nicht für sich allein. Nein, er wollte seine Schwester Elena aus New York herausholen, ihr vielleicht ein kleines Häuschen an der Küste kaufen, wo Ethan sie an den Wochenenden besuchen konnte. Elena litt an Asthma, weshalb der Smog, der die Stadt im Hochsommer wie eine Glocke abdeckte, tödlich für sie werden konnte.

Plötzlich versteifte sich Ethans Haltung auf dem Hocker. Er glaubte, ein Kribbeln im Nacken zu spüren. Dasselbe Kribbeln, das er schon seit vielen Tagen fühlte, wenn er vor dem Einarmigen Banditen oder einem anderen Automaten saß. War Gabriel Norton auf ihn aufmerksam geworden, weil Ethan meist nur so tat, als würde er Geld in die Maschinen stecken? Was würde geschehen, wenn ihn die Wachmänner aus dem Kasino »entfernten«?

Schnell warf er eine Münze in den Schlitz und betätigte den Hebel. Es war sein letzter Credit. Ethan war pleite. Aber auch diesmal beachtete er die vorbeirasenden Bilder auf den rotierenden Rollen kaum, denn er sah in der Reflexion der Scheibe, dass Gabriel mit raumgreifenden Schritten in seine Richtung marschierte!

Ethans Hände zuckten. Wenn der Mann tatsächlich einem Verbrecherring angehörte, war er verdammt gefährlich! Mit zitternden Fingern fuhr sich Ethan durch sein hellbraunes Haar und versuchte so zu tun, als würde er sich auf das Spiel konzentrieren. Dann legte er die feuchten Hände wieder auf seinen Oberschenkeln ab.

Ob man ihm anmerkte, dass er normalerweise nicht in dieses Kasino passte? Den teuren Anzug hatte er in einem Auktionshaus erstanden und seine schwarzen Schuhe spendierte ihm Elena letztes Jahr zu Weihnachten. Eigentlich sah er ganz passabel aus ...

Je näher Gabriel kam, desto heftiger schlug Ethans Herz. Aber der Sicherheitschef ging knapp an Ethan vorbei zwischen zwei Automaten hindurch, um sich mit einem Mann zu unterhalten, der ein Stück abseits stand und das Treiben im Starlight mit Argusaugen beobachtete. Es war ein Mitarbeiter der Security, wusste Ethan, denn auch der noble Anzug des Typen konnte nicht verbergen, dass sich darunter eine Kraftmaschine befand und mit großer Wahrscheinlichkeit auch eine geladene Waffe.

Stockend holte Ethan Luft, denn jetzt hatte er direkten Blickkontakt zu Gabriel Norton, der keine fünf Meter von ihm entfernt stand. Leider konnte er nicht verstehen, was Norton mit dem Wachmann besprach, dafür waren die Slotmaschinen zu laut.

Ob Gabriel dem Typen jetzt sagte, dass er hier nichts zu suchen hatte?

Ethans Puls beschleunigte sich zunehmend, denn Gabriel Norton sah ständig zu ihm her. Aber der Blick, mit dem er Ethan bedachte, gab ihm wieder Hoffnung. Er hatte gehört, Gabriel wäre Männern nicht abgeneigt. Ein Callboy, den Gabriel einmal zu sich bestellte, hatte Ethan das geflüstert. Ethan unterhielt natürlich nur aus beruflichen Gründen Kontakt zur Szene, denn wenn er einen Liebhaber wollte, bekam er einen, ohne dafür zu bezahlen. Er war bei den Männern schon immer ein begehrtes Lustobjekt gewesen und er hatte nichts dagegen, dass sie auf ihn abfuhren. Sex war für ihn wie ein Lebenselixier. Ethan war jung und hatte einen ansehnlichen Körper ... Also warum sollte er nicht Spaß haben?

Je älter er wurde, desto mehr vermisste er allerdings eine feste Partnerschaft. Ethan wollte am Morgen neben jemandem aufwachen und sich am Abend zum Fernsehschauen an einen warmen Männerkörper kuscheln. Aber aus seinen gelegentlichen Treffs hatte sich selten mehr entwickelt. Zudem war auch nie der richtige Partner dabei gewesen, an dem er nicht schon nach kurzer Zeit das Interesse verloren hatte. Die Wenigsten konnten ihm das geben, wonach er sich sehnte: Liebe, Geborgenheit und ab und zu einen guten Fick. Mehr verlangte er doch nicht. Und dieser Norton wäre genau sein Typ ... Verdammt, warum waren die gut aussehenden Kerle entweder Heten oder hatten Dreck am Stecken?

Ethan hatte Gabriels Blicke schon oft auf sich gespürt. Mittlerweile erkannte er die Signale eines Mannes, der auf der Suche nach Sex war. Hoffentlich irrte er sich auch bei Gabriel diesbezüglich nicht. Das konnte die Gelegenheit sein, um an Gabriel ranzukommen und mehr über ihn zu erfahren. Der große Mann starrte immer noch mit seinen eisblauen Augen zu ihm her und verabschiedete sich dann mit einem Kopfnicken von dem Wachmann.

Hilfe, Norton kam direkt auf ihn zu! Ethan vergaß zu atmen; sein Herz setzte einen Takt aus, nur um danach doppelt so schnell zu schlagen. Gabriel fixierte ihn mit einem kalten Blick und streifte mit dem Arm leicht Ethans Schulter. Er konnte Nortons Aftershave riechen und Ethan nahm einen tiefen Zug des markanten Duftes, worauf ihm leicht schwindlig wurde.

»Wenn Sie mir bitte folgen würden, Mr Hunter«, sagte Gabriel

Norton mit dunkler Stimme, während er an ihm vorbeiging.

Ethans schluckte. Woher kannte der Mann seinen Namen?

Zuerst wollten sich seine Beine vor Aufregung nicht in Bewegung setzen, aber dann taten sie es doch und Ethan verließ seinen Platz am Einarmigen Banditen. Er folgte der unsichtbaren, angenehmen Duftspur, die Gabriels Parfum hinterließ, während er hinter dem groß gewachsenen Mann herging.

Als wäre er der Besitzer des Kasinos, schritt Gabriel wie ein Herrscher zwischen den Spieltischen hindurch. Obwohl Gabriel Norton einen Anzug trug, konnte er seinen durchtrainierten Körper nicht kaschieren. Ethan vermochte nicht den Blick von den breiten Schultern und dem sanft gebräunten Nacken abzuwenden, in dem sich Gabriels schwarzes Haar leicht wellte.

Nachdem Gabriel einen Zahlencode in das Bedienteil einer Tür eingegeben hatte, verschwand er in einen Flur, der mit Sicherheit zu Überwachungsräumen oder privaten Bereichen des Kasinos führte. Ethan hatte schon seit Tagen überlegt, wie er dort hineingelangen konnte, was natürlich utopisch war, aber diesmal hielt ihn keiner auf. Er hatte gesehen, wie Gabriel dem Türsteher, der noch zusätzlich für Sicherheit sorgte, etwas gesagt und anschließend in Ethans Richtung gedeutet hatte.

Ethans Knie zitterten, als er an dem Zwei-Meter-Mann vorbeiging und durch die Tür schritt, die sich sofort hinter ihm schloss. Was wollte Gabriel Norton von ihm? Hatte er vielleicht herausgefunden, dass Ethan ihm hinterherspionierte und würde ihn nun aus dem Weg räumen? Oder vielleicht wollte Gabriel einfach nur eine heißes Abenteuer mit ihm erleben?

Ja, das muss es sein, hoffte Ethan. Immerhin brannten Gabriels Blicke noch auf seinem Körper und Ethan konnte die sexuelle Spannung zwischen ihnen förmlich fühlen.

Gabriel ging ein paar Meter vor ihm durch einen kahlen, hell beleuchteten Gang, von dem links und rechts Türen abzweigten. Sie begegneten keiner Menschenseele, was Ethan noch nervöser machte. Kein einziges Mal blickte sich Gabriel nach ihm um, und Ethans Hoffnungen schwanden bereits, aber als sie um eine Ecke bogen, wäre Ethan fast in ihn hineingerannt, da Gabriel einfach stehen geblieben war.

»Was wollen Sie eigentlich von mir?«, stammelte Ethan und schaute zu Gabriel auf, weil der fast einen Kopf größer war als er selbst.

»Ich?«, erwiderte Gabriel ruhig und mit einer so samtigen Stimme, dass Ethan ein Prickeln über den Rücken kroch. »Die Frage sollte lauten: Was wollen *Sie* von *mir*, Ethan?«

Himmel, der Mann kannte sogar seinen Vornamen!

Gabriel machte einen Schritt auf Ethan zu, der instinktiv zurückwich, bis er mit dem Rücken gegen die kühle Wand stieß. Gabriel Norton galt als extrem gefährlich – wenn Ethan den Gerüchten Glauben schenken sollte –, und Ethan war jetzt mit diesem Mann ganz allein!

Gabriel kam so nah, bis Ethan wieder sein betörendes Aftershave roch und die Hitze seines Körpers spürte. Gabriel stützte seine Hände neben Ethans Kopf an der Wand ab, sodass er nun gefangen war, und blickte ihn eindringlich an.

»Jetzt werden wir uns mal unterhalten, Mr Hunter«, sagte Gabriel gefährlich leise. Er hatte sich ein wenig nach vorne gebeugt, damit sie sich direkt in die Augen sehen konnten. Daraufhin befanden sich Gabriels sinnliche Lippen keine zehn Zentimeter vor Ethans Mund. Ethan fühlte Gabriels Atem, der nach Pfefferminzkaugummi roch, auf seinem Gesicht. Gabriel besaß ein winziges Grübchen am Kinn, fiel Ethan jetzt erst auf, und hohe Wangenknochen. Er strahlte dadurch etwas Aristokratisches aus. Seine Nase war einen Tick zu lang – passte aber dennoch wunderbar in das Gesamtbild.

Das Blut rauschte Ethan in den Ohren. *Scheiße, doch kein Fick!* Gabriel Norton musste irgendwie herausgefunden haben, dass Ethan ihm hinterherschnüffelte. Hoffentlich wusste sein Gegenüber nicht, dass er hinter der Story seines Lebens her war. Aber da Ethan noch nie auf den Mund gefallen war, erwiderte er blitzschnell: »Ich habe doch bemerkt, wie Sie mich in den letzten Tagen angestarrt haben. Und alles, was ich von Ihnen will, ist Ihr Körper, Gabriel.«

Zwischen Gabriels dunklen Brauen bildeten sich zwei tiefe Furchen. Hatte er seine Ausrede geschluckt?

Gabriel wollte anscheinend gerade etwas erwidern, als Schritte durch den Gang hallten. Sofort packte er Ethan am Arm und zerrte ihn durch die nächste Tür, die er hinter ihnen abschloss.

Ist das ein Verhörraum?, fragte sich Ethan, weil außer einem kahlen Schreibtisch und zwei Stühlen nicht viel in dem fensterlosen Zimmer stand. Bevor er sich jedoch weiter darüber den Kopf zerbrechen konnte, hatte ihn Gabriel schon in einen der unbequemen Plastiksitze geschubst. Gabriel selbst setzte sich mit verschränkten Armen vor ihm auf die Tischkante, sodass er direkt auf Ethan herabsehen konnte.

»Ich weiß alles über Sie, Mr Hunter. Daher rate ich Ihnen, sich nie wieder in meinem Kasino blicken zu lassen.«

Ethan wurde es abwechselnd heiß und kalt. *Scheiße!*, fluchte er in Gedanken. *Er weiß* alles *über mich? Womit habe ich mich verraten?* Aber dann dämmerte es ihm: Der Typ tat doch nur so, um ihm Angst einzujagen! Norton wusste wahrscheinlich absolut nichts über ihn bis auf seinen Namen und der war leicht zu bekommen. Schließlich musste sich jeder, der in dieses Kasino wollte, ausweisen.

Aus seiner Not heraus versuchte es Ethan noch einmal mit derselben Masche. Er legte eine Hand auf Gabriels Oberschenkel, der sich durch die teure Anzughose heiß und fest anfühlte, und beugte sich ein wenig nach vorne, sodass er Gabriels Schritt direkt vor Augen hatte. Tief inhalierte er die warme Note seines männlichen Geruchs. Gabriel duftete einmalig. Es kribbelte in Ethans Hoden, worauf sie sich zu harten Bällen zusammenzogen. »Ich weiß, was du brauchst, Gabriel. Nur deswegen bin ich hier, denn ich will es ebenso sehr wie du.«

»Hör auf mit dem Scheiß!« Gabriel sprang auf und zog in derselben Bewegung Ethan am Kragen seines Jacketts mit nach oben. Ziemlich unsanft wurde er gegen die nächste Mauer geschubst, an der er wie versteinert stehen blieb.

Gabriels eisblaue Augen blitzten gefährlich, als er Ethan mit seinem ganzen Gewicht an die Wand nagelte. »Du schnüffelst mir hinterher, und das gefällt mir nicht!«

Jetzt wurde Ethan klar, warum Gabriel ihn an diesen Ort gebracht hatte. Hier gab es nicht in jeder Ecke Überwachungskameras so wie im Kasino. Hier konnte Gabriel mit ihm machen, was er wollte, und keiner würde etwas mitbekommen. Ethan steckte ganz schön in der Klemme! Zu seinem Entsetzen legte Gabriel auch noch die Hände um seinen Hals und drückte leicht zu, aber nicht so fest, dass ihm die Luft wegblieb. Das sollte wohl eher eine Warnung sein.

Gabriel hatte ihn aber vorhin wirklich angesehen, als ob er ihn ficken wollte, das konnte sich Ethan ja nicht eingebildet haben?!

Verzweifelt begann er, seinen Körper an Gabriel zu reiben. »Ich weiß nicht, was du da redest. Ich begehre dich, Gabriel. Du bist ein schöner Mann. Ich bin nur an *dir* interessiert, nicht an dem, was du tust.« Verdammt! Für den letzten Satz hätte sich Ethan die Zunge abbeißen können, aber Gabriels Nähe verwirrte ihn. Gabriels Duft und die unglaubliche Hitze, die sein Körper verströmte, erregten Ethan auf nie gekannte Weise. Er spürte, wie er immer härter wurde, obwohl auch Angst in seine Eingeweide kroch. Doch leider war es ebendiese Mischung, die ihn nur noch mehr anmachte.

»Was tue ich denn?«, fragte Gabriel leise, ohne zurückzuweichen. Seine Augen blickten plötzlich nicht mehr ganz so kühl, zumindest bildete sich Ethan das ein. Gabriels Stimme war ebenfalls weicher geworden und der Griff um seinen Hals lockerer. Der große Mann unternahm auch keinen Versuch, Ethans Annäherungsversuche abzublocken.

»Mich begehren«, erwiderte Ethan atemlos und legte seine Hände an Gabriels Hüften.

Gabriels Antwort klang eher halbherzig: »Ich stehe nicht auf Männer, bilde dir bloß nichts ein. Ich beobachte dich schon seit Tagen. Halte dich von mir fern, Junge!«

Junge? Er war sechsundzwanzig! Nur weil Gabriel ein paar Jahre älter war, hatte er noch keinen Grund, ihn wie ein Kind zu behandeln! Aber wenn er hier den Daddy rauskehren wollte, dann konnte er das haben. Ethan war für viele Spielarten offen.

»Das ist aber schade, Gabriel«, säuselte er mit zuckersüßer Stimme und leckte sich über die Lippen. »Wir beide könnten eine Menge Spaß haben.« Es machte Ethan unwahrscheinlich an, diesen sexy Kerl zu provozieren. Er ließ eine Hand zwischen ihre Körper wandern, um an Gabriels Schritt zu reiben. Und was er dort spürte, war nicht zu verachten! Als er leicht zudrückte, um die beginnende Erektion zu verwöhnen, keuchte Gabriel auf.

»Verdammte Schwuchtel, nimm deine Pfoten da weg!«, knurrte Gabriel, aber Ethan dachte gar nicht daran, denn er bemerkte, wie sein Gegenüber darauf reagierte. Ethan wurde sogar noch wagemutiger und zog Gabriels Hemd aus der teuren Hose, um mit der anderen Hand darunterzufahren. Gott, hatte dieser Mann einen geilen Body! Ethan ertastete einen flachen Bauch, unter dessen samtweicher Haut ein gestählter Körper lag. Ethan konnte jeden einzelnen Muskel fühlen.

Gabriel lehnte sich schwer gegen ihn, sein hektischer Atem streifte Ethans Ohr. »Hör auf«, zischte er, »oder ich kann für nichts mehr garantieren.«

Ethans Lippen kräuselten sich. »Was willst du tun? Mich zusammenschlagen oder doch lieber ficken?«

Aber Gabriel gab ihm keine Antwort. Stattdessen schloss er die Augen, sichtlich um Beherrschung ringend.

Jetzt schien Ethan der beste Zeitpunkt, um Gabriel den Peilsender in sein Jackett zu schmuggeln. Auf diese Gelegenheit wartete er schon seit Tagen! Während er die Hand von Gabriels Erektion nahm, die er bis jetzt durch die Hose massiert hatte, fuhr er damit in seine eigene Sakko-Tasche, um ein Handy herauszuziehen. Aber es war kein gewöhnliches Mobiltelefon, sondern ein gut getarnter Peilsender. Leider gab es zurzeit kein kleineres Gerät auf dem Markt, denn die GPS-Sender verbrauchten viel Energie und kamen nicht ohne Batterien aus. Aber Ethan musste unbedingt herausfinden, wo sich Gabriel herumtrieb, wenn er sich nicht im Kasino aufhielt. Vielleicht bekam Ethan auf diesem Weg heraus, ob Gabriel in illegale Machenschaften verwickelt war und wenn ja, in welche.

Damit Gabriel nicht stutzig werden konnte, weil Ethan seine Hand nicht mehr an dessen Geschlecht hatte, begann er, seinen Unterleib an ihm zu reiben.

Als Gabriels Hände an Ethans Hals hinabwanderten, schien der Sicherheitschef abgelenkt, also fuhr Ethan abermals unter das Jackett, aber bevor er wieder Gabriels Bauch streichelte, wollte er das präparierte Handy in einer Innentasche verschwinden lassen.

Plötzlich glitt Gabriels Zungenspitze über sein Ohrläppchen. Ethan zog es bei der elektrisierenden Berührung und den keuchenden Geräuschen fast die Beine weg. Wahnsinn, war der Kerl heiß! Ethans dünner Hautlappen wurde eingesaugt und abgeleckt, während Gabriel seinen Unterleib gegen ihn presste. Stahlhart drückte das Geschlecht des Mannes gegen sein eigenes, das nicht weniger erregt war.

Ethan hatte sich also nicht getäuscht: Gabriel war schwul!

Abrupt versteifte sich Gabriels Körper und er hörte auf, Ethans Brust zu streicheln und sein Ohrläppchen zu necken. Da bemerkte Ethan, dass seine Hand mit dem Handy immer noch in Gabriels Jackett steckte. Schnell zog er sie zurück – doch zu spät. Schwer atmend und mit einem Blick, der Ethan getötet hätte, falls das möglich gewesen wäre, drückte sich Gabriel von ihm ab. Ohne Ethan aus den Augen zu lassen, fuhr Gabriel mit einer Hand in die Innentasche seiner Jacke und holte das Handy heraus.

»Was soll das?«, knurrte er.

Ethan lächelte unsicher. »Damit du mich immer erreichen kannst, falls es dich mal wieder überkommt.«

Das Gerät in der Hand wendend, nahm es Gabriel genau unter die Lupe. Er drückte auf den kleinen Knopf, um das Telefon einzuschalten, aber natürlich ging es nicht an. Es war bloß ein Dummy.

»Akku ist leer«, rechtfertigte sich Ethan, der glaubte, er müsse gleich sterben. Jetzt war er so weit gekommen und dann musste ihm das Schicksal einen fiesen Streich spielen! Es hätte alles wunderbar klappen können: Erst hätte er sich mit Gabriel vergnügt, dann hätte er sich die Story des Jahrhunderts gesichert.

Gabriel drehte das Handy herum und nahm die Klappe ab, hinter der normalerweise der Akku lag. Zum Vorschein kamen allerdings nur Kabel und eine Batterie. Anhand von Gabriels Blick wusste Ethan sofort, dass Gabriel es als das erkannte, was es war. »Du verdammter Hurensohn!«

Ohne Worte zerrte er Ethan durch den Raum und drückte ihn bäuchlings auf den Tisch. Ethan hatte keine Chance – sein Gegenüber war größer und stärker. Gabriel packte seine Arme und schon hörte Ethan ein metallisches Klicken. Gabriel hatte ihm die Hände auf den Rücken gefesselt! Ethan spürte den kühlen Stahl an seiner Haut. Shit, auf was hatte er sich da nur eingelassen? Er war dem Mann nun völlig ausgeliefert!

»Wollen wir mal sehen, was du sonst noch bei dir hast«, brummte es hinter Ethan. Brust und Wange lagen auf der kühlen Tischplatte, während ihm Gabriel ... die Hose herunterzog!

»Hey, was soll das?« Ethan wollte sich aufrichten, aber Gabriel presste ihn weiterhin auf den Tisch.

»Bist du verwanzt?«

»Was?« Aber dann verstand Ethan. »Nein!«

Gabriels Hände glitten über seine nackten Schenkel und unter das Hemd, um ihn überall abzutasten. Diese Berührung brachte ihm am ganzen Körper eine wohlige Gänsehaut ein.

»Davon will ich mich selbst überzeugen«, sagte Gabriel. »Ich werde dich nun gründlich durchsuchen.«

Aus den Augenwinkeln sah Ethan, wie Gabriel etwas aus der einzigen Schublade des Tisches holte und sich überzog: Gummihandschuhe! »Aber«, stammelte Ethan, »du willst doch nicht wirklich ...«

Sofort kniff er die Pobacken zusammen, doch zu seiner Überraschung, hielt ihm Gabriel seinen Zeigefinger an die Lippen. »Leck ihn ab«, befahl er leise, während er dicht bei Ethan stand. Der fühlte, wie sich Gabriels andere Hand in seine Unterhose drängte und auch diese herunterzog. Sein nacktes Hinterteil lag nun direkt vor Gabriels Lenden.

Ethans Penis stupste von unten gegen die Tischplatte. Diese ganze Situation erregte ihn plötzlich ungemein, sodass er ohne zu zögern Gabriels Finger in den Mund nahm und den Latex einspeichelte.

Währenddessen schob Gabriel Ethans Beine auseinander, so weit es der Stoff um seine Knie zuließ, und fuhr ihm mit der anderen Hand dazwischen. Ethan keuchte auf, als Gabriel seine Härte umschloss und fest von unten gegen die Tischplatte drückte.

»Das reicht!«, zischte Gabriel und zog den Finger aus Ethans Mund. Speichel lief an dem Gummi herab, und Ethan wusste ganz genau, was Gabriel nun vorhatte.

»Ich bin ein gefährlicher Mann, Ethan. Sehr gefährlich«, sagte dieser heiser und legte seinen Finger an Ethans zuckenden Eingang. Gabriel massierte die Stelle, bis Ethan beinahe ohnmächtig vor Lust wurde, dann bohrte er ihn hinein und ließ ihn kreisen, wobei er zeitgleich an Ethans Erektion rieb. Dabei ging Gabriel nicht gerade zärtlich vor. Es dauerte nicht lange, da nahm er zwei weitere Finger dazu. Es war fast schon brutal, wie er Ethans Inneres austastete! War das als Warnung gedacht oder überkam ihn einfach die Leidenschaft?

Egal – Ethan konnte es kaum erwarten, den dicken, harten Körperteil in sich zu spüren, den er zuvor durch die Hose gestreichelt hatte. Aber Gabriel presste seine Erektion nur gegen sein Gesäß und reizte Ethan weiterhin mit den Händen.

Plötzlich ging Gabriel hinter ihm in die Hocke. Er verteilte leichte Bisse auf Ethans Pobacken und rieb dabei unablässig über seinen stahlharten Ständer. Es würde nicht mehr lange dauern und ... »Gabriel, ich ...« Unfähig, mehr zu sagen, wand sich Ethan auf der Tischplatte.

»Wenn du mir hier das Zimmer versaust, wird das nicht ohne Konsequenzen bleiben!«, drohte Gabriel, aber Ethan glaubte, einen spöttischen Unterton herauszuhören. Verflixt, dieser dominante Mann war genau seine Kragenweite!

Als Gabriels Zunge über sein Steißbein glitt und Ethan den warmen, hektischen Atem in seinem feuchten Spalt fühlte, war es mit seiner Beherrschung vorbei. Gabriels Finger, die in dem Gummihandschuh über seinen Schwanz fuhren, die Massage in seinem Anus und die knabbernden Lippen an seinem Gesäß ließen ihn kommen. Ethans Glied zuckte mehrmals in Gabriels Hand, mit der der Mann seinen Schwanz bearbeitete, als wollte er ihn melken. Laut stöhnend ergoss er sich – sein Sperma klatschte von unten gegen die Platte und benetzte Gabriels Finger. Dieser massierte Ethan noch eine Weile, bevor er ruckartig von ihm abließ.

Wie aus weiter Entfernung hörte Ethan, wie Gabriel die Handschuhe abstreifte und sie auf den Boden warf, wobei er etwas murmelte. Aber Ethan verstand nur das Wort »Bestrafung«.

Wow, ist das eben echt passiert?, dachte Ethan, als er schwer schnaufend auf der Tischplatte lag und versuchte, wieder zur Besinnung zu kommen. Gabriel hatte es ihm so richtig gut besorgt! Das letzte Mal war schon zu lange her gewesen, weshalb sich Ethan nicht länger hatte beherrschen können.

Aber Gabriel gab ihm keine Zeit, das Nachglühen seines Höhepunktes zu genießen, denn er zog ihn vom Tisch und zwang ihn auf die Knie. Dabei musste sich Ethan konzentrieren, nicht das Gleichgewicht zu verlieren, da seine Hände immer noch auf dem Rücken von den Handschellen zusammengehalten wurden.

Ethan staunte nicht schlecht, als Gabriel plötzlich seinen Schwanz auspackte. Er erkannte sofort, dass dieser beschnitten war. »Ich hatte dich gewarnt, Ethan!«

Unbewusst leckte sich Ethan über die Lippen, wobei er zu dem großen Mann aufsah. Gabriel blickte zu ihm herab, und Ethan las nichts als dunkles, männliches Begehren in seinen Augen. Ein paar Strähnen seines pechschwarzen Haares fielen Gabriel dabei vor die Stirn. Der Kerl war so wahnsinnig attraktiv, dass Ethans Geschlecht schon wieder anschwoll.

»Du willst ihn, Kleiner? Dann kannst du ihn haben!« Sofort schob Gabriel ihm den dicken und mit prallen Adern überzogenen Penis in den Mund und fuhr tief in seinen Rachen, als ob er total ausgehungert wäre.

Ethan würgte, aber zu seinem Erstaunen zog sich Gabriel ein Stück zurück, sodass er mit der Zungenspitze über die glatte Eichel fahren konnte. Sie war bereits überzogen mit Gabriels Lusttropfen, und Ethan leckte sie weg. Gabriel schmeckte fantastisch!

Der griff ihm ins Haar, um ihn fest an sich zu ziehen, bis Ethans

Nase fast in den schwarzen Locken verschwand. Gabriels Hoden und der Schaft waren rasiert, was Ethan noch mehr dazu animierte, an dem heißen Fleisch zu saugen.

»Los, du Schwuchtel, mach es gut«, knurrte Gabriel. »Du hast bestimmt viel Erfahrung im Schwanzlutschen, hab ich recht?«

Dieser Mann wollte ihn demütigen, aber das schaffte er nicht. Ethan wusste, wie es sich anfühlte, wenn man noch kein richtiges Comingout hatte. Gabriel war definitiv noch nicht so weit, zu sich und seiner Homosexualität zu stehen. Aber er konnte sie nicht verbergen, nicht vor Ethan. Die sehnsüchtigen und abtastenden Blicke, die ihm Gabriel immer wieder zugeworfen hatte, erkannte Ethan mittlerweile verdammt gut. Zwar hatte er auch bemerkt, wie Gabriel mit den weiblichen Besuchern des Kasinos flirtete – aber das musste nichts bedeuten. Es bestand natürlich die Möglichkeit, dass Gabriel seine Neigung nicht nur vertuschen wollte, sondern sogar bi war. *Hoffentlich nicht, denn dann würde mir ein Prachtexemplar von einem Mann verloren gehen,* dachte Ethan, der Gabriel plötzlich ganz für sich allein wollte.

Gabriel knurrte unaufhörlich erniedrigende Worte, aber Ethan spürte, wie dadurch der Schwanz in seinem Mund noch praller wurde. Gabriel stand wohl auf so was, freute sich Ethan, dem es nichts ausmachte, benutzt zu werden – bis zu einem gewissen Grad, denn auch er hatte seine Grenzen. Aber ein dominanter Partner war für ihn mehr als reizvoll.

Wie um Gabriel zu demonstrieren, dass er auf diese Behandlung abfuhr, gab er sich besonders viel Mühe, dessen Ständer zu verwöhnen. Gabriel musste sich sogar mit einer Hand am Tisch abstützen. Ethan machte es also tatsächlich gut.

Als Gabriel für einen Moment die Finger aus seinem Haar nahm, weil er sich auf den Stuhl setzte, nutzte Ethan die Gelegenheit, um das Glied aus seinem Mund zu entlassen. Er wollte mehr von diesem Mann, der so wunderbar herb und leicht salzig schmeckte. Also rutschte Ethan näher zwischen die geöffneten Schenkel und leckte mit der Zungenspitze erst am Schaft auf und ab, bevor er einen Hoden vorsichtig zwischen die Lippen nahm. Anschließend versuchte er, die festen Bälle mit der Zunge anzuheben, um die Stelle darunter zu verwöhnen. Dort roch Gabriel noch intensiver. Ethan liebte seinen Geruch jetzt schon und hoffte, dass er noch oft die Gelegenheit bekam, diesem Mann so nahe zu sein.

Gabriel legte stöhnend den Kopf in den Nacken und vergrub seine Finger wieder in Ethans Haar, aber diesmal war er viel sanfter. Er streichelte sogar seinen Hals und die Schultern, an denen er sich festhielt.

»Los, schluck!«, knurrte Gabriel auf einmal und sein Griff zog sich zu. »Wehe, es geht auch nur ein Tropfen auf meine Hose!«

Ethan fühlte, wie der Schaft noch härter wurde, bis plötzlich warme Strahlen aus der Spitze schossen. Gabriels Schenkel zitterten, sein Unterleib zuckte. Ethans Mund füllte sich mit dem herben Geschmack, und, obwohl er noch nie von einem fremden Mann gekostet hatte, schluckte er alles hinunter. *Ich muss verrückt sein*, durchfuhr es Ethan. Niemals zuvor war ihm so etwas Unglaubliches passiert …

Nachdem es vorbei war, schloss Gabriel hastig die Hose und zog Ethan auf die Beine. Seine Knie waren noch ganz weich und er hätte sicher den Halt verloren, wenn Gabriel ihn nicht wieder am Kragen gepackt und gegen die Wand gedrückt hätte. Gabriel atmete noch schwer und Ethan fühlte dessen halbsteifes Geschlecht an seinem Unterleib.

»Ich hoffe, das war dir Lehre genug, Kleiner!«

Ethan hörte ihm jedoch kaum zu, denn er konnte nur auf Gabriels Lippen starren, die seinem Mund immer näher kamen. Fast liebevoll wischte ihm Gabriel mit dem Daumen einen Speichelrest vom Mundwinkel, sodass Ethan erschauderte. Gabriel Norton war der sexieste Kerl, den Ethan bis jetzt getroffen hatte. Es wäre zu schön, von ihm geküsst zu werden, dachte Ethan und schloss die Augen, aber er wurde enttäuscht. Gabriel streifte mit den Lippen nur leicht seine Wange, um ihm anschließend etwas ins Ohr zu flüstern: leise, gefährliche Worte. Warnungen, die Ethan nur noch mehr anstachelten, diesen Mann zu beschatten, um an die Story seines Lebens zu kommen.

★★★

Es war bereits vier Uhr morgens, als Gabriel das Kasino verließ. Er setzte sich in seinen Pontiac, startete den Motor und fuhr aus der Tiefgarage auf die Park Avenue. Selbst um diese Zeit war New York noch lebendig. Diese Stadt schlief niemals. Gelbe Taxis, wohin das Auge blickte. Da stach Gabriel mit seinem schwarzen Roadster Cabriolet direkt aus der Masse heraus. Auch wenn Gabriel in dieser Stadt nicht auf ein eigenes Fahrzeug angewiesen war – immerhin besaß New York das bestausgebaute öffentliche Straßennetz der Welt –, wollte er nicht darauf verzichten. Gabriel brauchte diesen Zufluchtsort, an dem er für ein paar Minuten nur für sich war, seine Musik hören und seinen Gedanken nachhängen konnte. Beim Losfahren ging er stets noch einmal alle Sicherheitsvorkehrungen durch, denn auf seinen Schultern lastete eine enorme Verantwortung. Im Kasinosafe lagen mehrere Millionen Dollar, die durch verschiedene Alarmsysteme geschützt wurden. Gabriel war der einzige Mann, der alle Codes kannte – neben seinem Boss Rico, selbstverständlich.

Aber seine Gedanken drifteten heute immer wieder ab, und zwar zu einem äußerst scharf aussehenden jungen Mann mit hellbraunem Haar und den grünsten Augen, die Gabriel jemals erblickt hatte ...

Das »Starlight« befand sich in der Nähe der Fifths Avenue in Manhattan, wo Gabriel auch wohnte. Bei diesem Verkehr brauchte er nur wenige Minuten von seiner Wohnung ins Kasino, und das war perfekt, denn als Sicherheitschef musste er bei einem Notfall schnell vor Ort sein.

Gabriel freute sich jetzt auf sein Zuhause, denn da wollte er sich den Sex mit Ethan noch einmal genau durch den Kopf gehen lassen. Niemals zuvor hatte er so eine Verbundenheit zu jemandem gespürt.

Sein Zuhause ... wo war das eigentlich? Gabriel war sich da nicht mehr sicher. Er besaß zwar im Starlight eine luxuriös eingerichtete Wohnung, aber da fühlte er sich nicht wohl. Sein Boss hatte das gesamte Apartment verwanzen lassen, das hatte Gabriel sehr schnell herausgefunden. Deshalb hatte er sich im Trump Tower eine geräumige Suite gemietet. Geld spielte in seinem Leben ohnehin keine Rolle. Bei seiner Position und mit dem Schweigegeld, das Rico ihm bezahlte, verdiente Gabriel mehr, als er allein ausgeben konnte – dazu fehlte ihm auch schlichtweg die Zeit. Sein ganzes Leben galt dem Job. Das war wahrscheinlich auch der Hauptgrund, warum Gabriel allein lebte.

Nein, gestand er sich ein, nicht der Hauptgrund. Er war einfach noch nicht so weit, sich auf eine Beziehung einzulassen. Und schon gar nicht auf ein Verhältnis mit einem Mann! Was war nur über ihn gekommen? Beinahe hätte er mit diesem Ethan geschlafen! Gabriel verstand sich selbst nicht mehr. Jetzt war er bereits zweiunddreißig Jahre alt und dann ließ er sich so gehen!

Noch ein paar Monate, und der größte Stress war vorbei. Vielleicht konnte er hinterher wieder klarer denken. Jetzt brauchte er sowieso keine Ablenkung. In der Zwischenzeit musste er so reibungslos funktionieren wie ein Schweizer Uhrwerk. Aber Gabriel hatte auch Angst vor diesem Tag, der alles verändern würde – wieder einmal –, deshalb schob er den Gedanken daran ganz weit weg. Dafür schlich sich der junge Mann wieder in sein Gehirn, den Gabriel schon länger beobachtete. *Ethan …*

Gabriel tastete an seiner Brust nach der Packung Zigaretten, die gewohnheitsgemäß in der Innentasche seines Sakkos … gesteckt hatten. *Verflixt!* Natürlich waren da keine Glimmstängel, denn im Kasino herrschte striktes Rauchverbot, und da Gabriel sich die meiste Zeit des Tages dort aufhielt, hatte er gedacht, könne er das Rauchen auch gleich aufgeben.

Aber Gabriel fand etwas anderes in seinem Jackett … ein schmuckes, schwarzes Handy. Tief sog er die Luft ein. Ethans Peilsender! Er hatte es also doch geschafft, es ihm ein weiteres Mal unterzuschmuggeln!

Gabriel musste lächeln. Der junge Mann hatte etwas an sich, das ihn magisch anzog. Ethan war ihm schon vor Wochen aufgefallen, es war für Gabriel offensichtlich gewesen, dass er nicht zum Pokern ins Starlight kam. Stattdessen hatte er die Besucher und Angestellten in ein Gespräch verwickelt und sehr viele neugierige Fragen gestellt. Daraufhin hatte Gabriel nachgeforscht. Ethan Hunter war Reporter, und wenn solche Leute sich extrem hartnäckig zeigten …

Gabriel seufzte. Er hätte den Peilsender aus dem Auto werfen können, aber etwas hielt ihn davon ab. Wollte er etwa, dass Ethan ihn fand und noch mehr in seinem Leben herumschnüffelte? Wenn Gabriel allerdings an den leidenschaftlichen Augenblick im Hinterzimmer dachte … Er war hin und her gerissen.

»Ach, verflucht!«, entfuhr es ihm. Er tastete in seinem Handschuhfach herum, doch auch dort lagen keine Zigaretten mehr. Etwas Nikotin hätte ihm jetzt bestimmt beim Denken geholfen.

Nach ihrem »Liebesspiel« hatte er Ethan zum Hinterausgang hinausgeführt und ihm Hausverbot erteilt. Ethan käme so lange nicht mehr ins Starlight hinein, bis Gabriel die Sperre aufhob. Nie würde Gabriel den sehnsüchtigen Blick aus dem Kopf bekommen, den Ethan ihm zugeworfen hatte, als er gegangen war.

»Ich muss ihn vergessen!« Frustriert schlug Gabriel auf das Lenkrad ein, bevor er das Handy achtlos auf den Beifahrersitz warf.

Verdammter Job, verdammte Zurückhaltung!

Gabriels Stimmung war auf dem Tiefpunkt, also drehte er das Radio auf. Vielleicht half Musik, seine Gedanken zu ordnen. Was hatte der Kleine nur mit ihm angestellt?! Gabriel sehnte sich danach, Ethan so richtig durchzurammeln, bis der junge Mann um Gnade winselte. Ja, das würde ihm Spaß machen!

Ethan war nur ein unbedeutender Reporter ... Aber als solcher dennoch jemand, der ihm gefährlich werden konnte, sollte er an gewisse Informationen kommen. Deshalb durfte Gabriel ihn nicht zu nah an sich heranlassen. Es war mit Sicherheit riskant, das Handy in seine Wohnung mitzunehmen, aber er wollte diesen Jungen wiedersehen. Jetzt, wo er von ihm gekostet hatte, mehr denn je!

Es war faszinierend und erregend zugleich gewesen, wie er Ethan gezwungen hatte, an seinem Schwanz zu lutschen, und der Junge hatte alles bereitwillig über sich ergehen lassen. Ethan besaß schöne, schmale Männerlippen – und sie hatten sich fest um seinen Schaft gelegt. Er hatte daran gesaugt und gelutscht wie an einem Eis, und Gabriel war in seiner feuchtheißen Höhle dahingeschmolzen ... Allein bei diesen Gedanken und bei der Erinnerung an Ethans kleinen, knackigen Hintern wurde er schon wieder hart. Gabriel hatte sich kaum beherrschen können, in dieses heiße, enge Loch zu stoßen, das um seine Finger gezuckt und nach mehr gelechzt hatte ...

Gerade fuhr Gabriel an der Ecke 56th Street in Richtung Fifth Avenue und an dem berühmten Juweliergeschäft »Tiffany« vorbei. Dann glitt sein Roadster die halb dunkle Abfahrt hinunter, die in die Tiefgarage des Trump Towers führte. Er parkte den Wagen, lehnte den Kopf in den Nacken und presste eine Hand auf seinen Schritt. Dabei ließ er den Peilsender nicht aus den Augen. Hier, unter meterdickem Stahl und Beton, würde Ethan kein Signal empfangen. Dazu müsste Gabriel das Gerät mit in seine Wohnung nehmen, die im fünfzigsten Stock des Wolkenkratzers lag.

Zögernd streckte Gabriel die Hand nach dem Handy aus. Da war etwas zwischen ihnen gewesen, eine ihm völlig unbekannte Vertrautheit. Ethan hatte sich nicht gewehrt, sondern es sichtlich genossen ... Aber Gabriel musste an seinen Job denken, verdammt! Der Kleine störte da nur, und Gabriel wollte ihn nicht in etwas hineinziehen, was für ihn oder sogar für sie beide gefährlich werden konnte.

Stöhnend schloss Gabriel die Lider, zog den Arm zurück und massierte sein pralles Geschlecht durch die Hose. Er war förmlich in Ethans Mund explodiert und der hatte alles brav geschluckt. Und danach, als er den jungen Mann gegen die Wand drückte, hatte es so ausgesehen, als wollte Ethan ihn küssen. Das hätte Gabriel jedoch niemals zugelassen, denn er hatte noch nie einen anderen Mann auf den Mund geküsst. Doch bei dem Jungen wäre er beinahe schwach geworden, als er sich für einen Moment in dessen grünen Augen verloren hatte ...

Seufzend fuhr sich Gabriel durch sein schwarzes Haar, bevor er aus dem Pontiac stieg und zu den Fahrstühlen ging. Seine verdammte Geilheit würde ihm noch das Genick brechen ...

★★★

Als Gabriel aus der Dusche kam, klingelte sein Handy, das er zuvor auf das marmorne Waschbecken gelegt hatte. Immerhin musste er rund um die Uhr erreichbar sein. Da Gabriel wirklich erschöpft war, hoffte er, dass es nichts Brisantes war, denn er wollte nur noch in sein Bett fallen. Aber ein Anruf um diese Zeit – kurz vor fünf Uhr morgens – bedeutete immer Ärger.

Er rubbelte sich mit dem Handtuch über das feuchte Haar und wickelte es sich dann um die Hüften, bevor er das Gerät aufklappte. Es war Dan Hodge, einer seiner Leute aus dem Starlight. Sofort tönte dessen kratzige Stimme an Gabriels Ohr: »Hey Chef, Freddy und ich haben hier so nen Schnüffler erwischt, der anscheinend hinter Ihnen her ist. Er hat Ihnen nach Ladenschluss aufgelauert und ist Ihnen in einem Taxi gefolgt. Ein gewisser Ethan Hunter, er sagt, er kennt Sie. Sagt Ihnen der Name was?«

»Nicht im Geringsten.« Gabriels Herz schlug schneller. Er ging ins Wohnzimmer und starrte auf das schwarze Handy, das dort auf dem Glastisch lag.

»Was sollen wir mit ihm machen, Chef? Er war gerade dabei, einen Sender an Ihrem Wagen anzubringen. Der Kerl ist ein verdammter Reporter! Wir haben seinen Presseausweis und Bilder von Ihnen in seinem Rucksack entdeckt.«

Verdammt! Was hatte Ethan schon alles über ihn herausgefunden? »Bringt ihn rauf! Ich kümmere mich persönlich um ihn!«, bellte

Gabriel in den Hörer und beendete das Gespräch.

Seine Hand zitterte leicht. Diese Nervosität legte er nicht mal an den Tag, wenn er für Rico Drecksarbeit erledigte. Aber der Kleine brachte ihn völlig durcheinander. Hatte er Ethan nicht gesagt, er solle sich in Zukunft von ihm fernhalten?

Gabriel schlenderte hinüber zum Panoramafenster, das vom Boden bis zur Decke reichte, und starrte über die Stadt. Vom fünfzigsten Stock besaß er eine wunderbare Aussicht. Er konnte von hier oben das Plaza-Hotel sehen, das fast unter ihm lag, und dahinter streckte sich der Central Park aus. Weiter entfernt erkannte Gabriel sogar den Hudson River, in dem sich das Licht eines fahrenden Schiffes spiegelte.

Am Horizont wurde es langsam hell. Das Schwarz des Nachthimmels ging nach und nach in ein dunkles Blau über. Bald würde die Sonne aufgehen ...

★★★

Ethan schlug das Herz bis zum Hals. Diese zwei Kraftprotze, die ihn rechts und links im Griff hielten wie in einem Schraubstock, hatten ihn tatsächlich erwischt, als er an Gabriels Auto einen weiteren Sender anbringen wollte. Für dieses Wunderwerk der Technik hatte er seine letzten Ersparnisse geopfert! Und jetzt stand er mit den Kerlen in einem Fahrstuhl des Trump Towers. Sie brachten ihn zu Gabriel!

Ethan schluckte schwer. Die ganze Sache war doch eine Nummer zu groß für ihn.

»Was wird Norton mit ihm machen?«, fragte der Typ links von ihm, der aussah, als würde er den ganzen Tag in einem Fitnessstudio seine Muskeln aufpumpen. Er sprach genau das an, worüber Ethan gerade nachdachte.

»Ich vermute mal, er wird dieses Bürschchen erst auseinandernehmen und danach jedes Teil einzeln verschwinden lassen!« Nummer zwei lachte höhnisch. »Hunter ... Liegt das Schnüffeln in deiner Familie?«, spottete er.

»Vom Jäger zum Gejagten. So schnell kann sich das Blatt wenden!«, kicherte der andere und schubste Ethan nach vorne, als sich die Lifttür im fünfzigsten Stockwerk endlich öffnete. Die Fahrt war ihm endlos lange vorgekommen.

Obwohl er nicht geknebelt war, bekam Ethan immer schlechter

Luft. Der Kerl schenkte ihm einen Blick, bei dem Ethan wusste, dass er seine Worte ernst meinte. Ethan hatte ja schon einiges über Gabriel gehört. Er machte seinem Ruf wohl alle Ehre und schien tatsächlich sehr gefährlich zu sein.

Die Bodyguards schleiften Ethan durch einen langen Flur, der zu dieser Zeit natürlich menschenleer war, auf eine Tür am Ende des Ganges zu. Befand sich dort Gabriels Suite?

Ob ihm jemand zu Hilfe kam, wenn er schrie? Als sich Ethan das fragte, ging auch schon die Tür auf. Schweiß brach ihm aus sämtlichen Poren, aber von Gabriel war nichts zu sehen, bis die Männer Ethan in einen großen, mit hellem Parkett ausgelegten Raum zerrten und ihn direkt vor Gabriels Füße warfen.

Schlagartig vergaß er seine Ängste. Gabriel stand nur mit einem Handtuch um den Hüften vor ihm und blickte spöttisch zu ihm herab. »So, das ist also der dreckige Spion.«

Ethan konnte die Augen nicht von dem großen Mann abwenden. Gabriel sah fantastisch aus! Das feuchte Haar war zerzaust und ließ ihn wie einen verwegenen Piraten erscheinen. Eine lange Narbe, die quer über sein Schlüsselbein verlief, unterstrich diesen Eindruck noch. Gabriel hatte breite Schultern und einen athletischen Körper, an dem jeder Muskel die optimale Proportion besaß: nicht zu groß und nicht zu klein – gerade richtig eben. Ethan saugte seine Augen an der Spur dunkler Härchen fest, die unter dem Handtuch verschwanden, und spürte ein Kribbeln in den Lenden.

»Was sollen wir mit ihm machen, Chef?«, fragte Nummer eins, das Muskelpaket.

»Nach hinten mit ihm.« Gabriels Stimme klang genauso kalt wie vor ein paar Stunden, als er Ethan in das Verhörzimmer gebracht hatte.

Die Männer schleiften Ethan über das teure Parkett in den Raum, den er für Gabriels Schlafzimmer hielt. Eigentlich war es kein Extrazimmer, sondern nur ein Podest, das mit einem Paravent abgegrenzt wurde. Auf einem flauschigen Teppich stand ein großes, mit schwarzen Laken bezogenes Futonbett.

Ethans Herz überschlug sich beinahe. Gabriel würde ihn lustvoll betrafen! Aber als Gabriel in eine Ecke nickte, in der eine multifunktionale Fitnesstation stand, hob Ethan die Brauen. Jetzt wusste er, woher der Kerl seine Muskeln hatte. An dem verchromten Gestell aus Stahlrohren waren eine Hantelbank, ein Stepper, ein Rudergerät sowie eine Beinpresse angebracht, und es gab noch viele weitere Funktionen, sodass mindestens zwei Leute auf einmal an dem Gerät trainieren konnten.

Gabriel warf den Männern Handschellen hin, die er soeben aus einem flachen Nachttischchen geholt hatte. »Macht ihn daran fest. Das Ding wiegt über 500 Kilo, da entkommt er mir nicht, wenn ich ihn *befrage.*« Das letzte Wort ließ sich Gabriel sichtlich auf der Zunge zergehen, während die Männer Ethan mit dem Rücken auf den Boden drückten und ihm die Arme über dem Kopf an ein massives Stahlrohr ketteten. Es erschien Ethan sinnlos, sich zu wehren. Er hatte sowieso keine Chance. Der Raum drehte sich vor seinen Augen, Übelkeit stieg in ihm auf – er war wie gelähmt. Vergessen war seine Erregung, er verspürte nur noch grenzenlose Angst!

Einer der Männer reichte Gabriel Ethans Rucksack. »Den hatte er dabei.«

Gabriel stellte die schwarze Tasche aufs Bett und holte ein kleines Notebook, eine Digitalkamera, Notizblöcke und eine Mappe mit Fotos heraus.

Zitternd sog Ethan die Luft ein. Auf der Festplatte befanden sich alle Daten, die er bis jetzt über Gabriel zusammengetragen hatte. Leider auch Name und Anschrift des Callboys, von dem Ethan die Informationen hatte, dass Gabriel auf Männer stand und in diverse illegale Machenschaften verstrickt sein könnte. Ethan wollte den Mann auf keinen Fall in seinen Scheiß mit reinziehen!

Zum Glück schien Gabriel den Sachen keine weitere Beachtung zu schenken, denn er wandte sich mit einem abschätzenden Blick an Ethan.

»Ihr könnt gehen«, sagte Gabriel zu seinen Männern. »Mit dieser Made komme ich allein klar.«

»Viel Spaß, du kleiner Scheißer«, zischte Nummer zwei grinsend, bevor die Handlanger abzogen.

Als Ethan hörte, wie sich die Wohnungstür schloss, wurde ihm beinahe schwarz vor Augen. Er machte sich gleich in die Hose, verdammt! Gabriel sah aber auch zum Fürchten aus. Sein Gesicht glich einer eiskalten Maske; die Brauen hatte er tief nach unten gezogen und der Blick aus seinen hellblauen Augen schien ihn zu killen. Und wenn Ethan auf den muskulösen, athletischen Körper sah ... Gabriel war ihm haushoch überlegen. Panik kam in Ethan hoch. Er zerrte an den Handschellen, aber das brachte natürlich überhaupt nichts, außer, dass sich das Metall in seine Haut drückte.

»So ...«, sagte Gabriel gefährlich leise. »Was mach ich jetzt mit dir?«

Ethans Herz raste. »Bitte lass mich gehen. Meine Kollegen werden sich bestimmt bald wundern, wenn ich nicht pünktlich in der Redaktion auftauche!« Was Besseres war ihm auf die Schnelle nicht eingefallen. Ob dieses Argument einen Mann wie Gabriel Norton überzeugen konnte?

»Ich kann dich nicht mehr gehen lassen. Du weißt zu viel.« Während Gabriel sprach, holte er den Speicherstick aus der Digitalkamera und nahm auch die ausgedruckten Fotos an sich. »Außerdem bist du freischaffender Journalist, Ethan, und du arbeitest im Moment für keine Zeitung.«

Mist! Er saß ganz schön in der Klemme.

Aufatmend dachte Ethan daran, dass er die Bilder noch auf der Festplatte gespeichert hatte, aber als Gabriel seinen Laptop anschaltete, blieb beinahe sein Herz stehen. Wie gut kannte sich dieser Mann mit solchen Dingen aus? Ethan hatte alle wichtigen Daten in einem speziellen Ordner versteckt, der so schnell nicht auffindbar war. Aber falls jetzt sein letztes Stündlein geschlagen hatte, würde wohl auch seine Nachwelt nicht mehr erfahren, was er über Gabriel herausgefunden hatte. Bis jetzt waren das alles nur Spekulationen, aber im Moment hielt Ethan jedes Gerücht für wahr. Norton war definitiv gefährlich!

»Aber ich lasse dich gehen«, fuhr Gabriel fort, als er den Computer zuklappte und in den Rucksack steckte. Anscheinend hatte er nichts Verdächtiges gefunden. Ethan war unendlich erleichtert. Und hatte Gabriel nicht gerade etwas von Gehen gesagt? Doch Ethans Hoffnungen wurden sofort zerschlagen.

»Ich lasse dich frei, jedoch nur unter einer Bedingung: Ab jetzt arbeitest du für mich.«

»Was?« Gabriel war ein Verbrecher. »Niemals!« Wieder zog Ethan an den Handschellen, das Fitnessgerät bewegte sich jedoch um keinen Millimeter.

»Das hättest du dir überlegen sollen, bevor du mich wochenlang beschattet hast. Du weißt bereits zu viel.«

Ethan hatte keine Ahnung, wie weit Gabriel gehen würde, aber er konnte es sich vorstellen, als der ihm tief in die Augen sah und tödlich ruhig sagte: »Ich weiß wo du wohnst, Ethan. Und ich weiß, dass du eine sehr hübsche Schwester hast. Du und Elena, ihr seid Zwillinge, nicht wahr?« Gabriels Blick ließ ihn nie los, während sich die Übelkeit in Ethans Magen verdichtete. Woher wusste der Mann das alles?

»Du wirst von nun an bei mir wohnen. Hol deine Sachen, erzähl deiner Schwester, du hättest einen Auftrag in Los Angeles und müsstest heute noch abreisen. Wir treffen uns mittags im Café. Es gibt hier eine Starbucks-Filiale im Atrium. Und wenn du nicht kommst, dann werden dich meine Leute suchen. Und wenn sie dich in die Finger bekommen, werden sie mit dir nicht so sanft umspringen wie ich.« Gabriel fuhr ihm mit dem Handrücken zärtlich über die Wange. Ethan erschauderte unter der Berührung. War Gabriel tatsächlich ein Psychopath oder wollte er ihm nur Angst einjagen?

Ethan beruhigte sich jedoch etwas, denn es hörte sich so an, als ließe Gabriel ihn gleich gehen.

»Aber das ist noch nicht alles«, zerschlug Gabriel ein weiteres Mal seine Hoffnungen. Die Finger glitten an Ethans Hals hinab, streichelten über seine Brust und legten sich schließlich auf seinen Schritt. »Nachts wirst du meine Lüste stillen.« Seine Hand drückte leicht zu und Ethan spürte, wie er sofort darauf reagierte. Sämtliches Blut schoss in seine Lenden.

Vorhin, als Gabriel seinen Männern den Befahl gab, ihn hier festzubinden, hatte ein kalter Glanz in seinen Augen gelegen, aber jetzt sah Gabriel ihn anders an. Wärmer. Wie im Verhörzimmer, als er ihn mit dem Mund befriedigt hatte.

Eine gewaltige Beule hatte sich unter Gabriels Handtuch gebildet und seine Stimme klang leicht rau, als er sagte: »Nachts ... wirst du mir dienen, Ethan. Mit Leib und Seele. Denn du gehörst jetzt mir.«

Ethan schloss die Augen, während Gabriel ihn durch den Stoff der Jeans streichelte. Immer mehr Blut pumpte in seinen Schwanz. Er konnte nichts gegen seine aufkeimende Lust unternehmen. Er war Gabriel bereits willenlos verfallen. Er begehrte diesen attraktiven, gefährlichen Mann, wie er noch nie zuvor einen Mann begehrt hatte.

Gabriels Finger glitten in den Bund seiner Hose und schlossen sich um seine Hoden. »Du wirst mein Toy-Boy sein. Hast du verstanden?«, knurrte Gabriel so nah an Ethans Gesicht, dass der den maskulinen Duft inhalieren konnte, den dieser gefährliche Mann verströmte.

»Ja«, hauchte Ethan. Er konnte fast nicht sprechen, denn Gabriel massierte ihn mit seiner großen Hand. Ethan war ihm ganz und gar ausgeliefert. »Ich ... gehöre ... dir.«

»Ich will einen Beweis!«

»Was?« Ethan war kaum noch fähig klar zu denken. Stöhnend wand er sich auf dem weichen Teppich, Gabriels Hand immer noch an seinem Schwanz, als dieser ihm plötzlich die Hose bis zu den Knien nach unten zog. Gabriel riss sich das Handtuch von den Hüften und Ethan konnte sehen, wie erregt der Mann war: Sein Geschlecht stand hart von seinem Unterleib ab.

Es folgten Ethans Schuhe und die Socken, dann zerrte ihm Gabriel den Stoff von den Beinen, bis sein Unterleib völlig entblößt war.

»Ich will dich ganz nackt!«, donnerte Gabriel. Er stand auf, ging um den Paravent herum und war aus Ethans Blickfeld verschwunden. Er hörte nicht, was Gabriel tat, bis der plötzlich wieder vor ihm stand, ein langes Messer in der Hand!

Oh Gott!, durchfuhr es Ethan. »Bitte nicht, Gabriel! Ich tue alles für dich, aber nimm das Messer weg!«

Jetzt ist Ethan tatsächlich hier ..., dachte Gabriel, als er auf den zitternden Mann schaute. Er löschte im Schlafbereich das Licht, sodass nur noch ein wenig Helligkeit durch den mit Stoff bespannten Raumteiler drang. Der junge Mann zu seinen Füßen lag nun in einem unnatürlichen Zwielicht, das diese ganze Situation ein wenig irreal erscheinen ließ. Gabriel sah echte Panik in Ethans Augen. Es hätte ihn erregt, wenn seine Angst nur gespielt wäre, denn er wollte nicht, dass Ethan ihn wirklich fürchtete. Obwohl es nicht schadete, wenn der Junge wusste, wie gefährlich es werden konnte, wenn man sich mit Gabriel Norton einließ.

Der Blick aus Ethans großen Augen weckte in Gabriel den Beschützerinstinkt, aber auch seine Lust. Er kniete sich neben den zitternden Körper, um mit einer Hand darüberzustreicheln. »Sch...«, machte er. »Dir wird nichts geschehen.« Dann setzte Gabriel das Messer an Ethans Shirt an und schnitt den Stoff fast bis zum Kragen auf, bevor er es auseinanderriss.

Ethan zuckte schwer atmend und wand sich hilflos auf dem Teppich. Das machte ihn für Gabriel noch begehrenswerter. Er sah, dass Ethan seinen Körper rasiert hatte: die Brust, die Achseln, den Schambereich. Sein nackter Schwanz war wunderschön, Ethan war wunderschön. Noch nie war ihm ein Mann so begehrenswert erschienen.

Er legte das Messer neben Ethans Kopf auf den Teppich, um dem jungen Mann durch das hellbraune Haar zu fahren. Auf Ethans grünen Augen lag ein feuchter Glanz. Wie versteinert lag er da und starrte ihn an.

Der Junge musste eine Scheißangst vor ihm haben, doch er war echt hart im Nehmen, ging Gabriel durch den Kopf. Er kniete sich seitlich neben Ethan, um ihn einfach nur zu betrachten und sein Haar zu streicheln.

»Machst du mich bitte los?«, flüsterte sein Gefangener.

»Das kann ich nicht«, sagte Gabriel ebenso leise. »Du hast deine Lektion noch nicht bekommen, oder hast du schon vergessen, dass ich dich bestrafen muss, du süßer Schnüffler?«

Bei dem Wort »süß« wurden Ethans Augen noch größer und die Furcht schien aus ihnen zu verschwinden. Gabriel verlor sich beinahe in den grünen Tiefen und war überrascht, als er ein seltsames Gefühl in seiner Brust verspürte. Er beugte sich über den Kopf des jungen Mannes, um mit seinen Lippen über die weiche Haut an den Schläfen zu fahren. *Hmm*, wie gut er duftete ...

Als erwartete Ethan, geküsst zu werden, drehte er Gabriel den Kopf zu. Auch wenn diesen Ethans Lippen lockten, konnte er sie dennoch nicht berühren. Er hatte noch nie einen Mann geküsst und das würde er auch niemals tun. Nur schnell in dieses enge Loch stoßen, das war alles, was Gabriel wollte.

Er begann, mit der Zungenspitze über Ethans Kinn zu fahren, und spürte die fast blonden Bartstoppeln, als er am Hals weiter nach unten glitt, bis er einen Nippel erreicht hatte. Er neckte ihn, indem er sanft in ihn hineinbiss und beobachtete dabei, wie Ethans Penis zuckte. Es lief bereits ein Tropfen aus dem Schlitz an der geschwollenen Spitze und Gabriel konnte es kaum erwarten, ihn wegzulecken. Er wollte mehr von Ethan kosten, seinen Schweiß, seine Lust ...

Während er Ethans Nippel mit der Zunge umkreiste und ihn immer wieder einsaugte, wanderte seine Hand an dem flachen Bauch hinab. Ethans Haut war so verführerisch ... Gabriel wollte sich auf ihn legen und seinen Körper daran reiben.

Alles zu seiner Zeit, dachte er. Gabriel wollte Ethan vor Lust wimmern hören; er sollte ihn anflehen, es ihm richtig zu besorgen ...

Bei diesen Gedanken wurde Gabriel noch härter. Er zog die Schublade des flachen Nachttisches auf, der zwischen Fitness-Station und Bett stand, um eine Tube Gleitgel hervorzuholen. Sie war beinahe leer, denn Gabriel brauchte sie oft, wenn er sich selbst befriedigte. Da er beschnitten war, machte es die Sache angenehmer.

Er gab einen Klecks auf seinen Schwanz und massierte ihn ein. Gabriel konnte es kaum noch erwarten, ihn in das enge Loch zu treiben, das er im Kasino schon so intensiv vorbereitet hatte.

Ethan ließ ihn dabei niemals aus den Augen. »Das kann ich doch machen«, hauchte er.

Gabriel lachte dunkel. »Auf den Trick falle ich nicht rein, Sonnyboy!« Als er die Tube wieder zurücklegte, lenkte das seinen Blick auf den Seidenschal, der neben ein paar Sextoys in der Schublade lag. Er eignete sich hervorragend zum Fesseln, oder aber …

»Ich werde dir nun die Augen verbinden, damit du mich noch intensiver spürst und nie vergessen wirst, was ich dir gleich antue. Damit du mich für immer in Erinnerung behältst. Unauslöschlich …« Er griff nach dem dünnen Stoff und verband damit Ethans Augen.

Es wunderte Gabriel, dass der Kleine alles willig über sich ergehen ließ. Warum nur? Hatte er immer noch Angst vor ihm?

»Das Messer …«, wisperte Ethan.

Das hatte Gabriel schon vergessen gehabt! Er schob das Tuch ein Stück nach oben, sodass Ethan wieder sehen konnte, dann nahm er die Klinge in die Hand. »Ich bring es zurück in die Küche, okay?« Er wollte, dass der junge Mann ihr Liebesspiel genoss.

Ethan nickte sichtlich erleichtert, als Gabriel aufstand und mit dem Messer davonging. Im Eiltempo durchmaß er den Wohnraum und lief an der weißen Ledercouch sowie dem gläsernen Tisch vorbei auf die verchromte Küchenzeile zu, die er so gut wie nie benutzte. Dort steckte er das Messer zu den anderen in den Holzblock.

Bevor er umkehrte, blieb er einen Moment an den Kühlschrank gelehnt stehen. Nachdenklich starrte er auf den Raumteiler, hinter dem Ethan festgekettet auf dem Fußboden lag.

Verdammt, auf was habe ich mich da nur eingelassen?, fragte er sich und seufzte tief. Er musste wirklich verrückt sein, etwas so Dummes zu machen. Aber nun gab es kein Zurück mehr, ihr Spiel war schon zu weit forgeschritten. Seine ungezügelte Gier auf diesen jungen Mann ließ ihn nicht mehr klar denken. Aber Gabriel wollte Ethan so sehr, dass es schon beinahe schmerzte. Und Gabriel wusste immer noch keine Antwort, warum das so war. Er kannte diesen Mann doch kaum, trotzdem *glaubte* er, ihn schon ewig zu kennen ...

Zu seiner Linken gab die Panoramascheibe den Blick auf den beginnenden Morgen frei. Die ersten Sonnenstrahlen erhellten die Dächer der Wolkenkratzer und ließen die Glasfassaden wie Gold funkeln. Gabriel sollte längst im Bett liegen – er fühlte sich in letzter Zeit sowieso sehr erschöpft. Aber gerade puschte ihn eine Unmenge an Adrenalin auf. Er atmete noch einmal tief durch, sah auf seine glänzende Erektion, die immer noch pulsierte, und begab sich zu seinem Gefangenen.

»Bitte tu mir nicht weh ...«, flüsterte Ethan, nachdem Gabriel den Schal wieder gerichtet hatte.

Sanft fuhr er dem jungen Mann über die Wange. »Vertrau mir.«

»Wie soll ich das? Du bist praktisch ein Fremder für mich und das, was ich über dich weiß, macht es nicht gerade einfacher.«

»Was da wäre?«, säuselte Gabriel, wobei er mit den Fingerspitzen über Ethans glatte Haut strich, sodass der am ganzen Körper eine Gänsehaut bekam.

Der Kleine hatte also Vorbehalte. Die sollte Gabriel mal ausräumen. Als Ethan nichts erwiderte, zwickte er ihn leicht in einen Nippel.

»Ahh!« Scharf sog Ethan die Luft ein, aber sein Penis schien sich mit noch mehr Blut zu füllen. Er stand bereits fest ab.

»Ich will wissen, was du über mich herausgefunden hast, Kleiner.«

»Ich bin sechsundzwanzig«, protestierte Ethan schwach, »also nenn mich nicht immer so.«

Gabriel grinste in sich hinein. »Das weiß ich doch.« Er mochte Ethans Trotz. »Aber ich liebe es, dich wie einen Jungen zu behandeln, denn kleine Jungs müssen erst erzogen werden. Ganz besonders du!«

Seine Worte schienen auf Ethan erregend zu wirken, denn seine Atmung beschleunigte sich weiterhin und aus seiner Eichel liefen mehrere Lusttropfen.

Ethan leckte sich über die Lippen und drehte den Kopf in die Richtung, aus der Gabriels Stimme kam. »Dann sag mir zuerst, was du über mich weißt!«

Gabriel lachte rau. Der Junge war echt taff. »Alles! Ich weiß alles über dich, Ethan James Hunter aus Brooklyn. Weißt du, dass ich ebenfalls in Williamsburg aufgewachsen bin?« Sofort nahm er Ethans Penis in die Hand und drückte zu, worauf dem Gefesselten ein kehliges

Stöhnen entwich. »Das hast du sicher noch nicht herausgefunden, was?!«

Ethan schüttelte den Kopf. Natürlich konnte der Junge das nicht wissen, denn unter dem Namen Gabriel Norton kannte ihn in Williamsburg bestimmt niemand.

Verdammt, er wurde langsam unvorsichtig! Gabriel fluchte innerlich, aber der Kleine brachte ihn total durcheinander! Er musste sich vorsehen.

»Ich weiß«, fuhr Gabriel fort, »dass du es liebst, hart rangenommen zu werden. Du lechzt danach, meine Finger in deinem Arsch zu spüren und meinen Schwanz in deinem Mund.«

Bevor Ethan etwas erwidern konnte, beugte sich Gabriel über ihn und tippte seine Eichel an die leicht geöffneten Lippen. Umgehend schnellte Ethans Zunge heraus.

»Siehst du?! Ich weiß, was du möchtest. Aber mein Schwanz ist schon gut geschmiert.« Er war noch über und über mit Gleitmittel bedeckt. »Deshalb habe ich eine andere Öffnung für ihn vorgesehen. Zieh deine Beine an!«, befahl er heiser.

Ethan gehorchte augenblicklich. Er zog sie nicht nur an, sondern öffnete sie auch, sodass Gabriel alles sehen konnte.

Der Kleine ist einfach perfekt!, dachte Gabriel. Er hockte sich zwischen Ethans Schenkel, fuhr an ihnen auf und ab und streichelte die zarte Haut an den Innenseiten, bis sich Ethan vor Lust unter ihm wand.

»Worauf wartest du noch!«, stieß Ethan hervor.

Gabriel schmunzelte. »Du flehst jetzt schon? Wo ich noch gar nicht richtig angefangen habe.«

»Bitte, fass mich an!«

»Na, wenn du mich so nett aufforderst ...« Seine Hand legte sich auf Ethans Ständer, den Gabriel fest an Ethans Bauch drückte. Dann zog er die Hoden an der dünnen Haut nach oben und massierte den Steg darunter.

Ethan zappelte unter ihm. Stöhnende, keuchende Laute entwichen seiner Kehle, die Gabriel nur noch mehr anstachelten, den Jungen lustvoll zu quälen.

Gabriel bückte sich tief, um seine Nase unter die festen Bälle zu stecken und an Ethan zu schnuppern. Er duftete einmalig! Seine Zunge fuhr über die rasierten samtigglatten Bälle, bevor er über Ethans zuckenden Eingang leckte.

»Gott!«, rief Ethan.

»Nur Gabriel, mein Süßer!« Er lachte rau auf. Es war einfach köstlich, diesen jungen Mann zu ärgern. Sanft biss er mit den Lippen in den festen Steg zwischen Anus und Hoden, bevor er wieder darüberzüngelte. Noch nie war er mit einem anderen Mann derart intim gewesen. Normalerweise traf er sich unverbindlich und anonym mit irgendwelchen Typen, nahm sie und ging dann nach Hause. Aber Ethan war nun bei ihm, in seiner Wohnung! Das war eine Premiere. Hier fühlte sich Gabriel viel wagemutiger. Aber das war nicht der Hauptgrund, warum er sich so gehen ließ und die verborgensten Zonen dieses Mannes leckte, als würde er ihn schon ewig kennen. Dieser Junge hatte etwas mit ihm angestellt. Etwas, das Gabriel noch nicht ganz begriff ...

»Nimm ihn in den Mund!«, wimmerte Ethan.

Gabriel versuchte, seine Stimme möglichst kühl klingen zu lassen, als er sich wieder aufrichtete und sagte: »Du hast hier keine Forderungen zu stellen!«

Er kniete sich auf den Teppich und hob Ethans Hinterteil auf seine Oberschenkel. Die kleinen, festen Pobacken pressten sich an Gabriels Bauch und Gabriels Penis schmiegte sich dabei in Ethans Spalte. Gabriel ließ ihn hin und her gleiten, um das Gel in der Ritze zu verteilen.

Ethan bebte am ganzen Körper. »Das macht mich wahnsinnig! Fick mich endlich!«

Bei diesen direkten Worten musste Gabriel ein Stöhnen zurückhalten, denn er wollte nichts lieber machen als das. Sofort drückte er die Schenkel des Jungen noch mehr gegen dessen Bauch. »Erst sagst du mir, was du glaubst, was ich tue.«

»Was?!«

Ungeduldig knurrte Gabriel: »Wie verdiene ich mein Geld?«

»Du ... Du bist Sicherheitschef im Starlight«, stieß Ethan hervor.

»Und weiter?« Gabriel positionierte sich am engen Ring unterhalb der Hoden. Ethan öffnete sich rhythmisch und Gabriel konnte sich kaum beherrschen, nicht sofort in ihn zu stoßen. Er versenkte nur seine Spitze und verharrte dann. Ethan war so eng und heiß! Als ob er ihn einsaugen wollte, griff sein Muskel nach Gabriel.

»Nichts weiter … Ich weiß nicht mehr über dich!« Mittlerweile bog der junge Mann den Rücken durch, wohl in der Hoffnung, dass Gabriel tiefer glitt, aber der blieb weiterhin eisern, auch wenn seine Beherrschung zunehmend schwand. Noch nie hatte er sich mehr danach gesehnt, mit einem Mann zu schlafen. »Was hast du noch über mich herausgefunden, Kleiner?«, zischte er. »Du wirst mir jetzt alles sagen!« Er legte eine Hand an Ethans Härte und formte mit den Fingern einen engen Ring. Sofort hoben sich Ethans Hüften, um dort hineinzustoßen. Es war faszinierend, dem jungen Kerl dabei zuzusehen, wie er versuchte, sich zu befriedigen. Ethan gab sich so leidenschaftlich, so natürlich … Er hatte keine Probleme mit seiner Sexualität. Absolut nicht. Und Gabriel in seiner Nähe auch nicht. Er konnte es bei ihm zum ersten Mal richtig genießen.

Ethans Armmuskeln traten hervor. Er zerrte an den Handschellen und atmete schwer, wobei das Tuch um seine Augen immer mehr verrutschte. »Okay … Ich glaube, du bist in Waffenschmuggel verstrickt und … Drogenhandel!«

Gabriels Griff um Ethans Penis wurde fester, seine Bewegungen schneller. »Weiter!«

Am ganzen Körper schwitzend, erwiderte Ethan mühsam: »Das Starlight … dient dazu … das illegale Geld zu waschen.«

Verflucht, der Kleine wusste eine ganze Menge!, schoss es Gabriel durch den Kopf, bevor er tief in Ethans Körper fuhr.

Ethan schrie und bäumte sich auf. Gabriel umfasste die schmalen Hüften, damit er hart in ihn stoßen konnte. *Endlich* … Endlich nahm er diesen Mann in Besitz. *Wahnsinn!* Es war ein irregutes Gefühl, in diesen heißen Körper zu rammen, der förmlich danach lechzte, so grob behandelt zu werden. Aber er wollte Ethan nicht wirklich wehtun. Wenn Gabriel bemerkte, dass es ihm nicht gefiel, würde er sofort einen Gang zurückschalten, aber Ethan hechelte unter ihm und stöhnte. Sein Inneres umschloss Gabriel fest und fühlte sich wie heiße Seide an. Während Gabriel ihn ritt, beugte er sich tief über Ethans Unterleib und saugte seine Eichel in den Mund, die er gerade noch zu fassen bekam.

Ethan schrie abermals auf. »Gabriel!«

Von ihm zu kosten war wunderbar, und Ethan schmeckte wie ein junger Gott. Alles an ihm war so glatt und rein – er wirkte beinahe unschuldig, wenn Gabriel es nicht besser gewusst hätte.

Er leckte die salzigen Tropfen von der Spitze und fuhr mit der Zunge unter die Vorhaut. Ein unbeschnittener Penis hatte durchaus seinen Reiz, dachte Gabriel, als er sich wieder die samtigglatte Spitze vornahm und zärtlich darüberleckte. Er selbst hatte dieses kleine Stück Haut kurz nach der Geburt hergeben müssen, aber Gabriel vermisste es nicht wirklich. Aber Ethans Schwanz machte es vollkommen. Überhaupt war alles an diesem Jungen vollkommen, bis auf die Tatsache ...

»Du weißt eindeutig zu viel über mich«, knurrte Gabriel an Ethans prallem Geschlecht. »Deshalb kann ich dich nicht gehen lassen!«

Er wollte Ethan spüren, ganz und gar. Darum hob er dessen Gesäß von seinen Knien und rückte von ihm ab. Der junge Mann streckte die Beine aus und Gabriel legte sich auf seinen Körper. Dabei fuhr er wieder in ihn, bis Ethans Härte zwischen ihren Bäuchen gefangen war. Stöhnend schlang Ethan die Schenkel um Gabriel und bog den Rücken durch, damit er noch tiefer kam.

Gabriel stützte die Ellbogen neben Ethans Brust in den Teppich und zog das Tuch von seinen Augen. Ethan starrte ihn in dem halbdunklen Raum regelrecht an. Aber auch Gabriel konnte den Blick nicht von Ethans Gesicht abwenden. Seine grünen Augen, die winzigen Sommersprossen und der sinnliche Mund faszinierten ihn.

Langsam fuhr sich der junge Mann mit der Zungenspitze über die Lippen, was Gabriels Penis zum Zucken brachte. Gabriels Kopf kam näher. Er legte den Mund auf Ethans Kinn, um ihn dort vorsichtig zu küssen. Gemächlich wanderte Gabriel weiter am Hals hinab, küsste die kleine Kuhle unterhalb des Kehlkopfes und rieb seine Nase an Ethans Brust. Überall roch Ethan unglaublich gut und seine Haut schmeckte leicht salzig. Gabriel konnte kaum genug davon kosten. Als er an den kleinen, spitzen Nippeln angekommen war, saugte er genüsslich an ihnen, weil sie sich ihm so schamlos anboten. Während er vorsichtig mit den Zähnen daran knabberte und dabei sein hartes Geschlecht in Ethan bewegte, schloss der schwer keuchend die Augen. »Ich komme gleich!«

»Nein!«, befahl Gabriel und flüsterte ihm ins Ohr: »Ich allein werde bestimmen, wann du kommst.« Er leckte dem jungen Mann den Schweiß vom Hals, was Ethans Körper unter ihm noch stärker erbeben ließ.

»Bitte, ich halte es nicht länger aus!«

Gabriel spürte, wie sich Ethans Schließmuskel um seinen Schaft verkrampfte und sich Ethans Penis hart gegen seinen Unterleib drückte, worauf Gabriel regungslos liegen blieb.

Im schnellen Takt schlug Ethans Bauch gegen seinen. Der junge Mann drehte den Kopf und sah Gabriel flehend an. Gabriels Herz setzte einen Schlag aus, als sich Ethans Lippen plötzlich hart auf seinen Mund pressten. Für einen Wimpernschlag inhalierte Gabriel Ethans Aftershave, spürte dessen Bartstoppeln an seinem Gesicht, hörte sein Stöhnen und ... geriet in Panik. Sofort zog Gabriel sich aus ihm zurück und stand auf.

»Gabriel!« Ethans Geschlecht stand hart und dunkel von seinem Körper ab. Aus der Spitze lief etwas Flüssigkeit, aber da Gabriel ihm einen richtigen Orgasmus verwehrt hatte, konnte sich Ethan nicht ganz erleichtern. Gabriel wusste, was für lustvolle Qualen der Junge nun litt. Ethan drehte sich auf dem Teppich hin und her und zog die Beine an den Körper.

»Bitte, Gabriel ... Bitte!« Eine einzelne Träne lief über Ethans Wange, worauf ein Stechen Gabriels Brust durchzuckte.

»Versuch nie wieder mich auf den Mund zu küssen!«, knurrte er von oben herab. Sein eigener Schwanz pochte ebenfalls schmerzhaft, da er selbst kurz davor gewesen war, zu kommen. »Hast du verstanden!«

Mit einem überraschten Gesichtsausdruck nickte Ethan. »Okay«, sagte er leise, bevor sich Gabriel wieder auf ihn legte. Er rammte in den heißen Körper und umschloss dabei Ethans Geschlecht mit der Hand. Der junge Mann bäumte sich auf und keuchte, als Gabriel fest an der ganzen Länge rieb.

Ethan kam augenblicklich. Sein Sperma verteilte sich zwischen ihren Körpern, während Gabriel so wild in ihn stieß, als gäbe es kein Morgen. Sein nackter Schwanz wurde noch härter, dann zuckte er in der seidigen Enge und füllte sie mit seiner Lust. Unter der plötzlichen Wucht seines Ergusses schrie Gabriel auf.

Zum ersten Mal schlief er ungeschützt mit einem anderen, aber das war ihm egal. In diesem Moment war ihm alles egal bis auf den Mann, der sich immer noch unter ihm wand. Wie sehr er ihn begehrte ... Aber Gabriel wusste, dass Ethan gesund war, denn er wusste alles von dem Jungen. Alles! Gabriel hatte sich dessen letzte Krankenakte beschafft, als Ethan vor zwei Monaten wegen einer starken Bronchitis im Krankenhaus gewesen war. Die Ärzte hatten ihn durchgecheckt. Ethan war vollkommen gesund …

»Von heute an wirst du nur noch mir allein deinen Arsch hinhalten, ist das klar!«, befahl er heiser, als er erschöpft auf Ethan sank. Der atmete ebenso schwer wie er selbst. Gabriel steckte immer noch in ihm und an seinem Körper klebte Ethans Lust, aber das störte ihn nicht.

Ethan gab ihm keine Antwort. Mit geschlossenen Augen lag er einfach nur schlaff unter ihm. Gabriel robbte von ihm herunter, sodass er nun neben ihm lag, dann öffnete er die Handschellen.

Sofort rollte sich Ethan von ihm weg und stand auf.

»Hey, Kleiner, hast du mich verstanden?«, rief Gabriel ihm hinterher.

»Klar und deutlich«, kam es trocken zurück, während Ethan hinter der angrenzenden Tür verschwand.

Als Ethan aus dem Badezimmer kam, hatte ihm Gabriel schon ein Taxi gerufen, das ihn nach Hause bringen würde. Der junge Mann setzte sich nackt auf das niedrige Futonbett, um sich anzuziehen. Fragend blickte er zu Gabriel auf, der mit verschränkten Armen vor ihm stand und auf ihn herabsah. Er reichte ihm eines von seinen Shirts, da Ethans Hemd längst im Müll lag, und sagte: »Also, Kleiner, nicht vergessen: Wir sehen uns mittags im Café und wehe, du kommst nicht! Du gehörst jetzt mir, vergiss das niemals!«

Etwas Unverständliches murmelnd, riss ihm Ethan das Kleidungsstück aus der Hand. Er wirkte dabei auf Gabriel wie ein trotziges Kind, aber er schien sich seiner Nacktheit nicht zu schämen. Ethan war mit sich und seinem Körper im Reinen, dachte Gabriel nicht ohne ein Quäntchen Neid. Er wünschte, er selbst könnte so locker mit seiner Homosexualität umgehen. Gabriels Erziehung war streng orthodox gewesen, was für ihn seit jeher bedeutete, mit einer gespaltenen Identität zu leben, denn Sex zwischen Männern war verpönt. Niemand in seiner Familie hatte je erfahren, dass er sich mehr zu seinem Geschlecht hingezogen fühlte, und dabei hatte er es auch bewenden lassen. Denn sollten seine Eltern je herausfinden, dass er schwul war, würden sie und die Gemeinschaft entweder von ihm fordern, sich medizinisch behandeln zu lassen oder sein restliches Leben lang auf Sex zu verzichten, aber wie konnte er das … Seine Neigung, sein Verlangen waren zu sehr ausgeprägt.

Der enorme psychische Druck hatte schließlich dazu geführt, dass er sich von seinen Eltern distanziert hatte. Aber es war nicht nur seine Religion, die ihm sein Leben erschwerte – nein, auch die Gesellschaft allgemein. Hätte er sich geoutet, würde er jetzt wohl nicht beruflich dort stehen, wo er war.

Innerlich seufzend zog sich Gabriel sein Handtuch fester um die Hüften. Wenn er auf Ethan herabsah ... Sein Haar war noch feucht von der Dusche und seine Haut roch nach Gabriels Duschgel. Der junge Mann wirkte schon wieder so verlockend auf ihn, dass er ihn am liebsten sofort ein weiteres Mal auf den Rücken geworfen und ihn ... *Halt, Noah*, ermahnte sich Gabriel. *Du bist wirklich krank* ...

So etwas kannte er von sich nicht. Sex war für ihn bis jetzt eher etwas Verkrampftes gewesen, ein Akt, den er zur reinen Lustbefriedigung nur schnell hinter sich bringen wollte, egal, wen er dabei unter sich liegen hatte, aber mit Ethan hätte er ewig schlafen können. In seiner Gegenwart gab es eine Wärme, ein sonderbares, unbekanntes Gefühl, auf das Gabriel nie wieder verzichten wollte ...

Nachdem sich Ethan angezogen hatte, schnappte er sich seinen Rucksack, der immer noch auf der Matratze lag, und erhob sich. Für einen Moment stand er dicht vor Gabriel, mit leicht geöffnetem Mund, so, als wollte er ihm noch etwas sagen, aber dann schüttelte er den Kopf und ging.

Gabriel glaubte nicht, dass er den jungen Mann jemals wiedersehen würde, als dieser beinahe fluchtartig sein Apartment verließ, ohne sich einmal umzublicken.

★★★

»Was denkt der Kerl bloß, wer er ist?«, motzte Ethan, als er auf seinem Bett saß und in die leere Reisetasche vor sich starrte. »Er kann mich doch nicht wie seinen Besitz behandeln! ... Toy-Boy ... Der spinnt doch!«

Einerseits kochte die Wut in ihm hoch, weil Gabriel Norton wohl glaubte, dass alle Menschen nur nach seiner Pfeife tanzten, andererseits konnte das Ethans Riesenchance sein! Wenn er für Gabriel arbeitete und ihm dabei als Spielzeug diente, käme er bestimmt an Informationen, die ihm eine Erfolgsstory bescheren könnten. Ethan musste nur darauf achten, dass er seine wahren Gefühle für Gabriel verschloss. Der Mann gehörte zum organisierten Verbrechen. Er durfte sich nicht in so einen gefährlichen Typen verlieben!

Er ließ sich rückwärts in seine Kissen fallen und dachte noch einmal darüber nach, wie er erst vor Kurzem gefesselt auf dem Teppichboden gelegen und Gabriel ihn genommen hatte. Niemals zuvor hatte ihn ein anderer Mann so benutzt. Gabriel war total ausgehungert gewesen! Aber es hatte Ethan gefallen, dass Gabriel ihn einfach genommen hatte, auch wenn er den Part mit dem Messer gerne ausgelassen hätte. Gabriel hatte ihm damit echt eine Scheißangst eingejagt! Aber die Aktion mit dem Kuss ... Gabriels Reaktion hatte ihn erst verwundert, aber dann war ihm so einiges über den ach-so-knallharten Gabriel Norton klar geworden: Er hatte noch kein Coming-out!

Als es an der Tür klopfte, schreckte Ethan aus seinen Gedanken und setzte sich wieder an die Bettkante.

»Willst du mir nicht sagen, was los ist?«, drang die Stimme seiner Schwester durch das Holz, bevor sie einfach die Tür öffnete und ins Zimmer trat.

Kaum etwas hatte sich in dem Raum verändert, der einmal Ethans ehemaliges Kinderzimmer gewesen war, nur die Spielsachen waren natürlich weg. Er hätte schon lange in das ehemalige Schlafzimmer seiner Eltern ziehen können, aber Ethan liebte sein kleines Dachzimmer mit dem ausgetretenen Holzboden. Darauf standen nur sein Bett, ein Kleiderschrank und ein Schreibtisch mit seinem Computer, neben dem sich das Chaos türmte. Das düstere, uralte Reihenhaus war das Einzige, was ihnen ihre Eltern vermacht hatten. Ethan hatte sich geschworen, einmal richtig viel Geld zu verdienen, damit er sich und seiner kranken Schwester ein besseres Leben finanzieren konnte. Elena illustrierte Kinderbücher, und gemeinsam mit dem bescheidenen Einkommen aus seinen Gelegenheitsjobs hielten sie sich über Wasser.

Aus den Augenwinkeln schielte Ethan zu seiner Zwillingsschwester, die ihm sehr ähnlich war – nur weiblicher natürlich. Sie besaßen denselben Geschmack was Kleidung anbelangte – auch Elena trug für ihr Leben gerne Jeans und eng anliegende Shirts, und sie beide liebten Brownies. Ihr schulterlanges, hellbraunes Haar hatte Elena im Nacken zusammengebunden und sie steckte immer noch in ihrem Pyjama. Anscheinend war sie gerade erst aufgestanden.

Ethan fiel sofort auf, dass um ihre hübschen grünen Augen heute etwas mehr Falten als gewöhnlich zu erkennen waren, denn Elena taxierte ihn mit dem typischen ich-weiß-dass-du-mir-etwas-verheimlichst-Blick.

Ethan schluckte schwer und begann dann wahllos ein paar Kleidungsstücke in die Tasche zu werfen. Er würde es sich nie verzeihen, wenn seiner Schwester etwas zustieße. Was war, wenn Gabriel seine Drohungen wahrmachte? »Ich muss verreisen«, sagte er deshalb, ohne sie anzusehen. »Länger.«

Elena setzte sich zu ihm auf das Bett, nahm ihm ein T-Shirt ab, legte es sorgfältig zusammen und anschließend in die Tasche. »Ist es wegen einer Story?«

Stillschweigend nickte er.

»Oh, ein Auftrag! Ethan, das ist großartig!«, kreischte sie.

Er rang sich ein Lächeln ab, als Elena ihn in den Arm nahm und fest drückte. Es tat weh, sie zu belügen, aber er wollte nicht, dass sie sich aufregte. Aufregung verschlimmerte ihr Asthma. Zudem durfte sie niemals erfahren, in welchem Schlamassel er steckte. Seufzend vergrub er die Nase in ihrem langen Haar. Er liebte Elena über alles.

Sie streichelte ihm lachend über den Rücken. »So schlimm?«

Es war für Ethan tatsächlich schlimm, für längere Zeit von seiner Schwester getrennt zu sein, da sie seit der Geburt praktisch eine Einheit gebildet hatten, und als auch noch vor drei Jahren ihre Eltern bei einem Lawinenunglück beim Skifahren in den Rocky Mountains ums Leben gekommen waren, hatte sich ihre Bande noch mehr gefestigt. Aber das war natürlich nicht der Grund für seine üble Laune. *Gabriel, du Bastard, warum kannst du kein ganz normaler Mann sein, der brav einem stinklangweiligen Job nachgeht?*, dachte Ethan. *Dann könnte ich dich mit zu mir nach Hause nehmen, dich Elena vorstellen und dir in meinem Zimmer das Hirn rausvögeln!* Es machte ihn wütend, dass in seinem Leben einfach nichts nach Plan lief. Immer wieder zog er die Arschkarte, so kam es ihm wenigstens vor. Einmal in ihrem Leben hatten sich seine Eltern einen Urlaub geleistet – und sie waren verunglückt. Seitdem schien alles nur noch bergab zu gehen. Wenn Ethan nicht bald wieder einen anständig bezahlten Job bekam, würden er und Elena womöglich noch das Haus verlieren. Und ausgerechnet jetzt, wo Ethan geglaubt hatte, an der Story seines Lebens dran zu sein, musste ihm Gabriel einen Strich durch die Rechnung machen. Jetzt konnte Ethan für diesen Verbrecher den Arsch hinhalten und käme wieder nicht dazu, sich nach Arbeit umzusehen.

»Wo musst du hin?«, fragte Elena und löste sich von ihm, um ihm weiter beim Packen zu helfen.

»Los Angeles.«

»Los Angeles?«, hakte sie nach.

»Hmmm.« Ethan legte eine Jeans auf den Stapel Shirts und überlegte, was man als zukünftiger Lustsklave so alles brauchte. *Eigentlich gar nichts …*

»Du bist ja sehr gesprächig, Brüderchen. In Los Angeles gibt es bestimmt ein paar heiße Männer!« Sie stupste ihn mit dem Ellbogen in die Seite. »Hey, freust du dich denn nicht? Du könntest doch Arbeit und Vergnügen miteinander verbinden.«

Sich an einer Schläfe kratzend, räusperte er sich. »Ja schon … aber …«

Daraufhin blickte sie ihn mit hochgezogenen Brauen an.

»Kann ich dich denn so lange allein lassen, Elena?«, stieß er hervor. »Ich bin bestimmt ein paar Wochen weg.«

Gespielte Empörung machte sich auf ihrem Gesicht breit. »Ich bin erwachsen, Ethan. Genau wie du. Wir können nicht immer alles zusammen machen, so wie früher.«

»Ich meinte ja auch wegen deinem Asthma. Was ist, wenn du wieder einen schlimmen Anfall bekommst?«

»Der letzte ist doch schon ewig her. Es geht mir gut, mach dir keine Sorgen, Brüderchen.« Liebevoll kniff sie ihm in die Wange. »Wann musst du weg?«

Ethan blickte verstohlen auf seine Armbanduhr. Es war erst acht Uhr morgens – er hatte also noch eine Weile Zeit, da er etwa eine Stunde bis zur Fifth Avenue brauchte, wo er sich mit Gabriel in dem Café treffen würde. Bei den Gedanken an diesen Mann zog es in Ethans Brust. *Verdammt, ich darf mich nicht in ihn verlieben!*, wiederholte er ständig. *Er ist gefährlich, ein Verbrecher!* Die Aktion mit dem Messer hatte Ethan das klargemacht, und auch was Gabriels Handlanger über ihren Boss erzählt hatten … Es würde ein verdammt gefährliches Spiel werden, auf das sich Ethan einließ.

»Ethan? Wo bist du? Jemand zuhause?«, scherzte Elena und klopfte ihm mit dem Zeigefinger gegen die Stirn. »Du bist ja total durch den Wind. Es scheint wohl eine größere Sache zu sein?«

Er nickte und küsste sie auf die Wange, bevor er aufstand, um die Tasche zu schließen. »Du hast recht, ich bin nur aufgeregt.«

»Ich möchte, dass du dich neben der ganzen Arbeit auch noch ordentlich amüsierst!« Elena grinste bis über beide Ohren. »Los Angeles … Santa Monica Beach … süße Jungs in engen Badeshorts …«

Jetzt musste auch Ethan lachen. »Du bist unmöglich!«

»Ach, Brüderchen, du opferst dich so für uns auf, da sollst du auch mal ein wenig Spaß haben.«

Wenn Elena wüsste, was für einen Spaß er erst hatte … »Ich muss in drei Stunden los«, wechselte er schnell das Thema. »Hast du Lust, vorher bei Larry's noch was zu frühstücken?« Ethan fühlte sich müde, immerhin hatte er nicht geschlafen, aber daran war jetzt ebenfalls nicht zu denken. Die Aussicht, Gabriel bald wieder zu sehen, ließ ihn nicht zur Ruhe kommen.

Auch Elena erhob sich, wobei sie fröhlich in die Hände klatschte. »Klaro, lass uns deinen neuen Auftrag feiern! Gib mir zwanzig Minuten!«

★★★

Ethan saß schon seit über einer halben Stunde im Café, seine Reisetasche zwischen den Füßen, und ließ sich vom Koffein und der leisen Musik berauschen, als Gabriel das Starbucks betrat. *Er ist hier!* Tief durchatmend wischte sich Ethan die feuchten Hände an seiner Jeans ab und klammerte sich anschließend wieder am Cappuccino-Becher fest, der längst leer war, deshalb hatte er soeben einen neuen bestellt.

Wie immer sah Gabriel mit seiner großen Gestalt, die in einem teuren Anzug steckte, blendend aus. *Aber noch besser gefällt er mir nackt,* dachte Ethan, und bei dem Gedanken spürte er ein Ziehen in den Lenden.

Nachdem Gabriel kurz seinen Blick durch den Raum hatte gleiten lassen, schritt er zielsicher auf Ethan zu, der an einem der hinteren Tische saß. Sofort beschleunigte sich Ethans Puls. Er wagte nicht, Gabriel in die Augen zu sehen. Sein Herz schlug schon nervös genug. *Nein, du wirst jetzt nicht klein beigeben, Ethan James Hunter!,* schalt er sich und atmete ein letztes Mal tief durch. *Zeig es diesem Kerl! Lass dich von ihm nicht einschüchtern oder du hast schon verloren!*

Gabriel setzte sich Ethan gegenüber an den kleinen Tisch und beinahe zeitgleich kam eine blonde Bedienung an ihren Platz. Die junge Frau schien von Gabriel hin und weg zu sein, denn ihre Wangen röteten sich leicht und ihre Augen funkelten. »Willkommen im Starbucks.

Was möchten Sie bestellen?«

»Dasselbe wie immer, Samantha«, erwiderte Gabriel grinsend, während die Frau Ethan geistesabwesend einen Cappuccino und Brownies hinstellte, ohne den Blick von Gabriel zu nehmen.

»Kommt sofort!« Samantha wirbelte zur Theke und kam kurz darauf mit einem weiteren Plastikbecher auf ihrem Tablett zurück. »Einen Espresso Macchiato, wie immer.« Mit einem wasserfesten Stift kritzelte sie etwas an den Rand des Bechers, bevor sie ihn Gabriel hinstellte und lächelnd zum nächsten Gast eilte. Ethan wusste, dass hier die Namen der Kunden auf die Becher geschrieben wurden, und da diese Samantha nicht nach Gabriels Namen gefragt hatte, schienen sich die beiden schon besser zu kennen.

Ein kleines Fünkchen Eifersucht flammte in Ethan auf, als er die zwei beim Turteln beobachtete. Zudem hatte ihn Gabriel noch keines Blickes gewürdigt, geschweige denn begrüßt. Ethan selbst brachte auch kein Wort heraus. Er wusste schließlich nicht, was er von Gabriels »Angebot« halten sollte. *Du gehörst jetzt mir …*, hallte Gabriels Stimme schon seit Stunden durch sein Gehirn.

Seufzend griff Ethan nach einem Brownie und steckte sich das kleine Stück Schokoladenkuchen komplett in den Mund. *Mmm*, das waren einfach die Besten … Vor Genuss schloss er kurz die Augen, aber sofort riss er sie wieder auf, weil er fühlte, dass Gabriel ihn anstarrte. Schnell nahm er einen Schluck von seinem Kaffee, wobei er sich leicht die Zunge verbrannte.

Gabriel sah müde aus und auch er selbst würde wahrscheinlich auf der Stelle einschlafen, wenn er sich nicht in Koffein ertränken würde.

Nach einer endlos erscheinenden Pause, brach Gabriel das Schweigen: »Ich hatte nicht damit gerechnet, dass du kommst.«

Sieh an, er ist tatsächlich hier, wunderte sich Gabriel. Aber warum? Um an seine Story zu kommen oder weil er auch gespürt hatte, dass da zwischen ihnen mehr war? Oder hatte Ethan Angst, dass er die Drohung bezüglich seiner Schwester wahrmachte?

Gabriel hoffte auf eine zufriedenstellende Antwort, während er seinen Becher nahm und den Milchschaum vom Kaffee löffelte. Stattdessen lächelte Ethan ihn unsicher an und sagte: »Gaby?«

Erst jetzt fiel Gabriel die winzige Zahnlücke auf, die Ethan zwischen den oberen Schneidezähnen besaß, und ein sehnsuchtsvolles Ziehen fuhr durch seine Brust. Gott, war der Kerl süß! Ethan klebte Milchschaum an der Oberlippe, den er am liebsten weglecken wollte.

»Was meint du?«, fragte Gabriel. Er verstand erst nicht, worauf Ethan hinauswollte, aber dann drehte Gabriel seinen Becher und sah, was Samantha in krakeligen Buchstaben draufgeschrieben hatte: *GABY.*

Gabriel musste schmunzeln. Schon lange wusste er, dass die junge Frau ein Auge auf ihn geworfen hatte. Es wunderte ihn, dass sie noch nicht ihre Telefonnummer auf dem Becher hinterlassen hatte. »Sam denkt sich immer neue Kosenamen für mich aus.«

»Aber *Gaby* ... Ist das nicht die Kurzform von Gabriella?«, scherzte Ethan und grinste plötzlich bis über beide Ohren, bevor er sich wieder einen Brownie in den Mund schob. Langsam schien er aufzutauen.

Umgehend wurde Gabriel wieder ernst, denn Ethan sollte nicht zu übermütig werden. Außerdem durfte sich die Beziehung zwischen ihnen nicht vertiefen. Das wäre für alle Beteiligten nicht vorteilhaft. Gabriel würde eine Weile mit dem Kleinen spielen und ihn dann wieder heimschicken. »Wir sind hier nicht zum Vergnügen!«

»Das ist äußerst schade«, erwiderte Ethan frech, aber sofort starrte er in seinen Becher. Er dachte sicher daran, was erst vor ein paar Stunden zwischen ihnen abgelaufen war. Gabriel ging es nicht anders.

Er liebte Ethans herausfordernde Art, aber noch mehr stand er auf seine schüchternen Blicke. Gabriel konnte immer noch nicht begreifen, was heute Nacht über ihn gekommen war, als er Ethan wie ein Tier genommen hatte. Er musste Ethan nur ansehen und schon wurde er hart. Der junge Mann hatte etwas an sich, das ihn provozierte und erregte zugleich. Ethan konnte ihm gefährlich werden, aber ... Verdammt, der Junge war einfach zu lecker, um die Finger von ihm zu lassen! Zu lange schon hatte Gabriel auf guten Sex verzichten müssen, weil er sich ständig vor sich selbst versteckte, und das, was er mit diesem Mann erlebt hatte, übertraf alle seine früheren Eskapaden!

Die Wohnung im Trump Tower war der einzige Ort, von dem Gabriel wusste, dass er nicht überwacht wurde. Es brauchte, nein, es DURFTE! schließlich niemand erfahren, was für Neigungen er besaß. Schlimm genug, dass Ethan jetzt davon wusste – ein Reporter! Gabriel konnte nur hoffen, dass der Junge kein Interesse daran hatte, alle Welt wissen zu lassen, welche Vorlieben er selbst hatte, aber so offen wie er damit umging, schien ihn das nicht zu stören.

Ethan durfte auch niemals dahinterkommen, was er tatsächlich im

Kasino trieb. Gabriel musste ihn unbedingt auf eine falsche Fährte locken ...

Plötzlich kamen ihre Knie unter dem Tisch in Kontakt und Gabriel glaubte, es würde Strom zwischen ihnen hin und her schießen. Gott, wie sehr er den Kleinen begehrte! So etwas war ihm wirklich noch nie passiert. Es schien nicht nur der schlanke Körper zu sein, der Gabriel reizte, sondern Ethans bloße Anwesenheit war schon ein Genuss. Seine ganze Art, wie er ihn anschaute, seine Gesten ... Gabriel konnte sich an ihm einfach nicht sattsehen.

Sie saßen an ihrem Platz und schlürften ihren Kaffee, während sie immer tiefer in die Stühle sanken. Daraufhin berührten sich nicht nur ihre Knie, sondern auch die Oberschenkel. Gabriel war versucht, seine Hand zwischen Ethans Beine zu schieben, um zu sehen, ob der junge Mann ebenso hart war wie er selbst. *Bevor ich ins Kasino fahre, muss ich unbedingt noch diesen Druck loswerden!*, sagte sich Gabriel und brummte: »Bekomme ich auch ein Stück Kuchen?«

Ohne zu zögern griff Ethan nach einem Brownie und steckte ihn Gabriel in den Mund. Aber der junge Mann ließ seine Hand da, wo sie war, und besaß auch noch die Frechheit, ihm einen Finger hineinzuschieben. Dabei kräuselten sich Ethans Lippen zu einem sexy Lächeln.

Der Kleine wollte also spielen? Was Ethan konnte, konnte er auch! Gabriel glitt mit der Zungenspitze über die Fingerkuppe und beobachtete Ethans Reaktion. Der blickte ihn durch halb geschlossene Lider an. Da er ein eng anliegendes Shirt trug, das seinen schlanken, aber gut definierten Körper besonders gut zur Geltung brachte, sah Gabriel, wie schnell sich sein Brustkorb bewegte.

»Und, wie soll es jetzt weitergehen?«, fragte Ethan ein wenig außer Atem, als er den Finger wieder herauszog und ihn selbst noch einmal provokativ ableckte.

»Ich denke, das sollten wir in meinem Apartment besprechen.« Gabriel klang nicht weniger atemlos. Dieser Kerl war eine einzige Versuchung und das wusste Ethan genau! Anscheinend schien er auch auf andere Männer diese Wirkung zu haben. Dieser Gedanke gefiel Gabriel überhaupt nicht. Er wollte Ethan ganz für sich allein und er brauchte ihn jetzt!

Abrupt standen beide auf und schenkten sich tiefe Blicke. Als sie an der Theke vorbeiliefen – Ethan mit seiner Reisetasche über der Schulter –, steckte Gabriel der blonden Bedienung augenzwinkernd ein

Scheinchen zu und drückte dann Ethan zur Tür hinaus. Sie führte in das Atrium des Trump Towers, in dem es zahlreiche weitere Geschäfte gab. Ethan blieb kaum Zeit, den bunt beleuchteten Wasserfall zu bewundern, der innerhalb des Gebäudes über mehrere Stockwerke hinabfiel, da er sofort von Gabriel zu einem der Aufzüge geschoben wurde.

Sobald sich die Tür hinter ihnen geschlossen hatte, drückte Gabriel auf den Knopf und Ethan mit dem Rücken gegen die Wand. Es würde eine Weile dauern, bis sie im fünfzigsten Stockwerk ankämen ... genug Zeit also, um sich ein wenig zu amüsieren.

Ethan spürte Gabriels Erektion, die sich hart an seine eigene drängte. In seiner engen Jeans fiel sie wohl weniger auf als in Gabriels schwarzer Anzughose, die sich verdächtig weit ausbeulte.

»Du hast echt Mumm, Kleiner«, hauchte ihm Gabriel ins Gesicht. Dabei kam er ihm immer näher und zog Ethan die Tasche von den Schultern, um sie auf dem Boden abzustellen. Aber seine Lippen streiften nur Ethans Wange und bahnten sich dann den Weg zu seinem Ohr. »Ich hätte nicht gedacht, dich wiederzusehen.«

»Nach allem, was du mir angedroht hast?«, erwiderte Ethan spöttisch. Er wusste immer noch nicht, was er von diesem Mann halten sollte, aber was erwartete Ethan: Er kannte ihn ja eigentlich auch nicht.

»Was hab ich dir denn angedroht?« Gabriels Stimme klang gefährlich leise, aber Ethan konnte seine Erregung deutlich heraushören.

»Dass du deine Männer auf mich hetzt und meine Schwester ... aaah!«

Gabriel hatte leicht in sein Ohr gebissen und lachte dunkel. Seine Hände glitten unablässig über Ethans Hüften und seinen Po, in den Gabriel seine Finger grub, um Ethan fest an seinen Schwanz zu ziehen.

Warum küsst er mich denn nicht?, dachte Ethan verzweifelt. Er wünschte sich so sehr, Gabriels wundervolle Lippen auf den seinen zu spüren, ihn zu schmecken, mit ihm zu züngeln. *Komm, gib dir einen Ruck, Gabriel!* Ethan drehte seinen Kopf ein wenig, um über Gabriels Wange zu lecken. Der Befehl, dass er ihn niemals küssen durfte, hallte noch durch seinen Kopf. *Er muss es selbst wollen* ... Tatsächlich kamen Gabriels Lippen näher, sein heißer, abgehackter Atem streifte bereits Ethans Mundwinkel – aber genau in diesem Moment stoppte der Aufzug und ein Klingeln kündigte das Öffnen der Türe an.

Wie zwei Kinder, die etwas Verbotenes angestellt hatten, sprangen sie auseinander, und Gabriel riss die Augen auf, als eine alte Frau zustieg, die einen Pudel im Arm hielt.

»Mr Norton!«, krächzte sie sichtlich erfreut, nachdem sie Gabriel erblickt hatte. »Schön, Sie wieder einmal zu sehen.«

»Hallo, Mrs Kuwalski«, erwiderte Gabriel steif. Vergeblich versuchte er, seine Erektion möglichst unauffällig mit den Händen zu verbergen, aber die grauhaarige Dame hatte glücklicherweise nur Augen für ihren Hund.

»Komm, Fry, sag unserem Helden brav Guten Tag«, forderte sie das Hündchen auf.

Gabriel nutzte diesen Moment, um sein Jackett auszuziehen und es vor sich im Arm zu halten. »Ein ziemlich heißer Tag heute, was, Mrs Kuwalski?« Mit einer Hand fuhr sich Gabriel durchs Haar, dann lockerte er seine Krawatte.

Ethan, jedoch, grinste nur in sich hinein.

»Ja, mein Lieber. Mir macht das Wetter auch sehr zu schaffen, besonders meinen Beinen«, sagte sie und tätschelte Gabriel die Schulter, auf der sie dann ihre Hand liegen ließ. »Kommen Sie erst mal in mein Alter. Aber noch sind sie ja jung und knackig!« Sie kicherte wie ein Mädchen und lief dann rot an.

Himmel, stehen denn alle Frauen auf ihn?, dachte Ethan, der sich das Schauspiel erstaunt ansah. Und warum war er ihr Held?

Niemals zuvor hatte er Gabriel dermaßen unruhig erlebt. Im Kasino und ihm gegenüber verhielt er sich stets wie der König unter den Löwen, aber vor dieser Dame schien er um mehrere Zentimeter zu schrumpfen.

»Ich möchte Trixie besuchen, sie hat mich heute zum Mittagessen eingeladen«, plapperte Mrs Kuwalski munter weiter, wobei sie ihre Hand auf Gabriels Arm legte. »Wären Sie so lieb, auf den Zwanzigsten zu drücken, Mr Norton? Sie wissen doch, meine Augen sind nicht mehr die besten.«

»Selbstverständlich.« Gabriel tat ihr den Gefallen und war sichtlich erleichtert, als sie bald wieder ausstieg, natürlich nicht, ohne sich ausgiebig von ihm zu verabschieden.

»Woher kanntest du denn diese nette Lady, mein *Held*?«, fragte Ethan schmunzelnd, als sich die Tür hinter der winkenden Mrs Kuwalski schloss.

Sofort wandte sich Gabriel zu ihm um und nagelte ihn wieder

gegen die Wand. »Hör bloß auf! Ich bin letztes Jahr fast zwei Stunden mit ihr im Lift stecken geblieben. Ich kenne ihre gesamte Lebensgeschichte!«

»Du Armer!«, spottete Ethan, legte seine Hand in Gabriels Schritt und drückte zu. »Aber dafür hast du einen Fan mehr.«

Stöhnend schloss Gabriel die Augen. »Die Frau ist echt anstrengend. Normalerweise bekomme ich sie nicht so schnell wieder los.«

»Sie hat wohl bemerkt, dass du unendlich spitz bist und es kaum erwarten kannst, mich zu ficken«, flüsterte Ethan in Gabriels Ohr. Der hatte sich schwer gegen ihn gelehnt und keuchte, weil Ethan seine Massage verstärkte.

»Ganz recht, ich werde dich gleich ficken, dass du eine Woche lang nicht mehr laufen kannst«, knurrte Gabriel, während er sich von Ethan losriss, ihn umdrehte und dessen Bauch hart gegen die Verkleidung der Kabine drückte. Dabei rieb Gabriel seinen Ständer an Ethans Gesäß.

Aber schon sechs Stockwerke höher ließ er ihn wieder los, als eine ganze Gruppe Büroangestellter zustieg, die ihre Mittagspause auf dem Dach des Wolkenkratzers verbringen wollte. Dort gab es eine gemütliche Dachterrasse mit einem kleinen Garten. Gabriel und Ethan wurden an die Seite gedrängt, sodass Gabriel nun hinter ihm stand. Ethan spürte, wie sich Gabriels Härte abermals gegen seine Pobacken drückte, nur dass Gabriel diesmal zwischen ihm und der Wand eingeklemmt war.

Wollen wir mal sehen, wie cool du tatsächlich bist, dachte Ethan schelmisch und begann, sein Becken auf dem prallen Ständer kreisen zu lassen.

Gabriel hinter ihm krümmte sich und knurrte in sein Ohr: »Hör sofort damit auf oder ...«

»Oder was?«, frotzelte Ethan, nur um sich noch fester an ihm zu reiben. Er hörte Gabriel schwer atmen und mit Sicherheit drang ihm bereits aus jeder Pore der Schweiß, was aber nicht an der Sommerhitze liegen konnte, denn das Gebäude war angenehm klimatisiert. Der große Mann versuchte ihn unauffällig von sich wegzudrücken, was ihm aber nicht gelang. Ethans Sneaker fanden auf dem Fahrstuhlboden einen wunderbaren Halt.

»Ethan, bitte!«, zischte Gabriel, worauf Ethan sofort erstarrte. Hatte ihn der knallharte Typ tatsächlich gerade um etwas gebeten? Überrascht drehte er sich um und blickte ihm geradewegs in die eisblauen Augen. Gabriel schaute ihn unter halb gesenkten Lidern wieder so seltsam an, als würden sich manchmal zwei verschiedene Persönlichkeiten in ihm befinden. In diesem Moment überfiel Ethan abermals das unbändige Verlangen, Gabriel auf die schönen Lippen zu küssen, die er leicht geöffnet hatte.

Als sie die fünfzigste Etage erreicht hatten, schnappte sich Gabriel jedoch Ethans Tasche und schubste ihn durch die umstehenden Büroangestellten aus dem Lift bis vor seine Wohnungstür. Er sperrte sofort auf und zerrte Ethan dann hinein.

»Du weißt wohl nicht, wen du vor dir hast, Kleiner!« Gabriel sah finster auf Ethan herab, während er sich die Krawatte vom Hals riss und sein Hemd aufknöpfte.

Da war er wieder, der »alte« Gabriel.

»Und du hast wohl keine Ahnung, dass ich längst erwachsen bin, sonst würdest du mich nicht immer *Kleiner* nennen!«, konterte Ethan und gab Gabriel einen leichten Schubs. Der Mann brachte ihn mit seinen ständigen Stimmungsschwankungen noch zur Weißglut!

Aber als Ethan bewusst wurde, dass er gerade dabei war, sich mit einem Verbrecher anzulegen, blieb er steif stehen und starrte Gabriel aus großen Augen an.

Der blickte jedoch amüsiert zurück, was Ethan erneut verwunderte. Aus dem Mann sollte mal einer schlau werden ...

»Na warte, Bürschchen, was fällt dir ein!« Sofort warf Gabriel ihn über seine Schulter, um ihn durch das Wohnzimmer zu tragen. Während Ethan sich nur halbherzig wehrte, weil ihn Gabriel total verwirrte, ließ er seinen Blick durch den großzügigen Raum schweifen. Im hinteren Teil befand sich eine verchromte Küchenzeile, davor, im mit Parkett ausgelegten Wohnbereich, standen ein TV-Rack mit Stereoanlage und Flachbildschirm, ein Glastisch und eine weiße Ledercouch. Aber am gigantischsten war die Aussicht, die die gewaltige Panoramascheibe auf Manhattan und den Central Park freigab. Beim letzten Mal, als Ethan hier gewesen war, hatte er so unter Schock gestanden, dass ihm das alles entgangen war.

Wow, Gabriel musste steinreich sein! Seine illegalen Geschäfte brachten ihm anscheinend eine Menge ein.

»Ich glaube, da muss erst jemand erzogen werden!«, riss ihn Gabriel aus den Gedanken, als Ethan auf dem gewaltigen Futonbett abgelegt wurde. Sofort begann Gabriel ihn zu entkleiden. Die Sneaker flogen in hohem Bogen durch den Raum, es folgten Ethans Jeans, die Shorts und sein Shirt. Anschließend entledigte sich Gabriel seiner eigenen Sachen und warf sich neben Ethan auf das Bett.

Ethan räkelte sich. »Ach, so ein Bett ist doch viel gemütlicher als der Fußboden. Darauf lasse ich mich doch gerne vor dir erziehen.« Er konnte es kaum erwarten, von Gabriel genommen zu werden, auch wenn er sich bei ihrem letzten Mal etwas mehr Nähe anstatt des kühlen Abgangs gewünscht hätte. Aber Ethan musste echt lebensmüde sein, sich das zu wünschen. Er befand sich in der Höhle des Löwen; was war, wenn Gabriel ihn zerfleischte?

Doch der starrte ihn nur an und ließ seine hellen Augen über Ethans Nacktheit wandern. »Du bist wunderschön«, flüsterte er, worauf Ethans Herz einen Purzelbaum machte, »aber auch rotzfrech. Das darf ich nicht durchgehen lassen!«

Mit einem verwegenen Grinsen zerrte er Ethan von der Matratze und schnappte sich dabei die Handschellen aus der Nachttischschublade. Ethan wusste genau, was Gabriel beabsichtigte, und sein Herzschlag beschleunigte sich. »Du wirst mich nicht schon wieder festketten!«

»Da stehst du doch drauf, Kleiner!« Er lachte rau und drückte Ethan mit dem Rücken auf die gepolsterte Hantelbank seiner Fitness-Station und dessen Hände über dem Kopf zusammen. Schon klickte es zweimal und er war an das Gestell gebunden. Gabriels Behandlung steigerte jedoch Ethans Lust, obwohl er den schwarzhaarigen, äußerst gut gebauten Mann immer noch etwas fürchtete. *Ich muss echt total verrückt sein,* dachte Ethan in einer Tour. Und Gabriel war ebenfalls verrückt. Normal verhielt der sich nämlich nicht. Ethan musste auch die ganze Zeit auf Gabriels Narbe schauen, die sich quer über sein Schlüsselbein zog. Wo er die wohl herhatte? Von einer Messerstecherei?

»Außerdem warst du im Aufzug ziemlich gemein zu mir. Das lasse ich bestimmt nicht durchgehen!« Gabriel packte Ethans Schenkel und drückte sie in Richtung Bauch, um sie mit elastischen Trainingsbändern ebenfalls am Gestell festzuzurren.

»Hör auf!« Ethan wehrte sich, doch vergeblich. Gabriel besaß einfach mehr Kraft. Ethans Beine ragten nun schräg nach oben und gaben Gabriel den Blick auf sein Gesäß frei. Er fühlte sich dem starken Mann wehrlos ausgeliefert, nein, er *war* Gabriel wehrlos ausgeliefert. Auf

Gedeih und Verderb. Dessen Schwanz zuckte, als er lüstern auf Ethan herabblickte.

»Das sieht doch schon mal sehr gut aus«, säuselte Gabriel und fuhr mit den Fingerspitzen über Ethans Hoden, die sich ihm nun ebenfalls völlig schutzlos darboten.

In Ethans Unterleib pochte alles und die Haut an seinem Sack zog sich zusammen. Er versuchte, die Beine zu befreien, aber die Knoten der elastischen Seile hielten bombenfest. »Mach mich sofort wieder los!« Die Schamesröte schoss ihm ins Gesicht. Es war etwas anderes, im Halbdunkel genommen zu werden, aber jetzt, am helllichten Tag ... Gabriel konnte wahrscheinlich jedes einzelne verdammte Haar an seinem Arsch sehen, das er beim Rasieren vergessen hatte! Überhaupt konnte der Mann nun *alles* sehen, jede noch so intime Stelle.

Gabriel stand jedoch weiterhin neben ihm und lächelte überheblich. Selbst mit diesem arroganten Ausdruck wirkte er auf Ethan unglaublich sexy. *Mistkerl!*

»Weißt du, wie unartige Jungs früher bestraft wurden? Man hat ihnen den Rohrstock übergezogen«, sagte Gabriel leise und seine samtige Stimme schickte Schauer über Ethans Körper.

Ethan hörte ihn in der Nachttischschublade herumwühlen. Was hatte denn der Kerl noch alles da drin? Aber die Antwort darauf spürte er bereits an einer Pobacke. »Verdammt!« Gabriel hatte ihn mit einer kurzen Gerte geschlagen! Die kleine Lederklatsche an der Spitze hatte bestimmt einen bleibenden Eindruck auf Ethans Haut hinterlassen, so wie die nun brannte. Aber das unangenehme Brennen fraß sich wie ein Lauffeuer durch seinen Körper, wo es zu einem erregenden Kribbeln anschwoll.

»Na, wirst du wohl stillhalten?« Mit dunklem Blick stellte sich Gabriel neben Ethan und ließ das kleine Paddel der Gerte immer wieder in seine Handfläche klatschen.

»Ich kann mich doch eh kaum bewegen!«, beschwerte sich Ethan schwer atmend. Er kam sich total lächerlich vor, so festgezurrt auf dem Trainingsgerät, aber Gabriel schien das sehr zu gefallen. Sein aufgerichteter Penis zuckte unentwegt.

»Mich interessiert, was du alles über dich ergehen lassen wirst, bis dein unverzeihliches Verhalten im Aufzug gesühnt ist.«

Ethan wollte zurückweichen, als Gabriel mit der Gerte zwischen seine Beine fuhr und dort über die Hoden streichelte, aber natürlich konnte er das nicht. »Was?!« Das kühle Leder glitt an seinem Geschlecht auf und ab und raubte Ethan die Sinne.

»Du hast schon richtig gehört. Ich werde mir jetzt eine angemessene Strafe ausdenken.«

»Du wirst mir doch nicht auf meine Eie...ahhh!« Die Gerte hatte Ethans Eichel getroffen. Gabriel hatte nur leicht ausgeholt, dennoch war es sehr unangenehm gewesen. Doch die Ungewissheit, wann, wo und wie fest der nächste Schlag ihn treffen würde, brachte Ethans Puls dazu, in wildem Stakkato in seinen Ohren zu klopfen. Dadurch nahm auch seine Lust zu, aber das wollte er Gabriel nicht zu offensichtlich zeigen.

»Es hat dir doch gefallen, was ich im Lift mit dir angestellt habe!«, stieß Ethan hervor.

»Das tut nichts zur Sache.« Die Gerte sauste noch ein paar Mal auf Ethans Pobacken, bevor Gabriel wieder zur Schublade ging. »Das macht mir keinen Spaß. Ich möchte dich richtig wimmern hören.«

Aus den Augenwinkeln sah Ethan, wie Gabriel einen dicken, schwarzen Vibrator herausholte.

»Mal sehen, wie viel du verpackst, Kleiner!«

Ethan zog an seinen Fesseln. »Das kannst du nicht machen!«

Abermals blickte Gabriel ihn so seltsam, ja beinahe verträumt an. »Du bist mein Eigentum. Ich kann mit dir machen, was ich will, Toy-Boy.« Demonstrativ cremte er das Silikon-Spielzeug mit Gleitgel ein, bevor er sich vor die Bank kniete, wo er Ethans Gesäß direkt vor Augen hatte. »Und jetzt versuche dich zu entspannen. Dann tut es nicht so weh.«

Ethan schnappte nach Luft, als Gabriel die kühle Spitze des Gerätes zwischen seine Pobacken schob. Ein wenig bekam er es mit der Angst zu tun. »Bitte«, sagte er leise, »sei vorsichtig.«

Sofort glitt Gabriels große warme Hand zwischen Ethans Beinen hindurch und legte sich auf seinen Bauch. »Ich würde dir nie wehtun«, flüsterte Gabriel, während seine Hand beruhigend über Ethans Unterleib strich. »Ich passe auf.« Seine Finger legten sich um Ethans Härte und drückten leicht zu, massierten ihn sanft.

Ethan entspannte sich. Plötzlich wusste er, dass ihm Gabriel niemals ein Leid zufügen würde. Das spürte er mit jeder Faser seines Seins. Gabriel strahlte in diesem Moment eine liebevolle Wärme aus. Jetzt war er nicht der kühle, unnahbare Mann wie sonst, und Ethan glaubte, dass er gerade sein wahres Ich zeigte.

Als die runde Spitze den Muskel dehnte und den Ring durchbrach, fühlte Ethan einen enormen Druck und einen leicht ziehenden Schmerz, der sich jedoch in ein lustvolles Brennen verwandelte, sobald Gabriel den Vibrator einschaltete. Sanft begann Gabriel den Dildo in ihm zu bewegen, vor und zurück. Immer, wenn die summende Spitze seinen Lustpunkt traf, glaubte Ethan, er müsse auf der Stelle kommen, aber Gabriel kontrollierte seine Reaktionen genau. »Ich bestimme, wann es so weit ist. Wie immer«, sagte der mit heiserer Stimme.

»Warum tust du das, Gabriel?«, presste Ethan hervor, wobei er sich vor Erregung auf die Unterlippe biss.

»Um dich zu bestrafen. Das weißt du doch.«

Schwer atmend antwortete ihm Ethan: »Nein. Es macht dich unendlich geil, wenn du mich demütigst. Ich kenne Männer deiner Sorte zur Genüge.«

»Ach ja?« Gabriel klang plötzlich verärgert. »Wie viele haben dich schon in so einer Position gesehen?«

»Ein paar«, reizte Ethan ihn. War Gabriel eifersüchtig? Ethans Herz trommelte wild. Das würde ja bedeuten …

»Und … haben sie auch DAS mit dir gemacht?« Gabriel bohrte das Toy absichtlich tiefer in ihn hinein und massierte zugleich seinen Penis, bis Ethan ein Lustschrei entkam. Das Prickeln in seiner Wirbelsäule verlagerte sich immer mehr in seinen Unterleib, schwoll an und stieg in seinem Schaft empor. Ethan spürte, dass sein Höhepunkt kurz bevorstand, als Gabriel die Vibration abstellte.

Ethan jammerte vor Frustration. »Was denn?!«

»Wehe, du drückst das Ding raus!«, befahl Gabriel und ging wieder zur Schublade.

Zurück kam er mit einem Lederband, das er unterhalb von Ethans Hoden fest um den Schaft wickelte. Sofort nahm der Druck in Ethans Peniswurzel zu und alles darum pochte im Takt seines Herzens.

Verdammt, Gabriel verstand es, ihn lustvoll zu quälen!

»Du wirst nicht kommen, ehe ich es zulasse!«

Das Blut staute sich in Ethans Schwanz, sodass er noch dunkler wurde und das Pochen zunahm.

Gabriel stellte sich nun verkehrt herum über die Bank auf der Ethan lag, sodass er dessen Füße, die sich in die Luft reckten, genau vor Augen hatte. Dann beugte er sich zu Ethan herunter, bis Gabriels

Kopf zwischen seinen Beinen verschwand. Gabriel nahm Ethans Penis tief in den Mund, während er mit einer Hand um seine Oberschenkel griff und den Vibrator wieder einschaltete.

Ethan war im Himmel! Gabriels Hoden rieben über sein Gesicht und er konnte den moschusartigen Duft des Mannes riechen, der ihn so lustvoll bearbeitete. Ethan wünschte, er hätte seine Hände nun frei, um mit ihnen über Gabriels herrliches Gesäß zu streicheln, das er direkt vor Augen hatte. Den weichen Hautsack küssend, glitt Ethan mit der Zunge darüber, bis Gabriel über ihm erschauderte. Die festen Pobacken senkten sich noch ein Stück herab, und Ethan fuhr tief dazwischen, um Gabriel zu lecken. Der herbe Geschmack, der maskuline Duft und Gabriels zitternder Körper über ihm trugen Ethan an den Rand des Wahnsinns. Hätte Gabriel ihm nicht den Schwanz abgebunden, hätte Ethan sich längst ergossen. Alles in seinem Körper schrie nach dem erlösenden Orgasmus, den Gabriel ihm verwehrte.

»Mach das ab!«, rief Ethan heiser und bog seinen Rücken durch. Es machte seinen Zustand nicht gerade besser, dass Gabriel immer fester an ihm leckte und saugte.

Gabriel stöhnte unentwegt gegen Ethans Geschlecht. »Wie sagt man?«

Ethan konnte gerade noch ein »Bitte!« herauspressen. Die zahlreichen Sinneseindrücke vereinten sich zu einem erregenden Cocktail und ließen ihn beinahe explodieren.

Als Gabriel das enge Band an seiner Wurzel löste, stieg sofort das angestaute Sperma empor und schoss Gabriel geradewegs in den Mund. Wild brüllte der Höhepunkt in Ethan auf; er kam wie eine Flutwelle und glaubte, vor Lust zu sterben. Gabriel bewegte den Vibrator so geschickt, dass er seine empfindsamsten Punkte massierte. Anschließend schluckte Gabriel alles und saugte auch noch den letzten Rest aus Ethan heraus, bevor er von ihm abließ und sich wieder neben die Bank stellte, wo er sich über die Lippen leckte. Mit demselben verträumten Ausdruck wie zuvor, sah er auf Ethan herab, sodass sich eine verräterische Wärme in dessen Herz stahl. *Verdammt, Gabriel, mach es mir doch nicht so schwer* ... Langsam glaubte Ethan, hinter seine kühle Maske zu blicken, denn dieser Mann besaß einen weicheren Kern, als es den Anschein hatte.

Gabriel griff nach der Tube und gab noch einen Klecks Gleitgel auf seine Handfläche, das er dann auf seinem Penis verteilte. Anschließend begann er, über Ethans Mund an sich zu reiben. Dabei schnellte Ethans Zungenspitze hervor, mit der er über die glatte Eichel leckte. Es war ein unglaublich erregender Anblick, Gabriel dabei zuzusehen, wie er sich selbst befriedigte. Bereitwillig öffnete Ethan die Lippen, denn er wollte von Gabriel kosten, aber der enttäuschte ihn. Als der Samen herausschoss, klatschte die erste Ladung gegen Ethans Wange. Die nächste traf seinen Hals, die dritte seine Brust. Gabriel verteilte seine Spuren überall auf Ethans Körper, wie um ihn zu markieren. »Du gehörst jetzt mir!«, presste er hervor, als die letzten Tropfen auf Ethans Hoden fielen. Beinahe liebevoll massierte er die Flüssigkeit in Ethans Haut ein und betrachtete ihn dabei mit einem seltsamen Blick, den Ethan nicht deuten konnte. Anschließend zog Gabriel den Vibrator aus Ethans Körper und wischte die Hände an einem Handtuch ab, das über einer Stange an dem Fitnessgerät hing. Dann band er Ethans Beine los.

Stöhnend streckte er sich aus und legte seine Füße rechts und links neben der Hantelbank ab. Kurz darauf zerrte Ethan an den Handschellen, sodass Metall auf Metall klirrte, um Gabriel zu zeigen, dass er endlich losgemacht werden wollte, aber der würdigte ihn keines Blickes mehr.

»Gabriel?!«

Keine Antwort.

»Gabriel, soll ich hier verhungern, oder was?«, mokierte er sich. Das Sperma begann bereits zu trocknen und klebte unangenehm auf seiner Haut. Ethan wollte schleunigst unter die Dusche. Aber Gabriel tat gerade so, als existierte er nicht mehr.

Ethan tobte. Hatte er zuvor echt gedacht, er hätte sich in dieses Scheusal verliebt und Gabriel würde auch für ihn etwas empfinden? »Du verfluchter Mistkerl, mach mich sofort los!«

»Na, na, solche Ausdrücke dulde ich nicht, Kleiner«, sagte Gabriel ganz ruhig, ohne ihn anzusehen. »Habe ich dir nicht gerade eben eine Lektion erteilt?«

»Hey, mach mich endlich los, verdammt!«, schrie Ethan wütend.

Kühl lächelnd schnappte sich Gabriel seine Kleider und ging davon. »Ich werde dir schon noch Manieren beibringen, mein Süßer. So lange werde ich dir zeigen, wo dein Platz ist!«

★★★

Es war bereits zwei Uhr morgens, als Gabriel sein Apartment betrat. Er hatte heute früher Schluss gemacht und die Sicherung des Kasinos seinem fähigsten Mann anvertraut, denn Gabriel hatte nichts mehr im Starlight gehalten, nachdem er den Safe verriegelt hatte. Er war hundemüde und er musste wissen, ob Ethan noch bei ihm war.

Leise legte er den Autoschlüssel auf das Bord neben der Tür und machte kein Licht. Durch die Panoramascheibe drang genug Helligkeit der beleuchteten Stadt in die Wohnung. Gabriel ließ seinen Blick schweifen, während er die Schuhe auszog und die Krawatte abstreifte. Er konnte von Ethan weder etwas sehen noch hören.

Sein erster Weg führte hinüber zum Paravent, um dahinterzublicken. Angespannt hielt er die Luft an. Dort, auf dem Podest, standen sein Bett und daneben die Fitness-Station – aber Ethan lag da, wie erwartet, nicht mehr. Gabriel war es nicht entgangen: Ethan hatte bei ihrem ersten Mal gesehen, dass sich die Handschellen auf Knopfdruck öffnen ließen, denn es waren keine echten, sondern solche, die man in Sex-Shops kaufen konnte. Ansonsten hätte er Ethan auch niemals dort hängen lassen.

Der Kleine ist weg ... Gabriel seufzte und fuhr sich durchs Haar. Hatte er tatsächlich geglaubt, Ethan würde hier auf ihn warten? *Es ist wahrscheinlich besser so,* sagte er sich. Besser, Ethan verschwand aus seinem Leben, bevor Gabriel ihn tatsächlich nicht mehr gehen lassen konnte.

Schweren Herzens schlenderte Gabriel ins Badezimmer, entkleidete sich und drehte die Dusche an. Was hatte er sich denn erhofft? Immerhin war er nicht nett mit Ethan umgesprungen und hatte ihn hier einfach gefesselt zurückgelassen. *In den letzten Monaten ist aus mir ein richtig mieser Kerl geworden,* überlegte er. *Kein Wunder, bei der kriminellen Energie, die mich ständig umgibt ...*

Nachdem Gabriel sich gewaschen hatte, wollte er aus dem Kühlschrank ein Bier holen. Dabei musste er durch das Wohnzimmer und am Sofa vorbei. Sein Herz setzte einen Schlag aus, nur um danach noch heftiger zu schlagen, als er sah, wer darauf lag: *Ethan!*

Unschuldig wie ein kleines Kind hatte er sich auf der weißen Ledercouch in eine Decke gekuschelt und schien fest zu schlafen. *Der Kleine ist tatsächlich geblieben!*

Für einen Moment sah Gabriel auf Ethans entspanntes Gesicht mit den schön geschwungenen Lippen, die leicht offen standen. Am liebsten hätte Gabriel seine Fingerspitzen über den sinnlichen Mund gleiten lassen. Er wollte Ethans weiche Haut spüren, seinen Duft einatmen und sich an ihn kuscheln.

Vehement schüttelte Gabriel im Dunkeln den Kopf. Der Kleine sollte ihn nicht so faszinieren. Es war gefährlich, einen anderen Menschen in sein Leben zu lassen. Dieses Spiel sollte er möglichst bald beenden. Doch wie oft hatte er sich das jetzt schon vorgenommen ...

Als Gabriel die Decke wegzog, fielen die Fernbedienung und ein Handtuch auf den Boden. Ethan musste geduscht haben. Er war nackt und wunderschön wie immer. Gabriel überkam das plötzliche Gefühl, diesen jungen Mann beschützen zu müssen. Obwohl er gerade noch das Gegenteil gedacht hatte, wollte er nicht, dass Ethan ihn je wieder verließ, aber dann musste Gabriel auch dafür sorgen, dass ihm nichts passierte. Es war nicht ungefährlich, sich in seiner Nähe aufzuhalten, und wenn jemand herausfand, was Ethan ihm bedeutete, könnte er leicht zwischen die Fronten geraten und zum Spielball werden. Das durfte Gabriel um Nichts auf der Welt zulassen!

»Gabriel?«, murmelte Ethan, ohne die Lider zu öffnen.

»Sch..., schlaf weiter, Kleiner.«

»Ich bin sechsundzwanzig und kein Kind mehr«, beschwerte sich Ethan gähnend, was Gabriel ein Lächeln entlockte.

»Ja, das hast du mir jetzt schon öfter gesagt.« Gabriel schob die Arme unter seinen Körper, um ihn hochzuheben.

»Dann bist du ziemlich schwer von Begriff«, nuschelte Ethan an seine Brust.

»Du bist auch ziemlich schwer.« Gabriel ächzte.

Sofort schlug Ethan die Augen auf. »Was hast du mit mir vor?«

»Schlaf weiter, ich bring dich nur ins Bett.«

»Und ich dachte schon, du kettest mich wieder an das blöde Gestell«, sagte Ethan und legte die Arme um Gabriels Hals, als der ihn über das Parkett trug.

Behutsam legte Gabriel ihn auf der Matratze ab. »Wenigstens ist einer von uns nicht auf den Kopf gefallen. Immerhin hast du herausgefunden, wie sich die Handschellen öffnen lassen.«

Ethan flüsterte: »Das war echt fies von dir«, und schien schon wieder einzuschlafen.

Warum bist du denn überhaupt noch bei mir geblieben?, fragte er sich, als er den jungen Mann zudeckte und zu ihm unter die Laken schlüpfte. Ethan lag auf der Seite, ihm den Rücken zugewandt, und Gabriel kuschelte sich an den warmen, glatten Körper. Dann vergrub er seine Nase in dem weichen Haar und drückte die Lippen leicht an seinen Nacken. Ethan hatte sein Shampoo benutzt und duftete wahnsinnig gut. Einen Moment lauschte er Ethans gleichmäßigen Atemzügen, bevor er selbst die Augen schloss. Was hatte Ethan nur an sich, das diesen Beschützerinstinkt bei ihm auslöste? Waren es seine großen, grünen Augen? Oder die Sommersprossen um seine Nase, die Ethan wie einen unschuldigen Jungen erscheinen ließen?

Aber Gabriel wusste mittlerweile sehr genau, dass Ethan alles andere als unschuldig war. Der junge Mann hatte es faustdick hinter den Ohren. Wie zur Bestätigung drückte ihm der sogar noch im Schlaf sein Hinterteil entgegen, aber Gabriel war viel zu müde für körperliche Aktivitäten, egal welcher Art. Dennoch war es ein sehr schönes, entspannendes Gefühl, so dicht bei einem Menschen zu liegen, den man gern hatte. Ja – er hatte Ethan gern. Sehr gern sogar, auch wenn er sich das nur zähneknirschend eingestand.

Gabriel strich ihm das weiche Haar aus der Stirn und küsste ihn vorsichtig auf die Schläfe, damit er nicht erwachte. Ethans Haut war so zart wie bei einem Baby ... Alles an ihm war so vollkommen, so perfekt.

Doch Gabriel hatte einen Job zu erledigen. Er musste es irgendwie schaffen, Ethan nicht zu nah an sich heranzulassen und ihn doch in seiner Nähe zu haben. Schließlich legte er einen Arm um Ethan und fiel sofort in einen tiefen Schlaf.

★★★

Nachdem Ethan die Augen geöffnet hatte, wusste er im ersten Moment nicht, wo er sich befand. Aber es ging ihm gut, und die weichen Seidenlaken hinterließen ein wohliges Gefühl auf seiner Haut, wenn er sich bewegte. Als er sich auf die Seite drehte, erblickte er *Gabriel!* Plötzlich fiel Ethan alles wieder ein. Neben ihm schlief der Mann, der ihn als sein Eigentum markiert hatte! Aber Ethan war ihm deswegen nicht böse – im Gegenteil. Er hatte längst herausgefunden, dass diese kühle, harte Fassade nur gespielt war. Gabriel war in seinem Inneren ein ganz anderer Mensch. Er hatte sich durch kleine Gesten und viel zu weiche Blicke verraten.

Gabriel schien noch fest zu schlafen. Er lag auf dem Rücken, einen Arm neben dem Kopf angewinkelt und die Lippen leicht geöffnet. *Er sieht erschöpft aus,* dachte Ethan, als er den Mann an seiner Seite genauer betrachtete. Unter dem Halbmond aus pechschwarzen Wimpern lagen Schatten, die im hereinfallenden Morgenlicht besonders gut zur Geltung kamen. Dennoch – Gabriel Norton war ein verdammt sexy Kerl, selbst wenn er schlief. Aber er schien schlecht zu träumen, denn die Augen unter den Lidern bewegten sich unruhig.

»Gabriel?«, flüsterte Ethan.

Als Antwort erhielt er ein leises Stöhnen. Gabriel drehte den Kopf in seine Richtung und seufzte schwer.

Ob er einen Albtraum hat?, überlegte Ethan. Dann sollte er ihn davon erlösen. Er beugte sich über Gabriels Gesicht und ließ die Lippen sanft über seinen Mund gleiten.

Sofort riss der die Augen auf und drückte Ethan von sich weg. »Was soll das?!«, entfuhr es ihm schroff.

Sein harter Ton tat Ethan weh, auch wenn er sich das nicht anmerken ließ. »Das sollte nur ein Guten-Morgen-Kuss werden, kein richtiger.« Er lächelte unsicher. Ethan hatte gehofft, dass, nach allem, was bis jetzt zwischen ihnen passiert war, Gabriel ein wenig mehr Intimität zulassen würde. Er hatte Ethan gestern zu sich ins Bett geholt. Er war so lieb gewesen ... Aber was machte Ethan sich vor: Er kannte diesen Mann erst kurze Zeit. Und der hatte offensichtlich ein ernstes Problem mit sich selbst. Für viele schwule Männer bedeuteten Küsse auf den Mund, endgültig zu ihrer Homosexualität zu stehen. Und so weit war Gabriel definitiv noch nicht ... Denn es war mehr als deutlich, dass seine Reaktion nicht am morgendlichen Mundgeruch lag.

Für einen Augenblick sah Gabriel ihn unschlüssig an, bevor er die Decke zurückschlug und aus dem Bett stieg. »Ich muss los.«

»Jetzt schon?« Ethan blickte auf seine Armbanduhr. »Es ist erst zehn. Ich dachte, du fängst nie vor mittags im Kasino an.«

Ohne sich zu ihm umzudrehen, ging Gabriel durch die angrenzende Tür, die ins Badezimmer führte, und sagte: »Ich hab heute noch was anderes zu erledigen.«

Sofort wurde Ethan hellhörig. Er kroch ebenfalls von der Matratze und folgte Gabriel ins Bad. Der stand bereits unter der Dusche und seifte sich ein. Da die Scheiben aus durchsichtigem Glas bestanden, konnte Ethan jedes Detail seines aufregenden Körpers sehen.

Nachdem er die Glastür einen Spalt weit geöffnet hatte, fragte Ethan: »Wollen wir frühstücken? Ich kann uns ja schon mal einen Kaffe machen.«

Gabriel vermied es weiterhin, ihn anzusehen. »Ich hole mir unterwegs was. Außerdem ist mein Kühlschrank leer und Kaffee habe ich auch nicht da. Ich esse nie zu Hause.« Er stellte das Wasser ab, worauf Ethan ihm ein frisches Handtuch reichte und zur Seite auswich, denn Gabriel drückte sich an ihm vorbei.

Schulterzuckend stieg Ethan nun in die Dusche und drehte das Wasser wieder an. »Und, was soll ich jetzt tun, solange du weg bist? Ich werde bestimmt nicht das brave Hausmütterchen spielen und hier auf dich warten!«, rief er, während er sich die Haare wusch.

Durch die Scheibe sah er verschwommen, wie Gabriel das Badezimmer betrat. Mittlerweile trug er eine Anzughose und ein helles Hemd. »Hier, dein neues Handy!«, erklärte er so laut, dass Ethan seine Worte durch das Rauschen des Wassers verstand. »Ich werde dich später kontaktieren und dir mitteilen, was du für mich erledigen sollst.«

»Ach, ich bin nicht nur dein Lustsklave sondern auch noch dein Laufbursche, oder was?«, erwiderte er gereizt, als Gabriel das Mobiltelefon am marmornen Waschbeckenrand ablegte.

»Ich hab dir gesagt, dass du für mich arbeiten wirst. Hast du das schon vergessen, Kleiner? Außerdem bezahle ich dich für deine Dienste, ist ja nicht so wie im alten Rom, als Sklaven noch ausgebeutet wurden«, kam es spöttisch zurück.

Als Ethan aus der Dusche trat, stieg sein Puls. Beim Abtrocknen beobachtete er Gabriel dabei, wie er sich vor dem Spiegel rasierte und anschließend sein noch leicht feuchtes Haar kämmte. Dabei wanderten seine Augen immer wieder zu Ethan.

Ich kann diesem Kerl auch nie wirklich böse sein, dachte Ethan und sagte in einem etwas milderen Ton: »So, und wofür bezahlst du mich genau? Dass ich dir meinen Arsch hinhalte?«

»Jetzt werde nicht lächerlich«, meinte Gabriel, während er mit einem Tuch sein Gesicht trocken tupfte und sich dann zu Ethan herumdrehte. »Du bist im Moment so pleite, du könntest dir nicht mal mehr deine heißgeliebten Brownies leisten.«

»Was? Woher ...« Er sog scharf die Luft ein. Woher wusste Gabriel, dass er Brownies liebte? Okay, das konnte er sich zusammengereimt haben ... Aber hatte er auch Einsicht auf seinen Kontostand? Für einen kurzen Moment hatte Ethan tatsächlich vergessen, dass er einen Mann vor sich hatte, der womöglich dem organisierten Verbrechen angehörte. So jemand konnte jede Kleinigkeit über ihn herausfinden, wenn er wollte.

Mit hochgezogenen Brauen blickte Gabriel ihn an. »Ich weiß alles über dich, Ethan, schon vergessen?« Dann schlüpfte er überheblich lächelnd in sein Jackett und legte einen Hundert-Dollarschein sowie den Ersatzschlüssel zu seiner Wohnung an den Waschbeckenrand.

Arrogantes Arschloch!, fluchte Ethan innerlich, biss aber die Zähne zusammen, damit ihm nichts Unbedachtes entschlüpfte. Anschließend wickelte er das Handtuch um seine Hüften.

Gabriel kam einen Schritt auf ihn zu, sodass er dicht vor ihm stand, und beugte sich nah zu Ethan hin. »Also, nicht vergessen, ich melde mich«, hauchte er in sein Ohr.

Ethan hielt die Luft an. Eine Weile sahen sie sich tief in die Augen und Ethan spürte, wie ein sehnsuchtsvolles Ziehen durch seine Brust ging, aber dann wandte sich Gabriel abrupt von ihm ab und verließ die Wohnung.

»Ts ... Ich Idiot.« Ethan schüttelte den Kopf und blickte dann vorwurfsvoll in den Spiegel. Hatte er echt geglaubt, Gabriel würde ihm noch einen Abschiedskuss geben? Den gab es ja auch nur zwischen richtigen Paaren und das waren sie eben nicht. Ethan war für Gabriel nur ein Fickstück, nichts weiter. Gabriel hatte ihn bezahlt wie einen Callboy!

Seufzend sah Ethan auf das Geld. Mehr als Sex sollte auch nicht zwischen ihnen passieren, immerhin wollte Ethan durch Gabriel an die Story seines Lebens kommen. Am besten, er machte sich auch gleich mal an die Arbeit. Das lenkte ihn wenigstens davon ab, diesen mysteriösen Mann in sein Herz zu schließen ... wenn es nicht schon viel zu spät dafür war.

Neben dem Badezimmer aus hellem Marmor gab es eine kleine Kammer, in der sich Gabriels Anzüge fein aufgereiht auf einer Stange befanden. Dort entdeckte Ethan auch seine Reisetasche. Er zog eine frische Unterhose und ein rotes T-Shirt heraus, bevor er in den Schlafbereich ging. Da stieg er in seine Jeans, die immer noch genau an dem

Platz lag, wo Gabriel sie hingeworfen hatte.

Obwohl sein Magen knurrte und er sich jetzt am liebsten in ein Café oder ein Diner setzen wollte, schlenderte Ethan durch das Apartment auf der Suche nach etwas, das mehr über seinen mysteriösen »Kidnapper« ans Licht bringen würde. Es fiel ihm dabei sofort auf, dass die gesamte Einrichtung recht kühl wirkte. Es gab kaum Möbel in der Wohnung und keine persönlichen Gegenstände wie Bilder, Fotos oder Bücher.

Ethan ging hinüber zur Küche und öffnete wahllos ein paar Türen und Schubladen. Er fand nur wenig Geschirr und außer Cracker und Chips auch nichts Essbares, wenn man von der Pulver-Dose Aminosäuren, Power-Riegeln und anderem Sportlerfraß mal absah. Auch der Blick in den Kühlschrank war erschütternd: drei Bier, eine Flasche Wasser und vier Äpfel. Ethan nahm einen heraus und biss hinein. Wenigstens war das Obst frisch.

Während er aß, blickte er sich wieder um. *Das Ankleidezimmer!* Viele Menschen versteckten persönliche Dinge oder Wertgegenstände in Schachteln oder zwischen ihrer Unterwäsche. Ethan marschierte über das helle Parkett zum Schlafbereich, wo das Ankleidezimmer gleich vor dem Bad lag. Abermals betrat er den kleinen, fensterlosen Raum, in dem eine starke Leuchte genug Licht spendete. Auf der ganzen rechten Seite hingen Gabriels Hemden, Anzughosen und ein paar Jacketts. *Wow, die müssen ein Vermögen kosten!*, dachte Ethan, als er sich die Kleidung genauer ansah. Das waren alles nur die besten Marken! Aber dahinter entdeckte er bis auf ein paar Staubflusen nichts.

In den darüberliegenden Regalen befanden sich nur ein Werkzeugkoffer, ein Staubsauger, der Toilettenpapiervorrat und andere Haushaltsgegenstände, aber keine Schachteln. Auf der gegenüberliegenden Seite stand eine breite Kommode. In deren Schubladen fand Ethan, wie erwartet, Gabriels Unterwäsche. Ethan hatte ein seltsames Gefühl dabei, als er in den Socken, Unterhosen und Krawatten stöberte. Aber auch hier gab es nichts. Keine Rechnungen, keine persönlichen Unterlagen ... absolut nichts.

Wohnte Gabriel vielleicht woanders? Viele der Oberschicht, die in der Stadt arbeiteten, besaßen außerhalb von New York – meist in den Hamptons auf Long Island – ein Haus, in das sie sich am Wochenende zurückzogen. Oder war dieser Mann tatsächlich so kühl und leer wie seine Einrichtung?

Aber er hatte Ethan heute Nacht in sein Bett geholt ... Da war Gabriel so ganz anders gewesen.

Das Klingeln eines Telefons riss ihn aus seinen Gedanken. Der schrille Ton kam aus dem Badezimmer. *Das Handy!* Ethans Herz pochte schneller. *Das ist Gabriel!*, wusste er.

Sollte er rangehen? Er war schon neugierig, was für eine Aufgabe Gabriel für ihn vorgesehen hatte. Ethan malte sich bereits die wildesten Dinge aus.

Als er das Mobiltelefon aufklappte, kam ihm gleich Gabriels Stimme entgegen: »Na, Kleiner, fit für deinen ersten Job?«

Ethan brummte seine Zustimmung, denn er wollte nicht zu euphorisch erscheinen.

»Dann geh doch mal zur Fitness-Station. Das Polster der Bank lässt sich aufklappen. Darunter liegt ein USB-Stick ...«

Während Ethan lauschte, folgte er Gabriels Anweisung und holte den Datenstick.

»Bring ihn um zwei Uhr ins Diner an der Ecke Madison Avenue und 55th Street. Am hintersten Tisch wird ein Mann sitzen, der eine rote Kappe trägt. Dem wirst du den Stick unauffällig überreichen. Und komm bloß nicht auf den Gedanken, dem Mann zu folgen!«

»Aye, Sir«, sagte Ethan schmunzelnd. Er wusste sofort, was er mit dem Stick anfangen würde. Noch bevor Gabriel aufgelegt hatte, balancierte Ethan schon sein Notebook auf dem Schoß und schaltete es ein.

»Wollen wir doch mal sehen, was da drauf ist ...« Er steckte das kleine Gerät in einen USB-Port und wartete, bis sich das Fenster öffnete. Es zeigte einen Dateiordner namens »Holiday«. Mit zitternden Fingern tippte Ethan auf das Mouse-Pad, aber die Datei war mit einem Passwort geschützt. »Mist«, fluchte er. »Das war ja klar!« Aber was hatte er erwartet? So leichtsinnig schätzte er Gabriel nun wirklich nicht ein. Dennoch kopierte er die Datei auf die Festplatte seines Notebooks. »Auch wenn ich das Passwort knacke, könnte ich wetten, dass die Datei selbst noch zusätzlich verschlüsselt ist!« Aber Ethan hatte Erfahrung in solchen Dingen. Er freute sich schon herauszufinden, wie weit er kam. Es war nie verkehrt, eine Beschäftigung zu haben, und Ethan liebte Herausforderungen ...

★★★

Ethan hatte Gabriels Anweisungen genau befolgt. Punkt zwei hatte er im Diner dem Mann mit der roten Kappe so unauffällig wie möglich den Stick überreicht. Als der ältere Herr dann fünf Minuten später das Restaurant verließ, zögerte Ethan nicht lange und folgte ihm. Der Mann ließ seine auffällige Kopfbedeckung im nächsten Mülleimer verschwinden, ebenso die dünne Jacke, die er getragen hatte. Dann stieg er in ein gelbes Taxi, das schon auf ihn zu warten schien.

Ethan war gerade dabei, ein weiteres Taxi zu rufen, um den Kerl zu verfolgen, als sein Handy … Gabriels Handy … klingelte. »Hör auf, dem Mann hinterherzuschnüffeln. Du gehst sofort wieder zurück in meine Wohnung!«, bellte es aus dem Lautsprecher.

Verdammt, woher wusste Gabriel … »Ethan!«

»Ja, ist okay!«, rief er ebenso angesäuert zurück und legte auf. »Fick dich doch selbst!«

Eine junge Frau, die gerade an ihm vorbeiging, sah ihn mit aufgerissenen Augen an, aber als Ethan nur böse zurückstarrte, beschleunigten sich ihre Schritte.

Er war doch nicht sein Frauchen, das brav zuhause auf ihn wartete und alles machte, was der Mann sagte! Missmutig stapfte er den Weg zurück, bis er unbewusst vor dem Café stehen blieb, in dem er sich mit Gabriel nach ihrer ersten Nacht getroffen hatte. Erst jetzt bemerkte Ethan, dass er einen extrastarken Espresso vertragen könnte und … Brownies. Langweilig würde es ihm in den nächsten Stunden auch nicht werden, denn er hatte vor, möglichst viel über Gabriel Norton herauszufinden. Also betrat er den Laden, setzte sich in die hinterste Ecke und holte seinen Laptop aus dem Rucksack, ohne den er so gut wie nie aus dem Haus ging.

Gabriel verließ nie vor Mitternacht das Kasino, wusste Ethan, da er ihn lange genug im Starlight observiert hatte. Also hatte er jede Menge Zeit …

Zuerst nahm er sich die gesperrte Datei vor. Es war für Ethan nicht weiter schwer, den Passwortschutz zu umgehen, aber – wie erwartet – waren die Daten verschlüsselt. Das würde ein größeres Problem werden, doch da hatte er seine Hilfsmittel. Auf seinem Rechner befanden sich ein paar Programme, die er sich aus einem Hackerforum gesaugt hatte. Natürlich waren diese Tools illegal, aber auch ein Ethan Hunter war eben kein Musterknabe.

Während im Hintergrund verschiedene Anwendungen auf Hochtouren liefen, um die Datei zu entschlüsseln, klickte sich Ethan ins Internet und auf die Seite des Einwohnermeldeamtes in Williamsburg.

»Wollen wir mal sehen, ob du wirklich von dort kommst, Gabriel Norton.« Mit seinen Kenntnissen war es nicht weiter schwer, ins Geburtenregister zu gelangen. Sofort suchte Ethan nach einer Familie Norton. Davon gab es fast hundert in Williamsburg, aber keinen Sohn mit Namen Gabriel, der vom Alter passte.

Ethan glaubte nicht, dass Gabriel ihn angelogen hatte, als er sagte, er wäre dort aufgewachsen. Es war ihm wahrscheinlich gedankenlos entschlüpft. Das würde bedeuten, dass sich Gabriel einen anderen Namen zugelegt hatte. So etwas machten Menschen manchmal, wenn sie zu viel Dreck am Stecken hatten.

Dennoch durchsuchte Ethan noch ein paar weitere Melderegister des Staates New York und der angrenzenden Bundesstaaten Connecticut und New Jersey, und wurde auch insgesamt dreißig Mal fündig, und fünf davon passten auch vom Alter. Ethan speicherte die fünf Adressen ab. Er würde dann diese Gabriel Nortons alle anrufen, um sich zu erkundigen, ob sie aus Williamsburg kamen.

Während Ethan sich einen weiteren Kaffee und ein Sandwich bestellte – diese Samantha hatte heute anscheinend keinen Dienst –, zeugte ein Pieplaut davon, dass das Entschlüsselungsprogramm Erfolg gehabt hatte.

Mit zitternden Fingern schloss Ethan mit Druck auf sein Mousepad das Internet, um sich wieder dem illegalen Programm zuzuwenden. Und tatsächlich! Aus dem Wirrwarr von Zahlen und Buchstaben hatte sich eine lesbare Datei ergeben!

»Hab ich's mir doch gedacht!«, rief Ethan, wobei er den einen oder anderen Blick von den Gästen erntete. Sofort versteckte er den Kopf wieder hinter seinem Notebook und überflog die Zeilen mit den Nummern. Das waren alles Konten! In Montreal, auf den Bahamas und den Cayman Islands! Dorthin transferierten sie bestimmt ihr gewaschenes Geld!

Ethan war unheimlich stolz auf sich, dass er an diese wertvollen Informationen gekommen war. Vielleicht würde er ja doch noch den Pulitzerpreis gewinnen ...

Als plötzlich sein Handy klingelte, schreckte er auf. »Wo bist du!?«, schleuderte ihm Gabriel ohne ein Hallo entgegen. Er klang aufgebracht. Anscheinend befand er sich in seinem Apartment, und als er Ethan dort nicht vorgefunden hatte, wie abgesprochen, passte ihm das natürlich nicht.

Ethan hatte überhaupt nicht bemerkt, dass bereits der Abend hereingebrochen war. *Was macht er denn jetzt schon hier?*, fragte er sich. »Ich sitze in deinem Lieblingscafé, Mr Alleskontrollierer. Soll ich raufkommen?«

Kurzes Zögern. »Nein, ich komme runter und hol dich ab. Ich brauche dringend was zu essen.«

Zehn Minuten später stand Gabriel mit blitzenden Augen vor ihm. »Du machst wohl nie das, was man dir aufträgt!«

»Ich lasse mich eben nicht gerne herumkommandieren!«, verteidigte sich Ethan und trank den letzten Rest Espresso aus seinem Becher.

»Du arbeitest für mich, also hast du meine Anweisungen zu befolgen.« Gabriel sprach nun gedämpft und wurde zunehmend ruhiger. Seine Augen huschten über Ethans Gestalt, so als wollte er sich vergewissern, ob es ihm gut ging.

Hatte Gabriel etwa gedacht, er käme nicht mehr zurück? Ethan wurde aus dem Mann nicht schlau. Er schien zwei Seelen in seiner Brust zu haben. »Ich arbeite nicht für dich, sondern du zwingst mich dazu«, stellte Ethan fest. »Außerdem ... Was machst du überhaupt hier? Sonst bist du doch immer bis tief in die Nacht im Kasino.«

»Ja, aber seitdem ich für dich den Babysitter spielen muss ...« Gabriel holte tief Luft. »Was soll überhaupt die ganze Fragerei schon wieder? Komm mit, ich habe Hunger und nur eine Stunde Pause, bevor ich wieder zurück muss.«

Ethan hatte den Laptop natürlich längst eingepackt, daher schnappte er sich seinen Rucksack und trottete hinter Gabriel her auf die Straße. Die letzten Sonnenstrahlen spiegelten sich in den obersten Fenstern der Hochhäuser, und der Feierabendverkehr verstopfte die Fifth Avenue. Während Ethan versuchte, mit Gabriels großen Schritten mitzuhalten, musste er ihn ständig ansehen. Gerade machte Gabriel ein sehr verbissenes Gesicht. Und er wirkte erschöpft, auch wenn er eine ungeheure Kraft ausstrahlte und sehr attraktiv war, so wie immer.

Gleich um die Ecke blieben sie vor einem gewöhnlichen Imbiss-Stand stehen, wie es hunderte in New York gab. »Hier bekommst du die besten Hotdogs weit und breit«, erklärte Gabriel, als er für jeden von ihnen einen kaufte. Dann stellten sie sich an einen der hohen

Tische.

Fasziniert beobachtete Ethan Gabriel dabei, wie er sich das Brot mit der Wurst zwischen die Lippen schob und große Stücke davon abbiss. Das erinnerte ihn daran, wie tief Gabriel seinen Schwanz in den Mund genommen hatte.

»Dafür, dass du dich so ungesund ernährst, hast du eine verdammt geile Figur«, bemerkte Ethan beiläufig, als Gabriel gerade ein weiteres Mal herzhaft von seinem Hotdog abbiss.

Gabriel zuckte nur kauend mit den Schultern. Konnte es sein, dass er leicht rot um die Nase wurde? So ein abgebrühter Mann wie Gabriel Norton?

Das brachte Ethan auf eine Idee. »Meinen Schwanz hast du beinahe auch so genüsslich verschlungen«, sagte er mampfend und stopfte sich den letzten Rest des Brötchens in den Mund.

Sofort hörte Gabriel auf zu kauen. Mühsam schluckte er den großen Bissen herunter, bevor er sich umsah und hervorpresste: »Geht es vielleicht noch ein wenig lauter?« Dann wischte er Mund sowie Finger an einer Papierserviette ab und warf sie hinter sich in einen Mülleimer, wobei er sich abermals verstohlen umsah.

Ethan war sich sicher, dass, bedingt durch den Verkehrslärm, niemand ihre Unterhaltung verstand, deswegen setzte er noch hinzu: »Liebst du deswegen Hotdogs so sehr, weil du auf Männerschwänze stehst?«

Zwischen Gabriels schönen, schwarzen Augenbrauen bildeten sich zwei tiefe Furchen. »Wieso musst du mich immer provozieren?«, knurrte er.

Schmunzelnd erklärte Ethan: »Weil ich ein unartiger Junge bin?« Er spürte, wie sein Penis immer härter wurde. Es machte ihn an, wenn er auf diese Art mit Gabriel sprach und es gefiel ihm, dass er diesen gefährlichen Mann auch ein wenig in der Hand hatte. »Wenn du nur wüsstest, *wie* unartig ich heute war ...« Ob Gabriel ihn wieder lustvoll bestrafte, wenn Ethan erzählte, was er alles herausgefunden hatte?

Aber das musste er nicht. Gabriel war bereits an seiner Seite und zerrte ihn von dem Imbiss-Stand weg in Richtung Trump Tower. »Du wirst nicht mehr laufen können, wenn ich mit dir fertig bin«, zischte er Ethan bedrohlich ins Ohr, aber der hörte Gabriels Erregung deutlich heraus.

»Was? Ich dachte, du hast nur eine Stunde frei?«, sagte er frech.

»Die wird vollkommen ausreichen«, erwiderte Gabriel grinsend und mit vor Lust funkelnden Augen. »Sobald wir in meiner Wohnung sind, werde ich dir die Kleider vom Leib reißen, dich fesseln und sofort in deinen kleinen, festen Hintern stoßen, bis du um Gnade winselst.«

Dieser Mann ist genau das, was ich brauche, dachte Ethan schwer atmend und konnte es kaum erwarten, dass Gabriel seine Drohungen in die Tat umsetzte.

★★★

Wie er diese Szene hasste. Er hatte geglaubt, dieses Kapitel läge nun endgültig hinter ihm, aber da musste er sich wohl getäuscht haben. Der Mann war längst tot, aber in seinen Träumen würde Mr Tavish ewig weiterleben.

Gabriel war wieder ein Junge ... Er war wieder Noah, der nach der Sportstunde wie immer erst dann unter die Dusche ging, wenn alle schon die Umkleide verlassen hatten. Er hatte Angst, dass sie ihm ansehen konnten, dass er anders war. Nicht normal.

Als er gerade die letzten Seifenreste abspülte, stand plötzlich Mr Tavish nackt neben ihm. Er war ein großer Mann mit breiten Schultern und einer durchtrainierten Figur. »Du bist immer der Letzte, Noah. Wartest du etwa auf mich?«

»Was?!« Noah verstand erst nicht. Er konnte nur wie versteinert auf den flachen Bauch und den fleischigen Penis des Lehrers blicken, der aus einem Nest schwarzer Haare hing.

Mr Tavish trat zu ihm unter den Wasserstrahl. »Warte, lass mich dir helfen, dein Rücken ist noch voller Schaum.« Die große, raue Hand glitt an seiner Wirbelsäule entlang.

Noahs Herz raste. Er wollte das nicht! »Ich kann mich allein waschen!«, stieß er hervor, wobei er versuchte, von dem Mann wegzukommen, doch der drückte ihn plötzlich mit dem Bauch gegen die kalten Fliesen.

»Natürlich kannst du das, Noah,«, antwortete sein Lehrer mit rauer Stimme, »du bist ja kein kleines Kind mehr.«

Nein, er wurde langsam zum Mann, mit allem, was dazugehörte. Mit fast allem ... denn Noah sah nicht den Mädchen hinterher. Es waren die Jungs aus seinem Sportunterricht, die ihm gefielen. Wenn sie sich umzogen, warf er ihnen verstohlene Blicke zu und saugte jedes Detail ihrer nackten Körper mit den Augen auf, um sich dann zuhause, unter der Bettdecke, an diesen Erinnerungen zu erfreuen.

Die Panik in ihm wuchs. »Lassen Sie mich los«, sagte er schwach. Plötzlich hatte er schreckliche Angst. Er wusste genau, was sein Lehrer von ihm wollte. Sah man es ihm, Noah, so offensichtlich an, dass er anders war?

»Ich weiß, warum du immer Letzter bist«, sagte Mr Tavish leise, während er über Noahs Gesäß fuhr. »Du wartest auf mich.« Sein Finger glitt in Noahs Spalte und drückte sich fest hinein.

Noah wimmerte, konnte sich aber nicht bewegen. Er presste die Lider zusammen und ließ es einfach über sich ergehen.

»Ich möchte meine Jungs schön sauber, Noah. Außen und innen ...« Mr Tavish lachte böse. »Du bist schuld an meinem Tod, doch dafür kann ich dich jetzt bis in alle Ewigkeit quälen!«

»Hey, alles klar?«, fragte plötzlich jemand zu seiner Linken.

Überrascht öffnete Noah die Augen und sah zur Seite. »Ethan?!« Erleichterung durchströmte ihn. Er war nicht mehr allein mit diesem großen Mann, der ihm körperlich absolut überlegen war. »Ethan, bitte hilf mir!«, flehte er und streckte die Hand nach ihm aus.

Noah blickte seinen Arm an und bemerkte, dass er erwachsen war. Er war jetzt Gabriel Norton und nicht mehr der kleine Noah Winter! »Verpiss dich, du Wixer!«, schrie er seinen ehemaligen Sportlehrer an, aber der war nicht mehr da ...

Gabriel stand auch nicht mehr im Duschraum der Schule, sondern ... »Was machst du hier, Ethan? Wenn meine Eltern uns sehen!«

Ethan kam näher und zog ihn in seine Arme. Er war ebenfalls nackt. Ihre Körper schmiegten sich eng aneinander. »Wann willst du ihnen endlich sagen, dass wir zusammen sind, Gabriel?«

Erleichtert hielt er Ethan fest. »Irgendwann, aber nicht heute.« Er drehte das Wasser ab, doch Ethan wollte nicht mit ihm aus der Duschkabine gehen. »Komm, Kleiner, oder meine Eltern fragen sich noch, wo wir so lange bleiben.«

»Die können ruhig noch warten. Ich möchte mit dir schlafen.« Verwegen grinste Ethan ihn an.

Gabriel liebte ihn über alles. Er küsste ihn zärtlich auf die Lippen und schob seine Zunge dazwischen, um ihn zu kosten. Das wollte er schon so lange tun, aber noch nie hatte er sich das getraut. Wagemutig wollte er gerade Ethans Mund erforschen, als plötzlich die Tür zum

Badezimmer aufgerissen wurde und seine Mutter eintrat.

»Junge!« Mit großen Augen starrte sie Gabriel an. »Verlass sofort unser Haus!«, schrie sie. »Ich will dich hier nie wieder sehen, du ... du Perverser!«

Schweißgebadet schreckte Gabriel aus seinem Traum hoch. »Scheiße«, murmelte er und fuhr sich durchs Haar, bis er erleichtert bemerkte, wo er war. Er blickte neben sich, aber Ethans Seite war leer. Doch Gabriel hörte Geräusche aus dem Wohnbereich, weshalb er sich keine Sorgen machte. Ethan war hier!

Mit zittrigen Knien stand Gabriel auf, weil er sich dringend erleichtern musste und eine erfrischende Dusche würde ihm auch nicht schaden.

Mann, sehe ich fertig aus, bemerkte Gabriel, als er aus der Duschkabine stieg und einen kurzen Blick in den Spiegel riskierte. Sein schwarzes Haar war verstrubbelt, sein Gesicht vom Schlafen noch leicht zerknautscht. Dieser blöde Albtraum würde ihn wohl noch für den Rest seines Lebens heimsuchen, aber heute war etwas anders gewesen. *Ethan* ... Der Kleine war in seinem Traum vorgekommen und hatte ihn davor bewahrt, die grauenvolle Szene mit seinem Sportlehrer bis zum Ende durchzustehen. Leider zeigte das Gabriel nur, wie sehr er Ethan schon in sein Leben gelassen hatte. Das ging schneller, als er gedacht hatte ...

Nach dem Abtrocknen ging Gabriel ins Ankleidezimmer, wo er aus einer Schublade eine helle Boxershorts holte. Der Duft nach gebratenem Speck und frischen Pfannkuchen lag in der ganzen Wohnung und entlockte ihm ein Magenknurren. Er schlüpfte in seine Unterhose und lugte neugierig um den Paravent. Gabriel wusste, dass Ethan eingekauft hatte, als Gabriel nach ihrem Hotdog-Essen und der anschließenden »Züchtigung« wieder ins Kasino gefahren war. Er hatte Ethan noch eine Weile beschatten lassen. Es bestand immerhin die Möglichkeit, dass Ethan für die Gegenseite arbeitete und Gabriel ausspionieren wollte. Er musste sehr vorsichtig sein ...

Er hat uns Frühstück gemacht, wie süß!, dachte Gabriel, während er sich anschlich und Ethan beobachtete.

Da es keine andere Sitzgelegenheit gab, war der gläserne Wohnzimmertisch überladen mit buntem Obst, selbstgemachten Pfannkuchen und frisch aufgebrühtem Kaffe. Dazu gab es noch Rührei mit Würstchen, und in der Pfanne brutzelte gerade der Speck.

»Mmh, hier riecht es aber lecker«, brummte Gabriel, worauf Ethan über die Schulter blickte.

Der junge Mann hatte sich eine Schürze um seine Lenden gebunden, mehr trug er nicht am Leib. Er sah einfach zum Anbeißen aus.

Als Ethan vor dem Herd stand und den Speck auf einen Teller gab, bewunderte Gabriel sein knackiges Hinterteil, das er in der Nacht mehrmals genommen hatte, bis Ethan tatsächlich um Gnade gewinselt hatte. »Gibt es dich als Nachtisch?«, fragte er und wollte die Schleife lösen, aber Ethan befahl ihm, sich an den Tisch zu setzen.

Da das Bedürfnis nach Essen im Moment ausgeprägter war als sein sexueller Appetit, nahm Gabriel auf einem großen Sessel Platz. Ethan tat ihm etwas Speck, Eier und Würstchen auf den Teller, bevor er sich auf die Couch gegenüber setzte. Dann reichte er Gabriel eine Tasse Kaffee. »Ich hoffe, du magst das. Ich hab ja keine Ahnung, was du gerne isst.«

»Das ist perfekt!«, gab Gabriel kauend zurück, da schon eine große Portion Rührei in seinem Mund verschwunden war. »Ich dachte, du wolltest nicht das Hausmütterchen spielen.«

»Reiner Eigennutz«, erwiderte Ethan grinsend. »Ich habe mir gedacht, wenn ich mir eh schon was zu essen mache, kann ich für dich gleich mitkochen.«

»Sehr noble Einstellung, Sklave! Dann haben meine Erziehungsmethoden ja schon was bewirkt. Dafür hast du dir eine Belohnung verdient.« Gabriel nahm eine aufgeschnittene Erdbeere, beugte sich über den Tisch und steckte sie Ethan in den Mund.

Der schnappte sofort nach Gabriels Finger, um genüsslich den süßen Fruchtsaft davon abzulecken. Dabei ging ein Zucken durch Gabriels Unterleib. Der Traum fiel ihm wieder ein, als er diesem jungen Mann einen leidenschaftlichen Kuss gegeben hatte.

Nein, er *wollte* ihn gerade richtig küssen, bevor sie unterbrochen worden waren und zwar von seiner Mutter – dem anderen großen Problem in Gabriels Leben.

Wie paralysiert starrte er auf Ethans Lippen, die sich um seinen Finger gelegt hatten. Wie sie sich wohl auf seinem Mund anfühlten? Sie schmeckten jetzt bestimmt ganz süß …

Ethan wich zurück. »Hey, träumst du noch?«

»Was?« Scheinbar beiläufig nahm Gabriel seinen Zeigefinger kurz in den Mund, so als hätte er noch Fruchtsaft darauf, aber er wollte nur Ethan schmecken.

»Du bist mit deinen Gedanken ganz weit weg«, sagte Ethan, bevor er einen Pfannkuchen mit Ahornsirup bestrich.

»Ich habe nur überlegt, was ich als Nächstes mit dir anstelle.« Das war nur halb geschwindelt, denn der Ahornsirup brachte ihn auf eine Idee. »Zuerst wirst du brav essen, damit du nicht schlapp machst.« Gabriel zog Ethans Teller zu sich her, um noch etwas Obst und zwei Würstchen draufzulegen.

»Aber ich bin schon satt«, erwiderte Ethan und streichelte sich über den Bauch. »Außerdem brennt mein Hintern höllisch.«

Die Sanftheit aus Gabriels Stimme verschwand. »Ich bestimme über dich, oder hast du das immer noch nicht kapiert?«

Ethans Miene verdüsterte sich leicht, deshalb zwinkerte Gabriel schnell und grinste, denn er wollte daraus keinen Zwang machen. Ethan sollte ebenso Gefallen daran finden wie er. Gabriel verzehrte sich unendlich nach dem Kleinen und er wünschte sich, dass es Ethan auch so erging.

Nachdem Gabriel den Teller neben seinen gestellt hatte, befahl er: »Komm her!«

Ethan wollte aufstehen, aber Gabriel hob den Finger. »Nein! Du wirst auf allen vieren zu mir herkommen.«

Murrend spielte Ethan mit, auch wenn es ihm sichtlich unangenehm war. Zudem war der Parkettboden nicht gerade kniefreundlich. Als er schließlich neben Gabriel hockte, schlug dieser ihm leicht auf eine Pobacke. »Hoch mit deinem Hintern und die Hände bleiben am Boden.«

»Das ist doch lächerlich«, beschwerte sich Ethan, aber als Gabriel ihm die Schürze abzog, sah er, dass sich Ethans Penis schon halb aufgerichtet hatte.

»Und jetzt wirst du brav essen.«

Missmutig starrte Ethan auf den Teller vor seiner Nase.

»Na los!«

Wie ein Hund kniete Ethan vor dem Tisch und fasste mit den Lippen nach einem Stück Apfel. Gabriel konnte aber nur auf seinen knackigen Hintern sehen. Er bekam sofort Lust, sich in diesem engen Eingang zu versenken, der noch leicht wund war, so hart, wie Gabriel ihn rangenommen hatte. Allein bei den Erinnerungen daran strömte mehr Blut in seinen Unterleib. Die Unterhose wurde ihm zu eng, worauf er sie auszog und auf die Couch warf.

»Während du deinen Teller leer isst, werde ich von dir kosten.« Gabriel griff nach der Flasche mit dem Ahornsirup und ließ ein paar Tropfen auf Ethans Pobacken fallen.

»Das ist kalt!«, mäkelte er.

»Nein, das ist süß!« Gabriel lachte, beugte sich in seinem Sessel vor und leckte die klebrige Spur weg, die sich einen Weg nach unten bahnte. Danach drückte er den klebrigen Saft direkt über Ethans Steißbein aus. Gemächlich floss der Sirup in die Ritze und Ethan beschwerte sich sofort: »Igitt, mach das weg!«

»Nichts lieber als das!« Tief vergrub Gabriel das Gesicht in Ethans Spalte und leckte den süßen Sirup heraus. »Weil du heute so ein leckeres Frühstück gemacht hast, werde ich dich verschonen.«

»Mein Hintern wird's dir danken«, gab Ethan zu, während Gabriel seine Zunge um den zuckenden Eingang kreisen ließ. »Das tut gut.«

Es machte Gabriel unwahrscheinlich heiß, diesem Mann Lust zu verschaffen. Wie er dort duftete ... so überaus männlich ... Gabriels Schwanz pumpte sich noch mehr auf.

»Leg dich auf den Rücken!«, gab er seinen nächsten Befehl, bevor er noch die Beherrschung verlor und über den Jungen herfiel. Er drapierte die Polster von der Couch so auf dem Boden, dass Ethan weich lag, dann belegte Gabriel seinen Körper mit zahlreichen Leckereien. Als er fertig war, bewunderte er sein Kunstwerk.

»Es ist angerichtet!« Ethan lachte so stark, dass das Obst und die anderen Speisen von seinem Bauch zu rutschen drohten.

Anschließend begann Gabriel, mit den Lippen ein Fruchtstück nach dem anderen von Ethans Körper zu holen. Mit Erdbeeren hatte er die Brustwarzen verziert. Als er nach ihnen schnappte, saugte er die Nippel in den Mund und leckte sie so lange, bis sie von dem süßen Saft befreit waren.

Ethans Körper unter ihm erbebte. »Ich liebe es, wenn du mich mal verwöhnst.« Der Blick aus Ethans Augen war heiß und traf Gabriel mitten ins Herz. Sein eigener Schwanz stand ebenso hart ab wie der von Ethan. Immer noch die Flasche mit dem Sirup in der Hand, ließ Gabriel mal hierhin, mal dorthin einen Klecks landen, den er sofort ableckte. Dabei begann er an Ethans Brust und arbeitete sich in Richtung Gesicht vor.

Als ein Honigtropfen gefährlich nah an Ethans Mundwinkel hängen blieb, zögerte Gabriel erst einen Moment, doch dann beugte er sich zu Ethan hinunter, um den süßen Saft abzulecken.

Mit geschlossenen Augen lag der junge Mann unter ihm und keuchte. Sein Atem drang Gabriel in die Nase, und er war versucht, einen Klecks auf diese wunderschönen Männerlippen fallen zu lassen, aber das traute er sich nicht. Wieso war es für ihn nur so schwer, einen Mann zu küssen? Lag es an dem Mann, der ihn missbraucht hatte, oder an seiner strenggläubigen Erziehung? Oder war sich Gabriel einfach nur selbst im Weg?

Erst jetzt bemerkte er, dass er immer noch Ethans Mundwinkel leckte. Der drehte leicht den Kopf und wisperte: »Gabriel …« Ein flehender Ausdruck lag auf seinem Gesicht. Gabriel stand kurz davor, Ethans Wunsch zu erfüllen. Sein Herz pochte wild, als er seine Lippen sanft auf Ethans Mund legte.

Nein, so weit bin ich einfach noch nicht!, durchfuhr es ihn. »Hmmm, da fehlt auch noch …« Hastig richtete er sich auf und drückte eine gute Portion Ahornsirup direkt über Ethans Penis aus.

Der keuchte auf, weil der Saft kalt war, aber schon stülpte Gabriel seine Lippen über den harten Schwanz und empfing ihn in seiner warmen Höhle.

★★★

Gabriel ließ Ethan nur Aufträge verrichten, bei denen er nicht wirklich in Gefahr war und kaum Genaueres über Gabriels Machenschaften erfahren konnte. Das hatte Ethan sehr bald herausgefunden. Meistens handelte es sich um irgendwelche Kurierdienste oder Nachrichtenübermittlungen, wobei Ethan nichts von dem verstand, was er der anderen Personen ausrichtete, weil die Botschaften natürlich verschlüsselt waren.

Zudem spürte Ethan, dass Gabriel ihn immer in seiner Nähe haben oder wissen wollte, wo er sich genau aufhielt.

Ethan kam mit seinen Ermittlungen kaum voran. Die geheimen Konten und die Vermutung, dass sich Gabriel einen anderen Namen zugelegt hatte, waren bis jetzt seine größten Entdeckungen gewesen, und auch die Telefonate, die er mit den anderen Gabriel Nortons geführt hatte, brachten ihn nicht weiter. Deshalb beschloss er, etwas zu riskieren und auf eigene Faust zu recherchieren. Wenn er wenigstens wüsste, wohin Gabriel immer in unregelmäßigen Abständen verschwand, könnte ihn das womöglich ein Stück weiterhelfen ...

Es war sehr früh an einem Donnerstagmorgen, als Gabriel wieder einmal leise aus dem Bett kroch, sich anzog und zur Tür rausschlich. Insgeheim hatte Ethan schon darauf gewartet. In Windeseile schlüpfte er in Hose, Shirt und Schuhe, schnappte sich seinen Rucksack und noch im Aufzug nach unten bestellte er vorsorgehalber mit dem Handy ein Taxi vor den Haupteingang.

Aber als er das Gebäude verließ und Gabriel gerade noch erspähte, wie der um die Ecke lief, wusste Ethan, dass er kein Taxi brauchte. Er verfolgte Gabriel durch düstere Seitenstraßen und schummrige Gassen, die zu dieser Zeit zum Teil noch menschenleer waren. Wenn Ethan nicht gewusst hätte, dass es Gabriel war, der in einigem Abstand vor ihm joggte, hätte er ihn nicht erkannt, denn Gabriel trug ausgebeulte Trainingshosen und ein Shirt mit Kapuze, die ihm tief in die Stirn hing. Leider hatte der Mann eine Wahnsinns-Ausdauer, da konnte Ethan mit seiner Kondition kaum mithalten. Er hoffte nur, dass sich Gabriel nicht plötzlich umdrehte und ihn, trotz seiner mickrigen Verkleidung, erkannte. Deshalb wartete Ethan immer bis Gabriel um die nächste Ecke gebogen war, bevor er ihm weiter folgte. Dabei zog er den Schirm der Kappe tiefer über seine Augen, die noch zusätzlich von einer Sonnenbrille verdeckt wurden. Wie originell ... Er sah wie das Paradebeispiel eines Schnüfflers aus.

Als Gabriel in den Central Park lief, wurde wenigstens die Luft besser, aber mit jedem Schritt schien der Rucksack auf Ethans Rücken schwerer zu werden und seine Füße langsamer. Er hätte den verfluchten Laptop vielleicht rausnehmen sollen, der nützte ihm jetzt sowieso nichts. Wichtig waren allein seine Digitalkamera und das Abhörgerät.

Nach etwa fünf weiteren Minuten, die er Gabriel durch die Anlage hinterhergerannt war, schnürte sich Ethans Hals zu und seine Lungen brannten. So in etwa musste sich Elena fühlen, kurz bevor sie einen Asthma-Anfall bekam. Selbst diese pfeifenden Atemgeräusche kamen nun aus Ethans Brustkorb und ein leichter Schwindel erfasste ihn. Es hatte keinen Zweck, er würde Gabriel verlieren. Ethan war sich aber nach wie vor sicher, dass der Herr hier nicht seinem Sport frönte, sondern etwas anderes erledigte.

Als Gabriel schließlich unter einer der zahlreichen Brücken anhielt, unter der sich der Weg durchzog, versteckte sich Ethan hinter einem Busch, in etwa fünfzehn Meter Entfernung. Er konnte Gabriel kaum erkennen, weil noch ein leichter Morgennebel im Park festhing, deshalb holte er das Abhörgerät aus seiner Tasche. Es war nur so groß wie ein Handy und auch nicht teuer gewesen, aber dennoch sehr effektiv. Als sich Ethan die Stöpsel ins Ohr steckte und das Mikrofon über das Gebüsch hielt, konnte er schon Gabriels Stimme hören: »Bist du sicher, dass Rico nicht mehr an sein Geld rankommen wird?«

»Wenn alles so läuft wie geplant, dann ja. Aber das kann noch ein paar Wochen dauern«, sagte ein anderer.

»So viel Zeit habe ich vielleicht nicht mehr. Ich kann nicht mehr, Simon. Ich muss endlich raus!«

»Wir arbeiten mit Hochdruck daran ....«

Aha, Simon hieß der Informant, mit dem sich Gabriel austauschte. Ethan vermerkte sich alles, was wichtig sein könnte, auf einem Notizblock, während Gabriel mit dem Unbekannten sprach. Es ging um die Konten und es hörte sich ganz danach an, als ob Gabriel das Geld für sich wollte!

Das kann doch nicht wahr sein, dachte Ethan bestürzt. Gabriel bestahl seinen Boss, der selbst eine bekannte Größe eines Verbrechersyndikats sein sollte? Wenn das mal gut ging. Dieser Rico würde Gabriel ausschalten, wenn er dahinterkam, was sein bester Mann plante. Aber so war es ja oft: Meistens beschissen einen die Personen, die einem ziemlich nahe standen oder einen hohen Rang belegten. Ethan war fassungslos. Er hätte niemals gedacht, dass Gabriel so kaltschnäuzig und geldgierig war. Hatte er denn nicht schon genug Kohle angehäuft?

Jetzt sah Ethan den anderen Mann, mit dem sich Gabriel leise unterhielt. Ethan konnte unter der düsteren Brücke jedoch nur seine Silhouette ausmachen: Simon war in etwa genauso groß wie Gabriel, aber wesentlich korpulenter.

»Okay, dann machen wir es so. Aber verbockt es nicht, ich habe nur diese eine Chance!«, hörte er Gabriels Stimme. Er gab dem Informanten noch irgendetwas Winziges. Ethan sah, wie Gabriel vermutlich einen weiteren Datenstick aus seinem Sportschuh holte, bevor sie auseinandergingen, jeder in eine andere Richtung.

Verdammt, Gabriel kam direkt auf ihn zu! Er würde Ethan sicher bemerken, wenn er hier noch länger hinter dem kleinen Busch rumlungerte, der nur unzureichend Deckung bot. Er musste schleunigst hier weg!

Einen Moment war er unachtsam und stieß gegen die blecherne Mülltonne, die neben der Pflanze stand. Ethan hatte den Abfalleimer überhaupt nicht gesehen.

»Verflucht!«, zischte er und rieb sich das Knie, als er auch schon etwas Hartes an seiner Schläfe spürte. Sofort sah er auf und blickte in Gabriels finsteres Gesicht und ... in die Mündung einer Waffe!

»Fuck, Ethan, ich hätte dich erschießen können!«, zischte Gabriel, wobei er schnell die Pistole unter seinem weiten Kapuzenshirt versteckte. Dann entdeckte er das Abhörgerät und riss es Ethan aus der Hand. »Du hast uns belauscht?« Gabriels Miene wurde noch dunkler.

»Ja, und ich habe jedes Wort verstanden. Räumst du mich nun aus dem Weg?«, erwiderte Ethan schnippisch. Er hatte es satt, nicht zu wissen, was gespielt wurde. Mittlerweile glaubte er, dass sie beide so etwas ähnliches wie ein Paar waren, da könnte Gabriel ihn wirklich langsam mal einweihen. Aber es war ja kein Wunder, dass der Mann ihm nichts sagen wollte, immerhin hatte er Ethan auf frischer Tat beim Schnüffeln erwischt. Für Gabriel würde er wohl immer nur der neugierige Reporter bleiben, den er nach Belieben ficken konnte.

Eine Weile starrte Gabriel ihn unschlüssig an, bevor er zischte: »Verschwinde von hier!«, ohne ihm eine Antwort zu geben. »Um dich kümmere ich mich später.« Dann joggte Gabriel davon, als wäre nichts geschehen.

Vor Aufregung hämmerte Ethans Herz hart gegen seinen Brustkorb. Gabriel würde sich später um ihn kümmern? Lustvoll oder auf grausame Art, oder wie hatte Ethan das zu verstehen?

Was sollte er nur machen? Er konnte davonlaufen oder sich seinen Ängsten stellen. Bis jetzt hatte er geglaubt, Gabriel zu kennen, aber nachdem, was er soeben gehört hatte ... Ethan musste sich grundlegend in Gabriels Charakter getäuscht haben, denn der Mann war anscheinend eiskalt. Andererseits gab es da die zahlreichen innigen Momente, die sie bis jetzt erlebt hatten ...

★★★

Nachdem Gabriel den letzten Knopf an seinem Hemd geschlossen hatte und sich gerade die Krawatte umbinden wollte, hörte er, wie sich die Wohnungstür öffnete, worauf er das Ankleidezimmer verließ. Ethan war zu ihm zurückgekehrt, obwohl er ihn bedroht hatte.

Wieder einmal.

Seine Story muss ihm ja verdammt wichtig sein! Es brodelte in Gabriel. Er war enttäuscht über den Vertrauensbruch, weil Ethan ihm immer noch hinterherschnüffelte, aber Gabriel bewunderte ebenfalls seinen Mut.

»So, hier bin ich«, erwiderte Ethan in der für ihn typisch schnippischen Art. Er legte seinen Rucksack auf der Couch ab und schlenderte dann zur Küche, wo er sich aus dem Kühlschrank eine Flasche Wasser holte, so als wäre er schon immer hier zuhause gewesen.

Gabriel würde dem Kleinen nun seine Flausen und die Respektlosigkeit austreiben, ein für alle Mal! Wutentbrannt schleuderte er seine Krawatte auf den Boden, marschierte mit raumgreifenden Schritten zu Ethan hinüber und riss ihm das Wasser aus der Hand, während er noch trank, sodass Ethans Shirt ganz nass wurde. Anschließend fasste Gabriel ihn am Ohrläppchen und zog ihn daran in den Wohnraum.

»Das tut weh!«, rief Ethan und schlug nach Gabriel, doch der spürte die Treffer kaum.

»Wieso bist du zurückgekommen, Ethan?«

Als der junge Mann nicht antwortete, drückte Gabriel ihn gewaltsam auf den flauschigen Teppich, ein Knie in Ethans Rücken, und nahm ihm somit die Luft. Dann griff er ihm von hinten zwischen die Beine. Ethan wehrte sich nicht.

»Deswegen. Nur deswegen bist du gekommen!« Hart massierte Gabriel die immer größer werdende Beule durch Ethans Jeans. »Gib es zu!«

»Gar nichts geb ich zu, bevor du mir nicht endlich sagst, was hier gespielt wird!«, presste Ethan hervor.

Gabriel verlagerte sein Gewicht, damit Ethan besser sprechen konnte. »Ja, das würde dir so passen, du kleiner Schnüffler!« Er ließ ihn los und stellte sich hin. Breitbeinig baute er sich über Ethan auf, wobei Gabriels erigiertes Geschlecht durch die Anzughose überdeutlich zu erkennen war, so sehr erregte ihn die Situation. Ethan drehte sich auf den Rücken, den Blick dunkel vor Lust, die Augen auf Gabriels Schritt fixiert.

»Zieh dich aus!«, knurrte Gabriel, aber Ethan bewegte sich nicht.

»Du verweigerst meinen Befehl?«

»Du hast mir gar nichts zu befehlen, Gabriel«, sagte Ethan überheblich lächelnd.

Das reichte! Gabriel sprang den jungen Mann regelrecht an, zog ihm die Jeans vom Körper und riss ihm das Hemd herunter, bis er ganz nackt war. Gabriel wusste genau, wie sehr Ethan dieses Spiel erregte, denn er gab sich völlig wehrlos, sein Penis stand von seinen Lenden ab.

Gabriel legte eine Hand auf Ethans Hoden und drückte leicht zu, bis Ethan zuckte. »Du wirst jetzt das tun, was ich dir sage. Hast du verstanden, Kleiner?«

Immer noch kam keine nennenswerte Reaktion von Ethan, deshalb beugte sich Gabriel zu ihm hinab und flüsterte in sein Ohr: »Ich kann dich auch wieder an die Bank fesseln und die Peitsche rausholen. Nur diesmal werde ich nicht so sanft umspringen.«

Dieses Argument schien zu wirken, denn Ethan erkannte wohl, dass er es durchaus ernst meinte, da sein Grinsen abrupt verschwand.

»Und jetzt ... Auf die Knie!« Gabriel befahl Ethan direkt vor dem Panoramafenster auf dem flauschigen Teppich niederzuknien, doch er ließ nicht die Jalousie herunter.

»Jeder wird sehen können, was ich mit dir mache«, zischte Gabriel und weidete sich sogleich daran, dass Ethans Augen groß wurden, als er zum gegenüberliegenden Gebäude blickte. Natürlich konnte ihnen jetzt, am Vormittag, keiner zusehen, da die Scheiben von außen verspiegelt waren. Aber Ethan schien das in der Aufregung vergessen zu haben, denn er sagte: »Das kann nicht dein Ernst sein!«, und wollte aufstehen, doch Gabriel presste ihn an den Schultern nach unten.

»Stütze deine Hände auf deinen Unterschenkeln ab!«, befahl er.

Ethan gehorchte dennoch, nahm die Arme nach hinten und bog den Rücken durch. Gabriel band seine Hände an den Fußgelenken fest, sodass sich der junge Mann nicht mehr viel bewegen konnte. Zumindest würde er nicht mehr aufstehen können.

»Sehr schön!« Zufrieden betrachtete Gabriel sein Werk und registrierte erfreut, dass sich Ethans Penis sogar noch mehr versteift hatte. Durch die unbequeme Haltung wurde Ethan dazu gezwungen, den Kopf zurückzulegen und seinen Unterleib herauszudrücken, weshalb sein Glied fast die Fensterscheibe berührte. Deshalb setzte sich Ethan auf seine Unterschenkel, aber auf einen drohenden Blick von Gabriel, hob er sein Becken sofort wieder an.

Anschließend steckte ihm Gabriel einen Knebel mit einem Silikonball in den Mund, den er mit dem daran befestigten Gurt hinter Ethans Kopf verschnürte. »Damit ich mir deine Frechheiten nicht mehr anhören muss«, kommentierte er sein Werk.

Ethans Nasenflügel blähten sich und er stöhnte, als Gabriel seine Schenkel auseinanderdrückte. »Ganz Manhattan soll sehen, wie geil du bist. Hier, du läufst sogar schon aus!« Mit dem Daumen strich er über die pralle Spitze, um die Feuchtigkeit zu verteilen. »Das muss ich unterbinden!«

Er stand auf und holte aus der Nachttischschublade ein etwa acht Millimeter dickes Seil, in das er eine Schlaufe wie bei einem Lasso machte.

Ethan riss die Augen auf, wobei er vor Gabriel zurückwich, was aber nur darauf hinauslief, dass er beinahe umkippte. Gabriel hielt ihn gerade noch fest. »Da ist wohl jemand doch nicht so mutig?«

Ethan versuchte, mit den Augen zu kommunizieren und gab gedämpfte Laute von sich, die seine Proteste ausdrücken sollten, aber Gabriel tat so, als bemerkte er das nicht. Kurzerhand legte er die Schlaufe hinter Ethans Hoden um den Schaft und zog sie zu.

Ethan zuckte. Er warf den Kopf zurück und schloss stöhnend die Augen. Wie wunderschön er in diesem Moment aussah! Sofort reagierte Gabriel darauf, indem er noch härter und der Platz in seiner Hose zu eng wurde.

Nur mit Mühe konnte Gabriel den Blick losreißen und begann, die dicke Schnur ein paar Mal um die Erektion zu wickeln, bevor er die Hoden damit teilte, um jeden einzelnen vorsichtig abzuschnüren. Gabriel hatte das erst einmal an sich selbst ausprobiert und es war eine äußerst lustvolle, wenn auch leicht schmerzhafte Erfahrung gewesen. Er musste nur darauf achten, die Schnur nicht zu fest zuzuziehen und öfter überprüfen, ob sich Ethans Schwanz noch warm anfühlte. Schließlich wollte Gabriel ihm nicht schaden.

»Seht euch diesen geilen Kerl an!«, rief Gabriel, wobei er eine Handbewegung zum Fenster machte. »Alle können dich sehen, Kleiner. Alle!«

Ethan wimmerte und atmete hektisch durch die Nase. Vor Anstrengung und Erregung lief ihm Schweiß über den gesamten Körper. Auch Gabriel wurde es in seiner Kleidung langsam zu heiß.

Er schnürte die restliche Leine um den Schaft und verknotete sie zum Schluss. Ethans Schwanz war fast vollkommen eingewickelt, nur die Spitze wurde hervorgepresst und schimmerte dunkellila. Was für ein Anblick! Die ganze Aktion hatte Gabriel so hoch gebracht, dass er sich kaum noch beherrschen konnte. Er musste den Jungen spüren!

Er ging auf alle viere, senkte seinen Mund über die Eichel und begann daran zu saugen und zu lutschen. Sie war unwahrscheinlich glatt und so prall mit Blut gefüllt, dass Gabriel glaubte, sie würde jeden Moment platzen.

Ethans Körper verkrampfte sich. Er konnte nicht kommen, während die Schnur um seinen Schaft den Samen staute, was es besonders reizvoll für Gabriel machte. Jetzt konnte er Ethan quälen, so lange er wollte. »Du bist mir nun vollkommen ausgeliefert, Kleiner. Du gehörst mir und ich kann mit dir machen, was ich will!« Es erregte Gabriel zusätzlich, dass er angezogen war und Ethan völlig nackt.

Immer wieder bog Ethan seinen Körper durch und wimmerte. Gabriel leckte über seine Brust mit den harten Knospen und biss sanft in sie hinein. »Ich hätte noch ein paar wunderschöne Klammern, die ich dort anbringen könnte«, sagte er lächelnd.

Vehement schüttelte Ethan den Kopf und riss die Augen weit auf. Gabriel liebte ihn in diesem Moment abgöttisch und er musste ihn ganz und gar spüren. Also löste er Ethans Hände von seinen Fußgelenken, die Arme ließ er jedoch gefesselt. Dann drückte er Ethan seitlich auf den weichen Teppich. Gabriel legte sich wie in der Löffelchenstellung hinter Ethan, der seine Beine angezogen hatte. So besaß Gabriel ungehinderten Zugang zu Ethans Gesäß. Er holte sein steinhartes Glied aus dem Hosenschlitz und rieb mehrmals mit der Spitze durch Ethans Spalte, um sie schön glitschig zu machen, denn auch Gabriel verlor unwahrscheinlich viele Lusttropfen.

»Jetzt werde ich dich lehren, in Zukunft meinen Anweisungen Folge zu leisten«, knurrte Gabriel, als er sich in Ethan hineindrückte.

Der öffnete sich für ihn, worauf er wusste, wie sehr Ethan sich das selbst wünschte, aber Gabriel stellte diese Position nicht zufrieden. Sie erschien ihm viel zu normal und harmlos. Ein paar Mal stieß er in Ethan hinein, doch dann zog er sich zurück, um den großen Sessel der Couchgarnitur vor das Fenster zu schieben.

Ethan lag immer noch am Boden, sah aber mit wachsamen Augen zu ihm auf. Speichel lief seitlich an dem Silikonknebel vorbei, der

Ethans Kiefer geöffnet hielt. Gabriels Atem stockte und er fragte sich für einen Moment, ob er nicht zu weit ging. Dann setzte er sich jedoch und klopfte auf seine Oberschenkel.

Ethan verstand. Mühsam kam er auf die Beine, weil er ja seine Hände nicht zu Hilfe nehmen konnte, und stellte sich vor Gabriel. Der fasste ihn an den Hüften, drehte ihn herum und zog ihn auf seinen Schoß.

Es war ein schönes Gefühl, den heißen, zitternden Körper auf sich zu spüren, und für einen kaum wahrnehmbaren Moment legte Gabriel seine Wange an Ethans Rücken. Mit einer Hand hielt Gabriel dabei seine eigene Erektion fest, die immer noch hart aus der Hose ragte, um sich tief in Ethan zu versenken. Der wand sich und stöhnte, weil Gabriel bis zum Anschlag in ihm steckte. Es war unglaublich erregend, diesen wehrlosen Mann zu benutzen, und Gabriel musste immer wieder hart in ihn stoßen. Dabei hielt er ihn mit beiden Armen fest umklammert. Ab und zu zwickte er in einen von Ethans Nippeln oder in seine Penisspitze, die durch die Verschnürung unglaublich hart war, wobei der Kleine jedes Mal ein Wimmern von sich gab, das Gabriel nur mehr anstachelte.

Eine Weile genossen beide die ungewohnte Stellung, bevor Gabriel Ethan über die Lehne dirigierte, sodass sich dessen enges Loch genau vor seinen Hüften befand. Abermals stieß er zu und spürte bereits, dass sich sein eigener Höhepunkt anbahnte, denn Ethan umschloss ihn fest mit seinem Inneren, das sich heiß und glatt an ihn schmiegte.

Ethan schwitzte, sein ganzer Körper zitterte und ab und zu verdrehte er vor Lustschmerz die Augen. Aber er hielt sich tapfer. Nur wenn Gabriel ihn besonders hart stieß, jammerte er leise.

Gabriel packte Ethan und zog ihn wieder auf seinen Schoß, diesmal aber so, dass er ihn ansehen konnte. Weit beugte er sich hinab, um an der prallen Spitze zu lecken. Dabei hielt er den jungen Mann an den Pobacken fest, die er sanft knetete. Gabriel wusste, dass Ethan vor Lust beinahe umkam, denn er konnte sie nicht entladen. Schwer keuchend lehnte der an seiner Schulter, völlig wehrlos, und ließ sich von Gabriel benutzen.

Gabriel griff in Ethans Haar, um seinen Kopf daran zurückzuziehen, damit der Kleine ihn ansehen konnte. »Wirst du in Zukunft das tun, was ich dir auftrage?«, knurrte Gabriel, der selbst schon kurz vor einem heftigen Erguss stand.

Immer noch trotzig erwiderte Ethan seinen Blick.

»Heißt das etwa nein?« Während er Ethan im Nacken festhielt, fasste er mit der anderen Hand nach der verschnürten Erektion und drückte zu. Mit einem Brunftlaut bäumte sich Ethan auf seinem Schoß auf und eine einzelne Träne kullerte über seine Wange.

Gabriel wollte den Jungen nicht brechen. Damit Ethan merkte, dass sie ihr Spiel jederzeit beenden konnten, flüsterte er ihm ins Ohr: »Geht es dir gut, Kleiner? Soll ich aufhören?«

Ethan schüttelte den Kopf und lehnte sich wieder an Gabriels Schulter. Der gönnte ihm eine Verschnaufpause, denn Ethan war ziemlich außer Atem und anscheinend zu stolz zuzugeben, dass er Gabriels Behandlung kaum noch aushielt. Sanft streichelte Gabriel über den nassen Rücken, während es ihm höchstes Vergnügen bereitete, so tief in Ethan zu stecken. Alles um ihn herum pulsierte und der Kleine war so eng und heiß ... einfach perfekt!

Gabriel dachte sich immer neue Stellungen aus, damit er beim Wechsel kurz selbst verschnaufen konnte, denn es war anstrengend, einen erwachsenen Mann zu heben. Außerdem wurde es in seinem Anzug langsam unerträglich heiß. Plötzlich verharrte Gabriel jedoch reglos, als Ethan wieder einmal auf ihm saß, ihm den Rücken zugewandt. Er griff um Ethan herum und öffnete die Verschnürung. Ganz behutsam wickelte er das Seil ab, denn das zurückströmende Blut verursachte Schmerzen.

Gabriel genoss es, mit Ethan auf seinem Schoß vor der großen Fensterscheibe zu sitzen, die vom Boden bis zur Decke reichte. Auch wenn er wusste, dass niemand sie sehen konnte, erregte Gabriel die Vorstellung daran umso mehr. Ethan wirkte befreiend auf ihn. Mit dem jungen Mann konnte er seine Sexualität zumindest in den eigenen vier Wänden ungehindert ausleben, was es umso schwerer machen würde, sich eines Tages von ihm zu trennen.

Ethan stöhnte lang. Tränen liefen aus seinen Augenwinkeln, als er sich immer wieder aufbäumte und somit Gabriel Schwanz tief in sich hineintrieb.

Mittlerweile hatte Gabriel den Schaft vollständig von dem Seil befreit. Nun kamen die Hoden dran. An dieser Stelle würde es besonders schmerzen und dann noch einmal, wenn er die Schlinge ganz öffnete und das gesamte Blut wieder ungehindert zirkulieren konnte.

In hastigen, abgehackten Stößen atmete Ethan durch die Nase. Er lehnte sich gegen Gabriel, die tränenfeuchten Augen nun geschlossen, und genoss den Lustschmerz. Dabei stöhnte er lang und kehlig.

Gabriel bewegte sich behutsam in ihm und massierte sanft Ethans malträtiertes Geschlecht, bevor er die Schlinge öffnete.

Ethan schrie. Natürlich konnte der Laut nicht richtig aus dem Mund heraus, da dort immer noch der Knebel steckte, deshalb hörte sich der Schrei erstickt an. Ethans Sperma schoss in weiten, pulsierenden Strahlen bis zur Scheibe, wo es langsam hinunterlief.

Allein dieser Anblick brachte auch Gabriel dazu, sich zu entladen. Unaufhörlich pumpte er in Ethan hinein und hielt seinen Körper fest umschlungen. Er wollte, dass es niemals aufhörte. Für immer wollte Gabriel so eng mit Ethan verbunden sein. Er küsste Ethans schweißnassen Nacken, kostete von der salzigen Feuchte und streichelte seinen Bauch, bis er nicht mehr auf ihm zuckte. Danach öffnete er den Knebel und zog vorsichtig seine erschlaffende Erektion aus dem heißen Körper.

Ethan zitterte und schluchzte leise. Sofort drückte ihn Gabriel an sich. Er hielt den Kleinen lange im Arm, sein feuchtes Haar streichelnd, und Ethan vergrub sein Gesicht in Gabriels Hemd. Es war ein inniger Augenblick, den sie beide genossen.

»Meine Strafe wird nicht immer so mild ausfallen, hörst du, Kleiner?«, flüsterte Gabriel. »Das war nur ein Vorgeschmack auf das, was noch alles kommen kann.« Liebevoll zog er den bebenden Körper noch fester an sich und gab Ethan Zeit, das gerade Erlebte zu verarbeiten ...

Ethan hatte schon geduscht und jetzt war Gabriel an der Reihe. Ethan wartete, bis er das Geräusch des prasselnden Wassers vernahm, dann holte er sein Handy hervor und wählte die Nummer seiner Schwester, so wie er es jeden Tag machte. Normalerweise telefonierte Ethan erst, wenn Gabriel das Apartment verlassen hatte, aber mittlerweile wusste er, dass Gabriel eine gewisse Zeit im Badezimmer verbrachte, bevor er zur Arbeit ging.

Während Ethan darauf wartete, dass Elena abhob, fragte er sich, wie er sich in der »Beziehung« mit Gabriel fühlte. Immerhin hatte der Mann ihn bedroht und gezwungen, bei ihm zu bleiben. Ja, dafür hatte Gabriel ihn sogar durch die Blume mitgeteilt, dass er Elena etwas antun würde, wenn Ethan nicht folgte. Aber er glaubte nicht, dass

Gabriel ihr tatsächlich schaden würde. Ethan hatte heute im Park erlebt, wie Gabriel gezögert hatte, und gerade eben bei ihrem Bondage-Spiel, als ihn Gabriel wieder außerordentlich einfallsreich für sein Vergehen bestraft hatte, da hatte er für einen Moment innegehalten und ihn gefragt, ob alles okay sei ...

Nachdem es beendet war, hatte Gabriel ihn aufgefangen, ihn gehalten und zärtliche Worte geflüstert. Niemals zuvor waren sie sich so nahe gewesen. Für Ethan war es das beste Ereignis seines Lebens.

Er zitterte noch immer leicht und sein Schwanz pochte im Takt seines Herzens. Wie Gabriel ihn verschnürt hatte ... Gerade richtig fest, um daraus einen lustvollen Genuss ersten Grades zu machen. Ethan hatte unglaublich große Angst gehabt, als er seinen Schwanz in diesem Zustand gesehen hatte, denn er war gefesselt gewesen und absolut wehrlos. Gabriel hätte alles mit ihm machen können. Alles ...

»Hi, Brüderchen!«, meldete sich Elena. »Wie geht es dir?«

»Gut«, erwiderte er. Das stimmte auch, er fühlte sich sogar fantastisch, aber es tat weh, seiner Schwester nicht die Wahrheit sagen zu können.

Ethan setzte sich auf einen gepolsterten Hocker der Couchgarnitur und starrte durch die Panoramascheibe auf die Skyline der Stadt. Gabriel musste das Sperma weggeputzt haben, als er, Ethan, geduscht hatte. Das Glas war blitzblank. Gabriel arbeitete immer gründlich, das musste man ihm lassen ...

»Vielen Dank für den Scheck, Ethan, der kam gerade richtig! Das Elektrizitätswerk saß mir schon seit Wochen wegen der rückständigen Zahlung im Nacken. Stell dir vor, sie drehen uns den Strom ab, wie soll ich denn dann arbeiten? Ich bin auf das Internet angewiesen!«

Wovon sprach sie? Er hatte ihr kein Geld geschickt.

»Wow, Ethan, da hast du ja diesmal das große Los gezogen! Was machst du denn, um so viel Kohle zu verdienen?«

»Äh ...« Er hätte zu gerne gewusst, wie hoch der Betrag war, aber das würde Elena ja sofort misstrauisch machen. »Das ist im Moment viel zu kompliziert, um es dir zu erklären. Ich erzähle dir alles, wenn ich wieder zuhause bin.« Hatte Gabriel etwas mit dem Scheck zu tun? Ganz bestimmt, woher sollte er auch sonst kommen? War es Schweigegeld, damit er ihn nicht verriet? Oder war es sein »Lohn« für gewisse Dienste? So wie im Moment sein Hintern brannte ...

»Wann kommst du wieder nach Hause?«, fragte Elena. »Du fehlst mir, Brüderchen.«

»Du fehlst mir auch«, sagte er aufrichtig und mit gedämpfter Stimme, damit Gabriel nicht mitbekam, dass er telefonierte. »Aber ich weiß noch nicht genau, wie lange ich noch hier bin.« Er vermisste Elena, aber besonders ihre gemeinsamen Gespräche. Zu gerne hätte er ihr alles über sich und Gabriel erzählt. Wie würde Elena reagieren, wenn er ihr sagte, dass ein potentieller Straftäter ihn als Sexgeisel hielt? Das würde ihrem Asthma sicher nicht guttun – er durfte sie nicht aufregen!

Aber … war er denn überhaupt Gabriels Geisel? Wenn Ethan wollte, könnte er aus der Wohnungstür marschieren und nach Hause fahren. Aber wie würde Gabriel dann wirklich reagieren?

Gabriel … Er hatte Elena anscheinend eine große Summe Geld überwiesen. Warum?

Ethan erinnerte sich plötzlich an Gabriels Worte: »Ich hab dir gesagt, dass du für mich arbeiten wirst. Hast du das schon vergessen, Kleiner? Außerdem bezahle ich dich für deine Dienste, ist ja nicht so wie im alten Rom, als Sklaven noch ausgebeutet wurden …«

Er bezahlt mich … Dann bin ich für ihn nur eine männliche Hure? Zorn wollte in ihm aufwallen, aber sofort dachte Ethan an das warme Funkeln in Gabriels Augen, in denen Ethan schon oft mehr als reines Begehren gelesen hatte. Langsam sah er Gabriel in einem anderen Licht und es würde nur schwerer werden, ihn eines Tages, wenn er genug Beweise zusammenhatte, an die Cops auszuliefern, zumal auch der Sex mit Gabriel einzigartig war. So etwas hatte Ethan noch nie erlebt. Die Furcht vor dem ominösen Mann gab Ethan den besonderen Kick und dennoch fühlte er, dass er Gabriel vertrauen und sich bei ihren Spielen ganz fallenlassen konnte …

Nachdem er das Gespräch beendet hatte, legte sich plötzlich ein Arm von hinten um seinen Hals. Erschrocken blickte Ethan auf. Gabriel beugte sich über ihn und flüsterte: »Braver Junge.« Sein Haar war noch trocken – Ethan hörte immer noch das Geräusch der Dusche. Gabriel hatte ihn belauscht!

Aber er sah nicht wütend aus, im Gegenteil. Sein Gesicht wirkte entspannt. Anscheinend war Gabriel erleichtert, dass Ethan seiner Schwester nicht die Wahrheit erzählt hatte.

»Ich vermisse Elena«, sagte Ethan rechtfertigend und lehnte sich mit geschlossenen Augen gegen Gabriels nackte Brust. Dabei konnte das

Prasseln des Wassers kaum das Rauschen des Blutes in seinen Ohren übertönen. Wie würde Gabriel reagieren?

»Ich weiß, Kleiner«, erwiderte der nur leise, wobei er Ethan sanft über das Gesicht fuhr. »Du kannst sie besuchen.«

»Was?!« Überrascht fuhr Ethan herum. Hatte er eben richtig verstanden? Gabriel ließ ihn gehen?

»Aber heute Nacht bist du wieder hier«, befahl Gabriel, doch seine Stimme klang nicht so gewohnt fest wie sonst. »Hast du verstanden?«

»J-ja.« Während Ethan unbeholfen stotterte, weil er nicht wusste, was er sagen sollte, griff Gabriel ihm ins Haar und zwang seinen Kopf nach hinten. Für einen Moment sah es aus, als wollte Gabriel ihn küssen. Ethan wünschte es sich jedenfalls von ganzem Herzen, aber Gabriel knurrte: »Wenn du nicht zu mir zurückkommst, werde ich dich persönlich abholen!«

Das war genau der Augeblick, in dem Ethan endgültig sein Herz an Gabriel verlor ...

★★★

Ethan öffnete die Augen, als er gurgelnde Geräusche hörte. Verschlafen blinzelnd blickte er auf die LCD-Buchstaben des Weckers, der auf dem Nachttisch stand. Es war vier Uhr morgens. Gabriel war erst jetzt vom Kasino gekommen.

Ethan nahm Gabriel nur als Silhouette wahr, als dieser aus dem Badezimmer schlich und sich bäuchlings ins Bett legte. Leise seufzend tastete Gabriels Hand nach Ethan und fuhr über seinen nackten Körper, bis sie auf dem Bauch zu liegen kam – dann rührte sich Gabriel nicht mehr, aber Ethan verstand noch, wie er »Braver Junge« brummte.

Den halben Tag hatte Ethan bei Elena verbracht. Seine Schwester hatte sich riesig gefreut, ihren Bruder zu sehen, und auch Ethan war überglücklich gewesen, Elena in die Arme schließen zu können. Sie zog ihn auf, weil er ihr nicht gesagt hatte, dass er schon längst in der Stadt war, als sie telefoniert hatten. Natürlich fragte sie ihn über Los Angeles und seinen Job aus, worauf er geflunkert hatte, dass sich die Balken bogen – aber was hätte er tun sollen?

Ethan wusste selbst nicht, warum er sich an das hielt, was Gabriel ihm aufgetragen hatte. Ethan hätte schließlich zur Polizei gehen können, stattdessen war er am Abend wieder brav in Gabriels Apartment erschienen, ja, er hatte den gefährlichen, aber unendlich sexy Mann sogar vermisst, als er zuhause gewesen war ...

Ethan drehte sich auf die Seite, sodass Gabriels Arm auf seine Hüfte rutschte. Wie tot lag er neben ihm. »Du bist total ausgebrannt«, sagte Ethan leise und begann, sanft über Gabriels noch leicht feuchten Rücken zu streicheln, der wunderbar nach Duschgel und Gabriels eigenem, männlichen Duft roch.

»Hmmm«, seufzte der nur.

»Kannst du denn nicht mal weniger arbeiten oder einen Tag freinehmen?«

»Hmm, bald.« Gabriel klang sehr erschöpft. Seine illegalen Geschäftchen beanspruchten ihn anscheinend enorm, wie Ethan mit leichten Magenschmerzen vermutete. Aber er wollte jetzt nicht den skrupellosen Verbrecher in Gabriel sehen, denn Ethan kannte längst sein wahres Ich. Warum sich Gabriel dennoch auf solche Machenschaften einließ, war ihm ein Rätsel. Er musste doch mittlerweile genug Geld zusammenhaben, um sich zur Ruhe setzen zu können. Aber in diesem Milieu war es wohl nicht leicht, einfach auszusteigen.

Ethan, der sich plötzlich kein bisschen mehr müde fühlte, setzte sich auf und fuhr über den breiten Rücken mit den festen Muskelsträngen bis hinab zu dem knackigen Gesäß. »Total verspannt ... Ich werde dich massieren.«

»Das wäre wundervoll, aber bitte sei mir nicht böse, wenn ich gleich einschlafe.«

Sofort stand Ethan auf, um das Massageöl aus dem Badezimmer zu holen, das Gabriel manchmal anstatt des Gleitgels benutzte, wenn er sich mit Ethan vergnügte. Die bunten Lichter der Stadt, die durch die Jalousie fielen, tauchten das Schlafzimmer in ein düsteres Zwielicht. Darin wirkte Gabriel wie ein mystischer Krieger: stark und sexy ... aber er war dennoch nicht unverwundbar.

Als sich Ethan auf Gabriels nacktes Hinterteil setzte, schien dieser tatsächlich schon eingeschlafen zu sein. Zuerst ließ Ethan das Öl auf seine Handfläche laufen, um es anzuwärmen, bevor er es auf dem breiten Rücken verteilte.

»Womit habe ich das verdient, Sklave?«, murmelte Gabriel. Er schlief also doch noch nicht.

Ethan scherzte: »Das muss am Stockholm-Syndrom liegen«, doch sofort biss er sich auf die Lippe. Hoffentlich dachte Gabriel nun nicht, dass er sich in ihn verliebt hatte, schließlich konnte sich aus einer Sympathie für einen Entführer ein starkes emotionales Band entwickeln.

»Quatsch, du bist doch nicht meine Geisel.«

»Aber es ist irgendwie ähnlich zwischen uns.« Gabriel hatte ihn ja mehr oder weniger durch Erpressung gezwungen, bei ihm zu bleiben.

»Quatsch«, erwiderte Gabriel noch einmal und sagte dann gar nichts mehr.

»Dann kann ich also jederzeit gehen?«, fragte Ethan vorsichtig. Nicht, dass er das jetzt noch gewollt hätte. Immerhin kam er seiner Story stetig näher ... aber leider auch diesem Mann. Es erregte Ethan, wie der große Kerl völlig ausgelaugt und wehrlos unter ihm lag.

»Mmmm«, brummte Gabriel. Ob das jetzt eine Zustimmung war oder nur die Reaktion auf seine knetenden Hände, wusste Ethan nicht. Er massierte Gabriels Nacken und arbeitete sich dann tiefer vor, bis er bei den Pobacken angelangt war, die er besonders gründlich walkte. Dieses feste Stück Fleisch war auch bei Licht schon eine Augenweide, aber diese Muskeln zwischen den Fingern zu fühlen, war ein besonderer Genuss, in den Ethan nur selten kam, so oft, wie Gabriel ihn fesselte.

Ethan rutschte tiefer und schob Gabriels Beine auseinander, um sich auch den Oberschenkeln zu widmen. Dabei verirrten sich seine Finger ab und zu und massierten den festen Steg zwischen Anus und Hoden, was Gabriel anscheinend besonders gut gefiel, denn er öffnete seine Beine noch ein wenig weiter.

Mittlerweile war Ethans Penis steinhart. Wie gerne wollte er damit zwischen Gabriels Pobacken gleiten, um sich tief in ihn zu versenken. Vielleicht sollte er einfach mal sehen, wie weit er mit diesem Versuch kam. Also kniete sich Ethan zwischen Gabriels gespreizte Schenkel und bückte sich, damit er seine Nase tief in den verlockenden Spalt stecken konnte. Wie gut Gabriel dort roch! Unvergleichlich!

»Hey, Kleiner, was wird das?«, fragte dieser schlaftrunken.

»Ich hole mir nur meine Belohnung ab.« Sofort schnellte Ethans Zunge hervor, die um den verborgenen Eingang leckte, bis Gabriel unter ihm erbebte. Dabei knetete Ethan weiterhin die muskulösen Pobacken und zog sie ein paar Mal weit auseinander, um besonders tief zu kommen.

Trotz Müdigkeit schien auch Gabriels Erregung weiter anzuwachsen. Er atmete schneller und streckte Ethan sein Gesäß entgegen, sodass dieser mit einem Arm um Gabriel herumglitt, um den ebenfalls steinharten Penis in die Hand zu nehmen. Ohne Unterlass züngelte Ethan in Gabriels Spalte herum, wobei sich seine eigene Erektion fest in die Matratze presste. *Ich halte das nicht mehr aus, ich muss ihn spüren!*, dachte Ethan, griff mit seiner freien Hand nach dem Öl und verteilte eine gute Portion in der Ritze. Anschließend massierte er die Stelle besonders ausgiebig, bis er fühlte, dass Gabriel sich immer mehr entspannte. Sein Ringmuskel zuckte, und Ethan war versucht, mit einem Finger hineinzufahren, aber seine Lust war schon zu weit fortgeschritten. Er legte sich auf Gabriels öligen Körper und drückte seine Härte in den glitschigen Spalt.

Plötzlich verspannte sich Gabriel und drehte sich auf die Seite, sodass Ethan herunterrollte. Gabriel schien auf einmal hellwach zu sein. »Hör auf!« Er versuchte, Ethan ganz von sich zu schubsen.

»Was ist denn los?« Ethan verstand überhaupt nichts mehr. Er hatte doch gespürt, wie sehr Gabriel sein Spiel genossen hatte.

»Wehe, du fickst mich!« Gabriel war sehr aufgebracht. Er atmete hektisch, ja, er wirkte regelrecht panisch!

»Vielleicht möchte ich auch mal zum Zug kommen, Herr und Meister!«, rief Ethan. Er war echt sauer. »Aber es geht ja immer nur nach *deinem* Willen!« Ethan zog an der Decke und erhob sich. »Ich schlafe auf der Couch und morgen bin ich weg.«

Gerade als er sich ins Wohnzimmer verziehen wollte, hielt ihn Gabriel am Handgelenk zurück. »Du bleibst!«

Ethan wollte sich losmachen, aber das schaffte er nicht. Gabriel war stärker. Sein Herz raste. »Siehst du!? Schon wieder bestimmst *du*, was geschieht!«

Abrupt, so als hätte er sich verbrannt, ließ Gabriel ihn los. So leise, dass Ethan es durch das pulsierende Rauschen des Blutes in seinen Ohren fast nicht hörte, sagte Gabriel: »Okay, dann ... schlaf mit mir.«

»Ehrlich?« Ethan konnte es kaum glauben. Was hatte denn jetzt diesen Sinneswandel herbeigeführt?

Gabriel nickte zögerlich. »Aber sei bloß ... vorsichtig.«

»So vorsichtig, wie du immer bei mir bist?«, spottete Ethan. »Ich werde dich jetzt gleich rammeln, dass dir Hören und Sehen vergeht!«

Gabriel schien weiß wie die Wand zu werden und sein Gesichtsausdruck wirkte im Halbdunkel starr. Da verstand Ethan plötzlich und sein Herz setzte einen Takt aus. »Du bist noch nie …«

Sofort schloss Gabriel die Lider. Es war unverkennbar, dass er Angst hatte. War es das erste Mal für ihn oder …

»Hat dir mal jemand wehgetan? Bist du deswegen so grob zu mir?«

Ethan spürte, dass Gabriel ihm nichts davon erzählen wollte, also ließ er es auf sich beruhen.

»Aber es hat dir doch gefallen?« Aus großen Augen blickte Gabriel ihn an. Für Ethan sah er plötzlich wie ein eingeschüchterter Junge aus. Das war nicht mehr der eiskalte Gabriel Norton, der da vor ihm saß, sondern ein völlig anderer Mensch.

»Ja, es hat mir gefallen – sogar sehr –, auch wenn es zur Abwechslung mal ganz nett wäre, sanft von dir geliebt zu werden«, sagte Ethan leise, wobei er Gabriel über eine Wange streichelte.

Dieser hatte wieder die Augen geschlossen und flüsterte: »Beim nächsten Mal. Ich verspreche es.«

Ethan kuschelte sich eng an ihn und küsste seine Brust. »Ich werde ganz vorsichtig sein, obwohl du das eigentlich nicht verdient hast.«

»Es war nicht okay, wie ich dich behandelt habe«, kam es zerknirscht zurück.

Plötzlich durchströmte Ethan ein unwahrscheinlich warmes Gefühl. *Gott, wie sehr ich ihn liebe …* »Mir gefällt es ja so, aber zwischendurch möchte ich auch mal bestimmen, wo's langgeht.«

Mit sanftem Druck dirigierte er Gabriel auf den Rücken. Dann holte Ethan das Gleitgel aus der Schublade und begann noch einmal mit seiner Massage. Er streichelte erst Gabriels Damm und seine Hoden, anschließend kreiste er mit seinen Fingern um den zuckenden Eingang. Ab und zu ließ er die Fingerspitze darin verschwinden, bis er bemerkte, dass es Gabriel zuließ und sich weiter öffnete. Daraufhin fuhr er mit dem ganzen Finger hinein und drückte sanft auf Gabriels Lustpunkt, bis dieser aufstöhnte. Die ersten Tröpfchen liefen aus Gabriels Eichel. Ethan nahm sie sofort in den Mund, um die Feuchtigkeit aufzulecken. Das entlockte Gabriel noch heftigere Geräusche.

»Ich hatte ja keine Ahnung, wie geil das ist!«, stieß Gabriel hervor, der sich zitternd unter der Behandlung wand.

»Es wird noch viel geiler, wenn du *mich* erst in dir spürst.« Ethan glaubte, Gabriel nun genug vorbereitet zu haben und legte sich auf ihn. Sein pochendes Geschlecht an die richtige Stelle führend, glitt er in die heiße Enge. Wow, fühlte sich das fantastisch an!

»Stopp!« Stocksteif und mit aufgerissenen Augen lag Gabriel unter ihm und Ethan verharrte sofort. Er wollte warten, bis Gabriel sich wieder entspannt hatte. Wenn er es noch so lange aushielt ...

»Mein Schwanz ist eh zu klein, als dass ich dir damit wehtun könnte«, flüsterte Ethan, während er an Gabriels Ohrläppchen knabberte.

»Jetzt hör aber auf. Er ist genau richtig und passt optimal zu dir«, knurrte der. »Und im Moment fühlt er sich verdammt groß an!«

»Das ist nur am Anfang so. Du wirst dich dran gewöhnen.«

Gabriel sog die Luft ein. »Willst du damit sagen, du hast noch öfter vor, mich zu ficken?«

»Wann immer ich die Gelegenheit dazu bekomme«, erwiderte Ethan lächelnd, wobei er Gabriels Brust streichelte. »Und bis jetzt habe ich dich ja noch gar nicht gefickt.« Nun begann er wieder, sich zu bewegen, denn er hatte gespürt, dass Gabriel nicht mehr so verkrampft war.

Es war ein überwältigendes Gefühl dabei zuzusehen, wie sich Gabriels Gesichtszüge glätteten, bis Ethan nur noch Lust darin erkennen konnte. Dennoch glitt er ganz vorsichtig in ihm hin und her, denn für Gabriel sollte sein erstes Mal ganz besonders schön werden. Ethan konnte kaum glauben, dass er tatsächlich der Erste für ihn war ...

Ethan liebte ihn mit einer Sanftheit, die Gabriel total verwirrte. Er erwartete denselben Schmerz wie damals, als er noch ein Junge gewesen war, und dass ihn die grausamen Erinnerungen einholten, aber all das blieb aus. Sogar während Ethan zärtlich die Narbe an seinem Schlüsselbein küsste, dachte Gabriel zum ersten Mal nicht mehr daran, dass er sie dem Mann zu verdanken hatte, der für seine sexuellen Komplexe die Hauptschuld trug. Aber Mr Tavish war tot – vielleicht wurde es langsam Zeit, die Vergangenheit zu begraben.

Gabriel stöhnte und ließ die Hüften kreisen. Es fühlte sich richtig gut an, von Ethan ausgefüllt zu werden. Nie hatte Gabriel geglaubt, dass Männer so zärtlich miteinander umgehen konnten. *Scheiße, und ich habe Ethan fast jedes Mal halb totgefickt!* Gewissensbisse plagten ihn. Warum war er denn so grob zu ihm gewesen?

Niemals zuvor hatte er sich einem anderen Menschen so nah, so verbunden gefühlt. Erst hatte Gabriel zwar einen unangenehmen Druck gespürt, aber als Ethan stillgehalten hatte, war er langsam verschwunden und jetzt war es einfach nur noch geil!

Ethan steckte in ihm, ganz tief!

Gabriel umarmte den jungen Mann und streichelte dessen Rücken, seine Pobacken, den ganzen Körper. Dabei leckte Ethan die Kuhle an Gabriels Schlüsselbein und küsste seinen Hals. Es war überwältigend, aber noch nicht vollkommen. Etwas fehlte noch ... Und plötzlich verspürte Gabriel den unbändigen Wunsch, Ethan noch näher zu sein, so intim, wie es eben nur ging. Das war ihm noch niemals zuvor passiert.

»Ethan«, wisperte er und drehte den Kopf, sodass das Gesicht des jungen Mannes nun neben ihm lag, ebenso die wunderschönen Lippen.

»Gabriel?« Ein überraschter Ausdruck lag in Ethans grünen Augen, aber er schien zu verstehen, was er wollte. Ethans Mund kam näher, knabberte an Gabriels Kinn und an seiner Wange.

Er hat mein Aftershave benutzt, durchfuhr es Gabriel, aber noch etwas anderes durchfuhr ihn: Es war ein starkes, sehnsuchtsvolles Ziehen in der Gegend um seinen Solarplexus. Sein ganzes Leben lang hatte sich Gabriel vor diesem Moment gefürchtet. Seine Religion untersagte Liebe zwischen Männern und seine Eltern würden ihn auf Ewig verstoßen, wenn sie von seiner Andersartigkeit wüssten. Sie waren schon alt und seinem Vater ging es sehr schlecht – jetzt brauchten sie es sowieso nicht mehr zu erfahren.

Ich bin ein erwachsener Mann, verdammt!, machte er sich Mut. *Komm, tu es endlich!* Gabriel schaffte es jedoch immer noch nicht, ganz zu seiner Homosexualität zu stehen, aber Ethan schien den Bann langsam zu brechen. Seine Lippen kamen immer näher und spielten an Gabriels Mundwinkel. Er brauchte nur seinen Kopf ein Stück zu drehen. Gabriel atmete schwer und wusste kaum mehr, wo oben und unten war, denn in seinem Innern drehte sich alles. Für einen Augenblick hatte er sogar vergessen, dass Ethan tief in ihm steckte. *Denk nicht so viel! Das hier ist Ethan Hunter, der mit dir schläft. Ethan, und niemand anderes! Und er ist so zärtlich und liebevoll!* Gabriel konnte immer noch nicht begreifen, dass das tatsächlich gerade geschah.

Seine Finger fuhren in das weiche Haar des jungen Mannes, um ihn noch näher zu ziehen. Wie sich ihre Körper aneinanderrieben und das Gewicht des anderen auf ihm, machte Gabriel immer mehr an. Und als Ethans Hände sanft über sein Gesicht streichelten, konnte Gabriel nicht mehr innehalten. Ganz vorsichtig glitten seine Lippen über Ethans Mund.

Gabriel hielt den Atem an und die Zeit schien stillzustehen. Er küsste einen Mann!

Als ob Ethan Bescheid wüsste, wartete er und überließ Gabriel die Führung. Der tastete sich langsam voran, indem er mit der Zungenspitze die Konturen von Ethans Lippen nachzog. Sie fühlten sich wahnsinnig weich an!

Ethans Atem stieß hektisch in Gabriels Mund. Der junge Mann hatte nun aufgehört, sich in ihm zu bewegen, nur seine Erektion zuckte. Offensichtlich genoss Ethan die Erkundungstour, denn er stöhnte leise, als Gabriel langsam mit der Zunge in Ethans Mund eindrang. Gabriel glitt über die Zähne, erspürte die kleine Lücke und wagte sich dann tiefer vor. *Wie gut er schmeckt* ... Das Herz pochte Gabriel so hart gegen die Rippen, dass er glaubte, sein Brustkorb würde gleich zerspringen. Ethan kam ihm mit seiner Zunge entgegen, worauf sich ihre Spitzen erst sanft anstupsten und dann umschlangen.

Auf die unschuldigen Küsse folgten wildere, tiefere. Ethan begann wieder, sich zu bewegen. Erst vorsichtig, dann immer gewagter, bis Gabriel ihm mit den Hüften signalisierte, dass er mehr wollte. Dabei griff Ethan zwischen ihre Körper, um Gabriels Erektion fest zu umschließen und daran zu reiben.

Das war zu viel für Gabriel. Laut stöhnend bog er den Rücken durch. Er bekam kaum noch Luft, seine Finger gruben sich in Ethans Pobacken und sein ganzer Körper verkrampfte sich, als ein gewaltiger Orgasmus ihn überrollte. Ethan stieß immer wieder gegen die Stelle in ihm, die den Höhepunkt so intensiv machte und ihn nie enden lassen wollte. Warm ergoss sich Gabriel auf ihre Bäuche, und kurze Zeit später fühlte er auch Ethan in sich zucken.

Wow, ist das tatsächlich gerade passiert?, dachte Gabriel erschöpft.

Ohne sich aus ihm zu lösen, blieb Ethan auf Gabriel liegen. Sie streichelten sich noch eine Weile und sprachen nicht, sondern genossen das Nachglühen ihrer Leidenschaft, bis sie beide in den Schlaf glitten. Und in dieser Nacht kam Mr Tavish nicht in Gabriels Träumen vor ...

★★★

Ethan erwachte, als er von Gabriels Körper gedrückt wurde. Da die Morgensonne durch die Jalousien strahlte, blinzelte Ethan ein paar Mal und sah Gabriel ins Badezimmer flitzen. *Der Einlauf will wieder raus*, ging Ethan schmunzelnd durch den Kopf und er wartete so lange, bis Gabriel mit seinem Geschäft fertig war, bevor er ebenfalls ins Bad ging. Eine Dusche fände auch er jetzt wundervoll, denn das getrocknete Sperma spannte unangenehm auf seiner Haut.

Gabriel stand bereits mit geschlossenen Lidern unter dem warmen Wasserstrahl, was Ethan dazu animierte, sich zu ihm in die gläserne Kabine zu stehlen. Eine Weile betrachtete er Gabriel dabei, wie er sich die Haare wusch und schaumige Rinnsale über die markanten Wangen und den sinnlichen Mund liefen. Er war so verdammt attraktiv! Ethan wollte ihn auf der Stelle küssen, daher drängte er sich dicht an Gabriels heißen Körper. »Guten Morgen!«

Mit aufgerissenen Augen wich Gabriel vor ihm zurück. »Shit!«

»Hab ich dich erschreckt?«, fragte Ethan grinsend, wobei er über Gabriels Brust und die Narbe auf seinem Schlüsselbein fuhr. Er wollte sich jetzt unbedingt einen Kuss abholen, aber Gabriel flüchtete regelrecht aus der Kabine. Er wirkte wieder so distanziert wie üblich.

»Bist wohl kein Morgenmensch, was?«, motzte Ethan ihm hinterher und setzte noch hinzu: »Soll ich heute wieder den ganzen Tag auf dich warten?« Er wusch sich schnell und trat dann neben Gabriel an den Badezimmerspiegel, wo sich dieser gerade rasierte. »Weil ich nehme mal an, du musst gleich wieder weg, so eilig, wie du es hast.«

»Hmm«, brummte Gabriel den Spiegel an, ohne Ethan eines Blickes zu würdigen. »Wie war es denn bei deiner Schwester?«

»Jetzt lenk nicht ab!«, stieß Ethan hervor. »Dieses Katz-und-Maus-Spiel geht mir langsam echt auf den Sack! Ich weiß überhaupt nicht, woran ich bei dir bin!«

Gabriels Mund öffnete und schloss sich wieder. Anscheinend wusste er nicht, was er sagen sollte. Nach einem Augenblick des Zögerns erwiderte er jedoch: »Man hat mich heute Abend in einen exklusiven Club eingeladen. Komm doch mit.«

War das Gabriels Ernst? Ethan war skeptisch: »Als dein ... was ... Sklave, Begleiter, Freund?«

Gabriel schenkte ihm einen zynischen Blick. »Ich werde dich meinen Bekannten als meinen ... Cousin vorstellen.«

»Cousin?« Aha, niemand sollte also etwas von Gabriels Neigungen erfahren und schon gar nicht von ihrem Verhältnis zueinander, schon klar. Aber da Ethan unbedingt mitkommen wollte, ging er auf den Deal ein. Er war schon ewig nicht mehr in einem Club gewesen und er wollte sich endlich mal wieder amüsieren ...

Auch bevor Gabriel das Apartment verließ, gab es keinen Kuss, dafür aber einen anderen Beweis seines Vertrauens: Er steckte Ethan seine Kreditkarte zu – die goldene, natürlich.

»Im Atrium gibt es einen exklusiven Herrenausstatter. Ich möchte, dass du dir für heute Abend etwas Passendes kaufst.« Mit diesen Worten verschwand Gabriel und ließ Ethan allein zurück.

★★★

Das »Supreme« war ein richtig edler Schuppen, mit allem, was dazugehörte: In geschmackvollem Ambiente schlängelten sich wunderschöne Frauen an Stangen, die aber – im Gegensatz zu anderen Etablissements – ihre Intimzonen mit einem Hauch von Stoff verdeckten. Des Weiteren liefen Kellner in Smokings durch die großzügigen Räume, in denen Lounge Jazz gespielt wurde, und boten Getränke und Häppchen an. In zahlreichen weißen und schwarzen Ledersesseln räkelten sich Hostessen auf den Schößen reicher Geschäftsmänner, und Ethan traute seinen Augen kaum, als er einige der prominentesten und wichtigsten Persönlichkeiten New Yorks antraf: Politiker, Models, Schauspieler ... Die halbe High Society tummelte sich in diesem Edelbordell – nichts anderes war es für Ethan. Denn er sah, wie ab und zu eine dieser Damen mit einem Anzugträger in eines der hinteren Zimmer verschwand.

Verdammt, und ich muss Gabriels Cousin spielen, dachte Ethan verärgert. *Hier könnte ich so einige exklusive Storys bekommen ... Ist das da hinten mit der vollbusigen Schönheit nicht der Vorstand dieses Wohltätigkeitvereins? DAS würde Schlagzeilen geben, wenn seine Frau und die Öffentlichkeit erführen, was der Herr so treibt ... Und wer von ihnen ist ebenfalls in illegale Geschäftchen verwickelt?* Ethan konnte kaum abschalten. Allerdings wäre er ohne Gabriels Beziehungen niemals in solch einen Laden hineingekommen, also versuchte er nicht an das Was-wäre-wenn zu denken, sondern sog die zahlreichen Sinneseindrücke in sich auf. Das »Supreme« sah von innen aus, als würden sie sich in einem alten Schloss befinden und nicht in einem Wolkenkratzer. An den hohen Wänden waren dunkelrote Brokatvorhänge vor Bogenfenstern befestigt, die nicht echt waren, sondern kunstvolle Attrappen, die von hinten schummrig beleuchtet wurden. An den Wänden und von der Decke hingen Kandelaber, mit echten Kerzen darin. Der Boden bestand aus schwarz-weißem Marmor und sah wie ein überdimensionales Schachbrett aus. Auf runden Podesten räkelten sich die Schönheiten an Eisenstangen, während rundherum diverse Sitzgelegenheiten und kuschlige Nischen zur behaglichen Atmosphäre beitrugen.

»Du siehst heiß aus«, raunte Gabriel ihm in einem unbeobachteten Moment ins Ohr, sodass ein Prickeln über Ethans Rücken nach unten kroch. Am liebsten hätte er Gabriel sofort zu solch einem lauschigen, nur schwach beleuchteten Plätzchen geführt.

Tatsächlich fand sich Ethan in seinem neuen Anzug auch sehr attraktiv. Er hatte bei dem Herrenausstatter nicht gegeizt und sich großzügig an Gabriels Vermögen bedient. *Das ganze Geld braucht er sowieso nicht mehr, wenn er in den Knast kommt,* hatte Ethan in der Boutique noch gedacht, aber wenn er Gabriel jetzt so ansah ... Verdammt, er wollte nicht, dass er ins Gefängnis ging! Vielleicht sollte er die Story seines Lebens einfach vergessen und das Luxusleben an Gabriels Seite genießen. »Dann lass uns doch die Toiletten aufsuchen und schnell eine Nummer schieben, *Cousin.*« Herausfordernd sah Ethan ihn an, aber noch bevor Gabriel den Mund aufmachte, wusste Ethan, dass er sich das niemals trauen würde. Gabriel fuhr ihm spielerisch durchs Haar, so als wäre Ethan ein Kind, und sagte: »Du hast wohl schon zu viel getrunken, Kleiner.«

Brav blieb Ethan an Gabriels Seite, so wie es dieser ihm aufgetragen hatte, während Gabriel ihn als seinen Cousin vorstellte, nur um ihn dann nicht weiter zu beachten. Überhaupt interessierte sich kaum jemand für ihn, was nicht verwunderlich war, denn er besaß weder Geld noch hatte er eine hohe Position inne. Also mischte er sich irgendwann unters Volk, um im Vorbeigehen vielleicht den einen oder anderen informativen Gesprächsfetzen aufzuschnappen.

Sollte Gabriel ihn doch für seinen Ungehorsam »bestrafen«. Solange Ethan an seiner Seite war, erfuhr er sowieso nichts. In Gabriels Gesellschaft ging es nur um Aktienkurse, Immobilien und wer mit wem angebandelt hatte. Jedoch war Ethan sicher, dass die Gespräche einen anderen Verlauf nehmen würden, wenn er nicht in der Nähe war. Schade, dass er jetzt kein Abhörgerät zur Hand hatte ...

Konzentriert ließ er die Augen über die elegant gekleideten Personen schweben, die in den schwarz-weißen Sesseln saßen, sich angeregt unterhielten oder heftig flirteten. Auch Ethan erntete einige aufreizende Blicke »gewisser« Damen, aber die erwiderte er nur mit einem kurzen, verneinenden Lächeln.

Wer von ihnen wohl in etwas Verbotenes verwickelt ist?, überlegte Ethan. *Wahrscheinlich die Hälfte.* Steuerhinterziehung, Drogenkonsum, illegale Wetten, Schmiergeldaffären ..., aber das waren nicht die Delikte, die Ethan im Moment interessierten.

Wie konnte er nur alle Informationen, die er benötigte, aus Gabriel herausbekommen? Sollte er ihn betrunken machen und ihn scheinheilig über die Konten auf den Bahamas ausfragen? – Nein, Gabriel war so gewieft und würde sofort merken, was Ethan vorhatte. Und wenn Gabriel erst erfuhr, dass er die Daten auf dem Stick entschlüsselt hatte ... Keine Ahnung, wie er sich dann ihm gegenüber verhalten würde, aber das wollte Ethan auch gar nicht erst herausfinden.

Lautes Gelächter lenkte Ethans Aufmerksamkeit plötzlich auf zwei Personen, die heftig miteinander turtelten, und eine davon war ... *Gabriel!*

Eine plötzliche Übelkeit erfasste Ethan, als er Gabriel und eine blonde Frau dabei beobachtete, wie sie albern herumschäkerten. Die Frau betatschte Gabriel, wann immer sich die Gelegenheit dazu bot, während Gabriel mit nicht weniger Körpereinsatz zu Gange war. Im Moment zog er die »Dame« gerade in seine Arme und küsste ihren Hals.

Ethan blieb die Luft weg. Konnte er sich so geirrt haben? War Gabriel etwa bi? »Ich hätte bei Elena bleiben sollen«, knurrte er durch zusammengebissene Zähne.

Mit wild pochendem Herzen und die Hände zu Fäusten geballt, starrte er auf das Szenario. Mittlerweile lagen Gabriels Hände nicht mehr an ihren Hüften, sondern näherten sich gefährlich ihrem Dekolleté. Ethan sah genau, wie Gabriel der Frau etwas zwischen die Brüste steckte, während er mit ihr rumknutschte. *Wahrscheinlich ein Scheinchen für ein Pläuscherstündchen*, dachte Ethan wütend und ein Stich durchfuhr seine Brust. Wenn er ihn küssen wollte, stellte sich Gabriel immer so an, aber dieser Blondine bohrte er ja förmlich die Zunge in den Hals!

Ethan stand kurz davor zu zerspringen. Er atmete tief durch, um dann erhobenen Hauptes durch die Menge zu Gabriel zu marschieren.

Unvermittelt tippte er an seine Schulter. »Darf ich dich mal kurz entführen, lieber *Cousin?*«

Gabriel beachtete ihn nicht, sondern schenkte der Frau sein verführerischstes Lächeln. »Entschuldige mich einen Moment, Süße.«

Die Blondine erwiderte das mit einem lasziven Blick, bevor sie zu einem in der Nähe stehenden Kellner schlenderte, um sich einen Champagner vom Tablett zu nehmen.

»Du verhältst dich wie ne Hete! Steh endlich dazu, dass du schwul bist!«, zischte Ethan. »Oder bist du etwa bi? Wenn ja, dann möchte ich das sehr gerne erfahren!« Falls er Gabriel auch noch mit Frauen teilen musste, wollte er nichts mehr mit ihm zu tun haben.

»Sei doch nicht kindisch, Ethan. Das gehört für einen Mann in meiner Position einfach dazu, das hat nichts zu bedeuten.«

»Klar, wenn du ihr an die Titten greifst, ist das natürlich nur Image-Pflege!«

»Es ist nicht das, was du denkst!«, widersprach Gabriel, wobei er so zerknirscht aussah, dass Ethan ihm diese Ausrede fast abnahm. Bevor Ethan weiteren Lügen dieses unwahrscheinlich attraktiven Kerls verfiel, drehte er sich um und ging schnurstracks zu den Toiletten. Erstens, weil er tatsächlich pinkeln musste, und zweitens, weil er eine Weile nur für sich sein wollte. Ethan musste sich über einiges Klarheit verschaffen.

Die Toiletten waren ebenso edel wie der Rest des Clubs. Der helle Marmor und die goldenen Armaturen blitzten, im Hintergrund spielte leise Musik, überall glimmten Räucherstäbchen und flackernde Kerzen warfen ihr Licht durch den verspiegelten Raum. Zudem war alles supersauber geputzt und kein widerwärtiger Geruch lag in der Luft. Hier hätte es Ethan richtig Spaß gemacht, mit Gabriel eine schnelle Nummer zu schieben.

Als er am Urinal stand, wog er das Für und Wider ihrer »Beziehung« ab. Der Sex war fantastisch, keine Frage, aber für Gabriel war Ethan anscheinend nur ein Spielzeug. *Er hat mich ja selbst als seinen Toy-Boy bezeichnet,* dachte er zerknirscht. Ethan fehlte die Nähe, und damit meinte er nicht die körperliche Nähe, sondern die emotionale. Eben diese kleinen Gesten wie Küsse oder eine innige Umarmung, die dem Partner zeigten, wie verbunden man einander war. *Ts, wir sind nur wirklich miteinander verbunden, wenn sein Schwanz in mir steckt.*

Die Seite in Ethan, die an das Gute im Menschen glaubte, meldete sich zu Wort: *Aber erinnerst du dich denn nicht an die innigen Momen-*

te, die ihr schon hattet? Vielleicht ist Gabriel einfach noch nicht so weit, zu seiner Homosexualität zu stehen. Nicht jeder kann damit so locker umgehen wie du.

Ethan seufzte, wobei er gedankenverloren seinen Penis in die teure Hose zurückpackte und spülte. Dann schlenderte er zu den Waschbecken.

Jetzt mal von der ganzen Gefühls-Schiene abgesehen, da war ja noch die Sache mit der Story. Wenn er bei Gabriel blieb – machte er sich dann eines Verbrechens mitschuldig? Immerhin hatte er schon so einiges über den ehrenwerten Gabriel Norton herausgefunden: Er hatte sich mit höchster Wahrscheinlichkeit eine falsche Identität zugelegt und war definitiv in die Geldwäscheaffäre des Kasinos verstrickt. Die Kontonummern waren Beweis genug. Gerade als Sicherheitschef hatte Gabriel vollen Zugang zum Safe und den technischen Einrichtungen, und so wie es aussah, wollte er auch noch die Kohle für sich selbst! Zudem verkehrte er in den höchsten Kreisen, wie Ethan eben bemerkt hatte. *Wer weiß, welche Politiker und Finanzbeamten noch in der ganzen Sache drinstecken. Irgendwer muss ja die Machenschaften decken, die im Starlight vor sich gehen.*

Dazu kamen noch die Gerüchte über illegale Prostitution. Das würde er Gabriel ja zutrauen, so wie er diese Tussi angemacht hatte. Es war wohl am besten, Ethan packte seine Sachen und ging wieder zu Elena. Scheiß auf die Story! Gabriel war ihm mittlerweile zu sehr ans Herz gewachsen und Ethan wollte nicht, dass es gebrochen wurde ...

Während er sich die Hände wusch, traten auf einmal drei Herren nah an ihn heran. Sie waren recht groß und irgendetwas an ihrem Aussehen gefiel Ethan nicht, obwohl sie ebenso fein gekleidet waren wie er. Ethan sah im Spiegel, dass die Männer ihn mit ihren Blicken fixierten. »Mr Hunter?«, sagte der links neben ihm.

Überrascht drehte sich Ethan in seine Richtung und schaute dem Mann in die leicht blutunterlaufenen Augen. »Ja?«

»Wenn Sie uns folgen würden, *bitte*«, stieß sein Gegenüber nicht gerade freundlich hervor.

»Was? Wohin denn?« Ethan verstand erst nicht. Arbeiteten die für Gabriel? *Sollen sie seinen Toy-Boy zurückholen?*, dachte er sarkastisch.

»Es wäre von Vorteil, wenn Sie weniger Fragen stellen würden und einfach mit uns kommen. Vielleicht kann Sie dieses Argument überzeugen.« Der Typ deutete auf sein Jackett. Ethan folgte seinem Blick und schluckte hart, als der Kerl eine Pistole aus der Jackentasche holte, diese aber sofort wieder mit seiner Hand darin verschwand. Durch die Beule in dem Stoff war es unverkennbar, dass der Lauf auf Ethan zielte. *Shit!*

Ohne Widerstand verließ er mit den Männern den Raum. Allerdings gingen sie mit ihm nicht durch die Clubräume, sondern sie führten Ethan zu einem Hinterausgang hinaus, wo schon ein Kleinbus mit verdunkelten Scheiben bereitstand. Ethan kannte diese Szene nur aus dem Fernsehen, aber schlagartig wurde ihm bewusst, dass dies hier die Realität war, und ihn erfasste eine unendlich große Angst ...

★★★

Während er sich mit einem älteren Herrn unterhielt, schielte Gabriel ständig in die Richtung, in der die Herrentoiletten lagen. Wo blieb Ethan bloß? Der Junge war jetzt schon eine geschlagene halbe Stunde weg.

Auf keinen Fall hatte Gabriel gewollt, dass Ethan etwas von dem Techtelmechtel mit der Blonden mitbekam. Gabriel hatte geglaubt, er wäre außer Reichweite gewesen.

Ethan hatte nämlich recht gehabt, als er meinte, Gabriel betriebe hier Image-Pflege. In diesem Raum dachte fast jeder, er wäre New Yorks größter Sonnyboy. Keiner wusste schließlich, dass er schwul war und sich aus Frauen nichts machte. Deswegen schlief er auch nie mit ihnen, sondern gab ihnen nur das Gefühl, es wäre etwas zwischen ihnen gelaufen. Und die Frauen gaben unwahrscheinlich gerne damit an, mit Gabriel Norton im Bett gewesen zu sein.

Verdammt, ich bin manchmal viel zu unvorsichtig, durchfuhr es ihn, als Gabriel wieder an das gerade Geschehene dachte, denn in Wahrheit hatte er der Frau wichtige Informationen zukommen lassen. Ihr Verhalten war ebenfalls nur Show gewesen. Es hatte Ethan sicher verletzt. Aber er war eben ein richtiger kleiner Schnüffler ...

Amüsiert musste Gabriel lächeln, weil Ethan ihn ursprünglich ausspionieren wollte. Gabriel hatte dem Jungen mit seinem lächerlichen Auftritt nicht wehtun wollen, doch er konnte ihm unmöglich die Wahrheit sagen. Das würde Ethan sofort zur Zielscheibe machen. Gabriel wusste sowieso nicht, was er sich dabei gedacht hatte, ihn hierher mitzunehmen, wo jeder sehen konnte, dass sie sich kannten. Außerdem war sich Gabriel immer noch nicht ganz sicher, ob er Ethan hundert Prozent vertrauen konnte. Vielleicht jagte der ja immer noch seiner Story hinterher ...

Ein plötzliches Hüsteln zu seiner Linken schreckte Gabriel aus den Gedanken. Ein Kellner stand neben ihm und hielt Gabriel ein silbernes Tablett vor die Nase, auf der ein zusammengefalteter Zettel lag.

»Ich habe eine Nachricht für Sie, Mr Norton«, sagte der junge Mann freundlich.

Dankend nahm Gabriel das Stück Papier entgegen und öffnete es erst, als sich der Kellner wieder entfernt hatte und sich auch sonst niemand in seiner Nähe aufhielt. Erst dachte er, es wäre von Ethan, aber während Gabriel die Nachricht las, kroch eine Eiseskälte durch seinen Körper: *Wir haben Ihren Cousin. Wenn Sie ihn lebend wiedersehen wollen, müssen Sie mit uns kooperieren. Wir werden uns in Kürze bei Ihnen melden.*

Mit geschlossenen Augen rang er nach Atem. *Fuck, fuck, fuck!* Jetzt war genau das geschehen, wovor sich Gabriel am meisten gefürchtet hatte. Sie hatten seinen Schwachpunkt gefunden ...

Ein Schwindel erfasste ihn, der in eine heftige Übelkeit wechselte. Dann schoss kalter Schweiß aus jeder seiner Poren und ein Zittern lief durch seinen Körper. *Nur die Ruhe bewahren,* sagte er sich und versuchte die grausamen Bilder zu verdrängen, die vor seinem geistigen Auge aufstiegen. Er durfte jetzt nicht daran denken, was die Entführer Ethan antun könnten oder ihm vielleicht schon angetan hatten. *Der Kleine ist hart im Nehmen,* machte er sich Mut. *Er schafft das.*

Gabriel suchte den Kellner, der ihm die Nachricht gebracht hatte. Tatsächlich fand er ihn an der Theke, als er sich gerade einen Schwung gefüllter Gläser aufs Tablett stellte.

»Entschuldigen Sie ...« Gabriel räusperte sich, wobei er versuchte, sich seine Nervosität nicht anmerken zu lassen. Er durfte keine Zeit verlieren! »Können Sie mir sagen, von wem Sie den Zettel bekommen haben?«

Der Angestellte beschrieb ihm einen großen Mann mittleren Alters, mit blonden, kurz geschorenen Haaren und einer platten Nase.

Gabriel kannte keinen Mann, der auf diese Beschreibung passte. Am liebsten hätte er jetzt alles hingeschmissen, aber es stand zu viel auf dem Spiel. Dennoch tat er etwas völlig Unüberlegtes. Er holte sein

Handy aus dem Jackett und rief die einzige Person an, die ihm jetzt helfen konnte, wobei Gabriel hoffte, dass sein Boss nichts davon mitbekam: »Bruce, du schuldest mir doch noch einen Gefallen ...«

★★★

Zitternd und mit verbundenen Augen saß Ethan auf einem Stuhl, die Hände hinter dem Rücken gefesselt. Er hatte nicht den blassesten Schimmer, wo er sich befand, aber er fühlte bis in die Haarspitzen, dass er verdammt in der Klemme steckte.

»So, du bist also Nortons *Cousin* ...«, hörte Ethan eine rauchige Stimme zu seiner Rechten. »Dann weißt du bestimmt auch, was deine liebe *Verwandtschaft* so treibt.«

Ethan hatte keine Ahnung, was er antworten sollte, ob er die Wahrheit sagen sollte oder wie viel er überhaupt sagen sollte, weil er bis jetzt nicht wusste, mit wem er es zu tun hatte und was seine Entführer genau wollten. Er hatte keine Lust, zwischen die Fronten zweier rivalisierender Verbrecherorganisationen zu kommen, doch wie es aussah, befand er sich gerade mittendrin.

»Den hier habe ich in seinem Geldbeutel gefunden«, drang eine andere Männerstimme an Ethans Ohr. »Das ist ein Presseausweis. Der Kerl heißt Ethan James Hunter. Und dieses Handy hatte er noch bei sich.«

»Gib mal her«, forderte der mit der rauchigen Stimme.

Angestrengt lauschte Ethan. Durch das wilde Pochen seines Pulses drangen die Geräusche seiner Umgebung nur gedämpft an sein Ohr, aber er nahm ein deutliches Hallen wahr. Sie befanden sich anscheinend in einem großen Raum.

»Die einzige Nummer, die hier eingespeichert ist, gehört einem Gabriel.«

»Na, wenn das kein Wink des Schicksals ist«, spottete ein anderer. »Dann sollten wir *Gabriel* gleich mal die gute Nachricht überbringen, falls er sie nicht eh schon erhalten hat.«

Sie hatten also das Handy, das Gabriel ihm gegeben hatte, und sie kannten nun Ethans Namen und sogar seine Anschrift. *Elena ... Verflucht!* Wie kam er denn aus dieser Scheiß-Situation wieder raus ...

★★★

Gabriel raste mit seinem Pontiac durch weniger befahrene Nebenstraßen, ein angeschaltetes Laptop auf dem Beifahrersitz, und warf immer wieder einen Blick auf den blinkenden Punkt, der ihm genau zeigte, wo Ethan – oder zumindest sein Handy – sich aufhielten. Aber im Moment hatte es noch kein genaues Signal gefunden, sondern nur den Sender, in den es sich eingeloggt hatte. Ursprünglich war es ja Gabriels Telefon gewesen, damit seine Leute immer wussten, wo er sich befand. Denn es konnte anhand der IMEI-Nummer – das war die Seriennummer des Handys – geortet werden. Bruce versuchte den genauen Standort des Mobiltelefons herauszufinden, um dann die Daten auf Gabriels Notebook zu überspielen. Gerade kam das Signal von Süden, jetzt wusste Gabriel schon mal, in welche Richtung er ungefähr fahren musste.

Gabriel konnte Ethan natürlich anrufen – vielleicht hätte er dann erfahren, ob es dem Kleinen gut ging –, aber er wollte so wenig Aufmerksamkeit auf das Gerät lenken, wie möglich. Vielleicht hatten es die Entführer noch nicht entdeckt. Umso erstaunter war Gabriel, als er über seine Freisprecheinrichtung plötzlich einen Anruf von ebendiesem Telefon erhielt.

»Hallo, *Gabriel*«, kam eine spöttische, raue Stimme aus dem Lautsprecher, die Gabriel verdammt vertraut war. »Oder soll ich dich lieber *Noah* nennen?«

Gabriel erstarrte. Niemals wäre er darauf gekommen, dass ER dahintersteckte: »Stokes!«

»Ganz recht!«, erwiderte die rauchige Stimme. »Vermisst du etwas?«

»Wo ist er?«, fragte Gabriel so ruhig er konnte und versuchte sich dabei auf den blinkenden Punkt auf seinem Notebook zu konzentrieren. Er musste Ethan so schnell wie möglich finden. Paul Stokes war dafür bekannt, über Leichen zu gehen. Eigentlich müsste dieser Mann hinter Gittern sitzen, doch ihm war nach einer Gerichtsverhandlung die Flucht gelungen. Seitdem war er unauffindbar gewesen.

»Na, na, mal nicht so voreilig, *Gabriel*. Willst du dir nicht anhören, was ich zu sagen habe?«

Zähneknirschend erwiderte Gabriel: »Was willst du von mir?«

»Och, nur eine Kleinigkeit. Drei Millionen Dollar, einzuzahlen auf ein Nummernkonto in der Schweiz.«

Gabriels Finger krallten sich in das Lenkrad.

»So eine kleine Überweisung sollte doch ein Klacks für *Sie* sein, *Mr*

Norton. Nicht wahr?«, spottete Stokes und sagte dann in einem bösartigeren Ton: »Ich lasse dich auflaufen, wenn du mir die Kohle nicht beschaffst, Noah. Und dein *Cousin* geht auch dabei drauf!«

Verdammt! Gabriels Magen zog sich zusammen. Irgendwo waren streng geheime Informationen durchgesackt. Gabriel wäre ein toter Mann, wenn Stokes zu Rico ging! Aber woher wusste Stokes Bescheid?

Gabriel erinnerte sich daran, dass Ethan das Gespräch im Central Park belauscht hatte. War er etwa ein Komplize von Stokes und die Entführung eine abgekartete Sache?

Ein Stich durchfuhr seine Brust. Schnell verdrängte Gabriel diese Gedanken und verfluchte sich im Stillen, dass ihn seine Zuneigung zu Ethan total blind machte. *Der Kleine ist unschuldig,* hoffte Gabriel. Er hatte damit nichts zu tun ...

Gabriel musste Zeit gewinnen. Noch kannte er nicht den genauen Standort. »Woher soll ich so schnell drei Millionen nehmen, Paul?«

»Paul?« Stokes lachte. »Netter Versuch, Noah, aber wir sind keine Partner mehr, schon vergessen? Deinetwegen steckte ich jetzt in dieser Scheiße!«

»Da hast du dich selbst reingeritten!«

»Jetzt lenk nicht von Thema ab, Noah! Ich weiß genau, dass du deinen *Cousin* suchst, also fasse ich mich kurz: Ich bin über deine Geschäfte informiert und im Bilde, wie du deinen Boss Rico verarschst. Zufällig habe ich mit Rico schon das eine oder andere Geschäftchen abgeschlossen. Wir sind zwar keine dicken Freunde, aber ...«

»Stokes, verdammt!« Gabriels Vermutungen bestärkten sich. Ethan hatte nichts damit zu tun, da war er sich total sicher!

Stokes lachte abermals böse. »Wenn du dein Anhängsel lebendig wiedersehen möchtest ...«

»Ich will erst einen Beweis, dass es ihm gut geht, sonst kannst du dich schon mal auf deinen Abgang gefasst machen!«, knurrte Gabriel ins Mikrofon der Freisprecheinrichtung.

»Das lässt sich doch einrichten, obwohl du gerade in einer sehr ungünstigen Position bist, um zu verhandeln.«

Als Ethans Stimme an sein Ohr drang, hielt Gabriel die Luft an: »Gabriel, es tut mir leid!«

Gabriel fiel ein Stein vom Herzen, als er Ethan hörte. Der klang so aufrichtig verzweifelt, dass er unmöglich etwas mit der ganzen Sache zu tun haben konnte. »Schon gut, Kleiner. Wie geht es dir?«

»Noch geht's ihm gut«, schnitt der Entführer ihm das Wort ab, »aber das kann sich ganz schnell ändern. Du hast vierundzwanzig Stunden, um den Transfer klarzumachen. Dann melde ich mich wieder. Und wenn ich herausfinde, dass du deine Leute alarmierst, ist er tot!«

Es gab ein Klicken in der Leitung, dann Stille.

Als würde sich Gabriel in einem seiner Albträume wiederfinden, starrte er durch die Frontscheibe auf die beleuchtete Straße und fühlte sich absolut hilflos. Er würde es sich nie verzeihen, wenn Ethan etwas zustieße.

Natürlich bekäme er von Rico niemals drei Millionen Dollar, damit er seinen Liebhaber befreien konnte, deshalb musste er das selbst tun. Zudem lag das Geld gut verteilt auf verschiedenen Konten in Montreal, auf den Bahamas und den Cayman Islands. Er hätte sowieso nicht so schnell drankommen können und auch wenn er gekonnt hätte: Gabriel besaß keine Berechtigung Geld abzuheben – zumindest noch nicht –, nur um welches auf die Konten zu transferieren. Immerhin war er dafür zuständig, dass die gewaschenen Dollar beiseitegeschafft wurden ... Also gab es nur einen Weg ...

★★★

»Das brauchen wir jetzt nicht mehr, ich hab ja jetzt Noahs Nummer.« Ethan hörte ein knirschendes Geräusch und das Knacken von splitterndem Plastik. Die Entführer hatten das Telefon zerstört – seine einzige Verbindung zu Gabriel!

»Ich bin sicher, dass er das Handy orten lässt und bereits nach uns sucht«, sagte der Kerl, den Ethan mittlerweile als Stokes kannte. »Wir werden gleich wieder aufbrechen und unterwegs dieses kleine Vögelchen zum Singen bringen. Ich weiß, dass Noah keinen Cousin hat, also, wer bist du wirklich Ethan Hunter?«

»Ich ...« Ethan schluckte. Sollte er die Wahrheit sagen? »Ein ... Bekannter.«

»Bekannter?«, spottete Stokes. »*Schwuchtelfreund* meinst du wohl. Ich kenne Noah schon ewig. Er hatte nie auch nur *ein* Mädchen, aber nach hübschen Männern hat er immer geschielt. Allein wie er dich heute im Supreme angesehen hat, einfach widerlich!« Ethan hörte ihn ausspucken und hoffte, dass der Speichel nicht ihn getroffen hatte. Es machte Ethan beinahe wahnsinnig, dass ihm seine Entführer die Augen verbunden und ihn gefesselt hatten. Sein erstarrtes Herz war gerade dabei, vor Furcht zu zerbröseln. »Wieso nennen Sie ihn immer *Noah*?«, fragte er leise, um nicht den Zorn der Männer auf sich zu ziehen.

Stokes lachte und zerrte ihn dann vom Stuhl. »So, dann hat dir dein Lover also nicht gesagt, wer er wirklich ist?«

»Nein, wer ist er?« Ethan war verwirrt, aber er wollte auch unbedingt Zeit gewinnen. Vielleicht war Gabriel tatsächlich schon auf dem Weg, um ihn hier herauszuholen. *Mach dir doch nichts vor, Ethan, du bist ihm doch egal,* meldete sich sein Unterbewusstsein. Die eigene Unsicherheit machte ihn noch ängstlicher.

»Och, leider fehlt mir die Lust, dir die ganze Geschichte zu erzählen«, sagte die rauchige Stimme so nah an seiner Wange, dass Ethan den Atem auf seiner Haut fühlen konnte. »Wir müssen jetzt hier weg, aber zuvor sagst du uns, wo Noah wohnt. Sonst können wir dich doch nicht bei ihm abliefern, wenn wir das Geld haben.«

»Ihr lasst mich ja sowieso nicht mehr laufen«, presste Ethan hervor, wobei er an den Seilen zerrte, die seine Hände hinter dem Rücken zusammenhielten. Unangenehm schnitten die rauen Fasern in seine Haut und Ethan besaß kaum die Kraft, sich auf den Beinen zu halten, so sehr schlotterten seine Knie.

»Schlaues Bürschlein!«, lachte der Mann, bevor er bedrohlich hinzusetzte: »Also, wo verkriecht sich dein Stecher, wenn er nicht im Kasino ist?«

Ethan überlegte. Wenn er ihnen verriet, wo Gabriel wohnte, würden diese Männer bestimmt nicht lange zögern und eine Bombe in der Wohnung verstecken. Ethan wusste doch, wie das in solchen Kreisen ablief, immerhin war er Reporter. Auch wenn Gabriel ihn vielleicht nicht retten kam, so wollte Ethan dennoch nicht, dass ihm etwas passierte.

»Nun gut, wir haben unsere Methoden, es aus dir herauszubekommen«, spie ihm Stokes entgegen.

Ethan fühlte, wie ihn jemand rechts und links unter den Achseln packte, dann traf ihn ein so heftiger Schlag ins Gesicht, dass er nach hinten gefallen wäre, hätten sie ihn nicht festgehalten. Sternchen tanzten unter seinen Lidern und sein Jochbein fühlte sich im ersten Moment so an, als wäre es gebrochen. Das gab zumindest ein tolles blaues Auge, dachte er, wobei ihm der Puls laut in den Ohren klopfte und der höllische Schmerz seine Angst schürte.

»So eine dreckige Schwuchtel zu schlagen, macht mir besonders viel Spaß«, lachte Stokes böse, als Ethan durch den Raum gezerrt wurde. »Also, willst du nun reden, oder hast du Lust auf ne Zugabe?«

★★★

»Bruce, der verdammte Akku von meinem Laptop ist leer. Konntest du das Gebiet eingrenzen, in dem sich das Handy befindet?«, bellte Gabriel in die Freisprecheinrichtung.

»Ein wenig«, tönte es zurück. »Der Sender, in den sich das Handy eingeloggt hat, befindet sich im Hafenviertel zwischen Steinway Street und Berrian Boulevard. Da gibt's ne Menge alter Lagerhäuser. Allerdings kann es sich in einem Radius von einem Kilometer befinden. Leider hab ich das Signal verloren.«

»Ich danke dir, Bruce, und zu keinem ein Wort, okay!«

»Alles klar. Viel Glück, Mann!« Dann war Bruce weg und Gabriel ganz auf sich allein gestellt.

Verdammt, Stokes würde denken, Ethan arbeitete für Gabriel oder wusste zumindest über das Bescheid, was er im Kasino machte. Er musste sich beeilen, bevor Stokes versuchte, etwas mit Gewalt aus Ethan herauszupressen. Der Junge wusste doch nicht wirklich was!

Seit Ethans Verschwinden machte sich Gabriel ungeheure Vorwürfe, weil er sich zuletzt mit dem jungen Mann gestritten hatte. »Halte durch, Kleiner, ich finde dich und dann werde ich die Sache so schnell wie möglich beenden ...«

★★★

Ethan gab wirklich sein Bestes, aber er war eben kein Held. Vor Angst machte er sich gleich in die Hose, und als sich etwas Scharfes um seinen Hals legte und ihm die Luft nahm, wollte er lieber als Feigling sterben, denn wenn er Gabriel verriet, bestand vielleicht noch Hoffnung, dass Stokes ihn am Leben ließ. Dann würde er sofort zu Elena fahren und mit ihr irgendwo hingehen, wo es sicher war. *Gabriel, verzeih mir ...*

Der Draht zog sich immer enger um seine Kehle, während Ethans Knie nachgaben. Seltsamerweise spürte er, wie sein Glied hart wurde.

Ethan dachte an Gabriel und ihr Bondage-Spielchen, da war ihm dasselbe passiert, aber diese Situation war alles andere als erregend. Es war nur eine natürliche Reaktion seines Körpers ...

»Seht mal, der Schwuchtel geht gleich einer ab!«, rief Stokes, dann traf Ethan ein Schlag in den Unterleib, vermutlich ein Fuß. Automatisch krümmte er sich, was dazu führte, dass ihm das Seil um seinen Hals noch mehr die Luft abschnürte und er für einen Moment nicht wusste, welche Stelle an seinem Körper am meisten wehtat.

Dumpf nahm Ethan das Gelächter der anderen wahr. Alles in seinem Schädel pochte schmerzhaft und der Druck auf seine Augen wurde unerträglich, Hals und Lungen brannten wie Feuer. *Gleich werde ich sterben*, dachte Ethan hektisch nach Atem ringend. So hatte er sich seinen Tod nicht vorgestellt: In Dunkelheit gefangen und sich auf dem Boden wälzend, während die Unbekannten ihn folterten ... Tränen liefen aus seinen Augen und benetzten das Tuch, das ihm die Sicht nahm. Mit aller Gewalt riss er an seinen Fesseln, aber sie saßen zu fest. *Es tut mir so leid, Gabriel, aber ich bin nicht wie du ...*

★★★

Endlich hatte Gabriel sein Ziel erreicht. Er bog in die Straße ein, die Bruce ihm genannt hatte, und schaltete die Scheinwerfer aus. Langsam fuhr er an den Lagerhäusern im Hafenviertel vorbei. Die meisten lagen in völliger Dunkelheit, vor anderen hingen schwach leuchtende Glühbirnen, die in der Meeresbrise schaukelten.

Verdammt, wo war der Kleine nur? Ethan konnte im Umkreis von einem Kilometer überall stecken. Es bestand jedoch auch die Möglichkeit, dass Stokes längst an einem anderen Ort war und Ethan nicht mehr am Leben. Gabriel kannte Stokes und Stokes kannte ihn. Sie hatten lange genug zusammengearbeitet.

»Wenn du dem Kleinen auch nur ein Haar gekrümmt hast, dann bringe ich dich um, Stokes, das schwöre ich dir!«, zischte Gabriel. Verbissen presste er die Kiefer aufeinander, während er um die Gebäude herumfuhr, immer und immer wieder, aber er konnte nichts Auffälliges erkennen, denn in den Gassen war es stockdunkel.

Nachdem er das Fenster heruntergelassen hatte und ein leichter Geruch von Meer und Seetang in seine Nase stieg, schickte Gabriel zum ersten Mal seit Jahren wieder ein Stoßgebet zum Himmel. *Wenn ich Ethan lebend finde, dann werde ich es so bald ich kann beenden, das verspreche ich!*

Ein quietschendes Geräusch zu seiner Linken ließ Gabriel aufhorchen. Da tat sich was! Er schaltete den Motor ab und sein schwarzer Wagen verschmolz mit der Dunkelheit.

Jetzt sah Gabriel auch den Van, der in einer Seitengasse zwischen zwei Hallen stand, da ein schmaler Streifen Licht aus der angelehnten Tür fiel, die sich quietschend weiter öffnete. Eine große Gestalt trat in die Gasse heraus. Zwei weitere folgten, die in ihrer Mitte eine kleinere Person mitzerrten, deren Arme hinter dem Rücken gefesselt und deren Augen mit einem Tuch verbunden waren.

Ethan! Gabriel sog scharf die Luft ein. Er lebte noch, Gott sei Dank!

Als Ethan stolperte, ließen ihn die Männer einfach in den Dreck fallen. Gabriel zuckte zusammen. Er war versucht, auf der Stelle zu ihm zu laufen, aber in der jetzigen Situation wäre das keine gute Idee. Sobald er über die Straße rannte, bestand die Möglichkeit, dass einer der Kerle ihn bemerkte und auf ihn – oder schlimmer noch: auf Ethan – schoss!

Eisern umklammerte Gabriel den Griff der Pistole, die auf seinem Schoß lag. Er hatte immer eine unter dem Fahrersitz versteckt, für alle Fälle. Noch einmal überprüfte er, ob sie geladen war, wobei er die drei Männer nie aus den Augen ließ.

Einen von ihnen erkannte Gabriel jetzt im schwachen Licht: Es war der blonde Kerl, den der Kellner ihm beschrieben hatte und da war auch ... Stokes! Gabriel identifizierte den dunkelhaarigen Mann an seinem leichten Hinken. Paul Stokes hatte einst eine Kugel in sein linkes Bein bekommen, wofür er wahrscheinlich auch ihm, Gabriel, die Schuld gab.

Zähneknirschend wartete Gabriel, bis die drei Kerle Ethan in den Laderaum des Vans verfrachtet hatten und dann losfuhren. Mit ausgeschaltetem Licht verfolgte er den Kleinbus in Richtung Manhattan. »Was wollen sie in der Stadt?«, fragte er sich laut. Aber dann verstand er langsam, Stokes spielte Katz-und-Maus mit ihm! Sein ehemaliger Partner vermutete wohl, dass Gabriel nun im Hafenviertel umherirrte.

Es wunderte Gabriel nicht, als der Van eine halbe Stunde später die Abfahrt zur Tiefgarage des Trump Towers hinabglitt und sich das Tor öffnete, immerhin besaß Ethan eine Keycard. *Hoffentlich geht es ihm gut,* bangte Gabriel unentwegt.

Er parkte vor dem Haupteingang, steckte sich die Pistole in den Hosenbund und rannte zu den Aufzügen. Wenn er Glück hatte, konnte er einen winzigen Vorsprung herausholen und das Überraschungsmoment auf seiner Seite haben.

»Was will Stokes in meiner Wohnung?«, murmelte er, als er nach oben in den fünfzigsten Stock fuhr. Gabriel vermutete jedoch, dass Stokes sich erhoffte, dort Informationen zu finden – wichtige Details, um entweder selbst an die Millionen zu kommen, oder um Gabriel bei Rico anzuschwärzen. Anscheinend hatte Stokes nur geblufft, als er sagte, er wüsste über seine Geschäfte Bescheid.

Nachdem er ausgestiegen war und sich die Aufzugtüren schlossen, warf er einen Blick auf die Anzeige des daneben liegenden Lifts. Jemand kam nach oben, war aber erst in der zehnten Etage. *Sehr gut!*

Gabriel lief den Korridor entlang, schlüpfte in seine Wohnung und rannte direkt ins Badezimmer. Von ganz hinten holte er aus einem Schrank eine Flasche heraus, die laut Aufdruck ein Putzmittel enthielt, in Wahrheit handelte es sich aber um Desfluran. Dieses flüchtige Anästhetikum konnte einen Mann für längere Zeit betäuben. Gabriel schnappte sich noch einen Waschlappen und begab sich dann in sein kleines Ankleidezimmer. Dort kramte er aus einem Werkzeugkoffer ein paar Kabelbinder, die er sich in seine Jacke steckte, bevor er sich hinter den Kleiderständer mit seinen Anzügen stellte. Da er selbst noch sein Jackett trug, verschmolz Gabriel im dunklen Zimmer perfekt mit dem Rest der Garderobe.

Gerade, als er tief durchatmete, hörte er, wie die Wohnungstür aufging. Angestrengt lauschte er, denn falls Ethan bei ihnen war, durfte Gabriel kein Risiko eingehen. Er musste sich so lange wie möglich bedeckt halten.

»Will, sieh im hinteren Teil nach. Greg, du schaust in den Küchenschränken, ich nehme mir den Wohnraum vor«, hörte Gabriel die rauchige Stimme von Stokes und sein Magen zog sich zusammen.

Gabriel bemerkte aus den Augenwinkeln, wie dieser Kerl mit Namen Will erst an der Kleiderkammer vorbeiging, dann aber umdrehte und den kleinen Raum betrat.

Als das Licht anging, hielt Gabriel die Luft an, wobei sich sein Griff um die Waffe zuzog. Im Moment ergab sich keine Gelegenheit sein Versteck zu verlassen, und so konnte er nur zusehen, wie Will – das war der große Blonde mit der platten Nase – zuerst Ethans Reisetasche durchsuchte und sich dann den Rucksack vornahm. Sollte er Gabriel entdecken, blieb ihm keine andere Wahl als auf den Mann zu schießen.

»Ich hab hier einen Laptop gefunden!«, rief Will. »Und eine Kamera!«

»Nehmen wir mit!«, schrie Stokes zurück.

Will packte wieder alles in den Rucksack und nahm ihn an sich. Dann durchwühlte er kurz die Schubladen mit Gabriels Unterwäsche und riss ein paar Sachen vom Regal, bevor er ins Badezimmer abbog.

Gabriel atmete auf. Besonders gründlich suchte dieser Will nicht, und die Ganoven fühlten sich anscheinend sicher, denn sie machten sich nicht die Mühe, vorsichtig zu sein.

Gabriel tränkte den Waschlappen mit dem Ether, darauf achtend, den Dampf nicht selbst einzuatmen, und folgte dem Mann dann geräuschlos.

Er fand den blonden, breitschultrigen Kerl in dem hell erleuchteten Badezimmer auf dem Boden kniend vor, ihm den Rücken zugewandt. Ohne zu zögern ergriff Gabriel die Gelegenheit und presste dem Mann von hinten den Waschlappen aufs Gesicht. Zeitgleich hielt er ihm den Lauf der Waffe an die Schläfe und zischte: »Keinen Mucks, oder du bist tot!«

Es dauerte über eine Minute, bis der schwere Mann in seinen Armen erschlaffte. Eine Minute, die Gabriel wie eine Ewigkeit vorkam. Er legte ihn geräuschlos auf dem Badteppich ab, zog ein paar Kabelbinder aus seinem Jackett und schnürte Will damit die Arme hinter dem Rücken zusammen. Sicherheitshalber befestigte er auch mehrere Plastikschnüre um dessen Beine.

»Da warens nur noch zwei«, murmelte Gabriel. Schweiß stand auf seiner Stirn. Schon lange hatte er niemanden mehr Schach matt gesetzt, denn das übernahm im Kasino das Wachpersonal. Dennoch fühlte er sich nicht aus der Übung – das Adrenalin in seinem Blut brachte ihn auf Hochtouren. Aber Gabriel nahm sich fest vor, in Zukunft keine so aufregenden Jobs mehr anzunehmen. Dafür wurde er langsam zu alt. Wenn die Sache bei Rico erledigt war, hätte er genug Geld zusammen, um es irgendwo, wo ihn keiner kannte, ruhiger angehen zu lassen.

»Hey Will, was ist los? Hast du was gefunden?«, rief Stokes plötzlich.

Sofort versteckte sich Gabriel wieder im Nebenraum und hörte, wie Stokes seinem anderen Mann den Befehl gab, nach Will zu sehen, während etwas mit lautem Klirren zerschellte. Anscheinend suchte Stokes nach etwas Bestimmtem, denn seine Männer nahmen keine Rücksicht auf die Einrichtung. Ob Ethan ihnen gesagt hatte, dass er einen USB-Stick in seiner Hantelbank versteckt hatte und einen weiteren in einer leeren Konservendose?

Zum Glück suchte sich Gabriel jedes Mal einen anderen Ort, um seine wichtigen und geheimen Informationen zu schützen.

»Hey, Mann, was brauchst du denn so lange?«, brummte der mit Namen Greg, als er am Ankleidezimmer vorbei ins Bad ging und dann fluchte: »Scheiße!«

Noch bevor Greg herumwirbelte, wiederholte Gabriel seine Prozedur auch bei ihm. Leider hatte sich Greg nicht so geräuschlos verhalten wie Will. Deshalb löschte Gabriel das Licht und schlich mit gezückter Pistole wieder zurück, bevor er das verräterische Klicken einer durchgeladenen Waffe vernahm.

»Ich habe dich unterschätzt, Noah!«, drang Stokes Stimme aus dem Wohnraum. »Wieder einmal bist du mir zuvorgekommen. Aber diesmal werde ich als Sieger hervorgehen!«

Gabriel schwieg, um seine Position nicht zu verraten, auch wenn er Stokes so vieles an den Kopf schmeißen wollte. Vor allem musste Gabriel seinen Zorn und die Ängste unterdrücken. Er wusste immer noch nicht, was mit Ethan war. In seiner Wohnung schien er nicht zu sein, er musste sich also noch im Van befinden. Gabriel hoffte inniglich, dass es Ethan den Umständen entsprechend gut ging, denn es bestand die Möglichkeit, dass Stokes ihn unterwegs getötet hatte.

»Zu feig, mir deine Visage zu zeigen, Noah?«, zischte Stokes. »Dein Schwanzlutscher-Freund war da viel kooperativer!«

In Gabriel brodelte die Wut. Er wusste, dass Stokes ihn provozieren wollte, damit er sich verriet, aber Gabriel vermutete stark, dass er tatsächlich nicht freundlich mit Ethan umgegangen war. Dafür würde er Stokes in die Hölle schicken!

Gabriel schielte zwischen dem Paravent hindurch, der sein Schlafzimmer abteilte, und nahm eine Bewegung hinter der Küchenzeile wahr. Dort hatte sich Stokes also verschanzt! Leider war Gabriel hinter dem dünnen Stoff nicht geschützt. Noch ehe er sich versah, zischte eine Kugel dicht an seinem Ohr vorbei. Einen Wimpernschlag lang starrte Gabriel auf das Loch in der Stoffbespannung, bevor er sich auf den Boden warf und hinter sein Fitnessgerät robbte.

In der Zwischenzeit schoss Stokes sein ganzes Magazin leer – alle fünfzehn Patronen. Gabriel zählte mit, während die Kugeln hart in sein Bett und die Wandverkleidung über ihm einschlugen. Er hatte einen Blick auf Stokes Beretta erhascht und hoffte, dass sein ehemaliger Partner nicht noch eine weitere Schusswaffe bei sich trug.

Gabriel nutzte den Augenblick, als Stokes ein neues Magazin nachschob, streifte sich die Schuhe ab und rannte lautlos um den Paravent herum auf die Couch zu, hinter der er sich flach auf den Bauch legte.

»Na, schon genug, Noah?«, rief Stokes hinter der Küchenzeile, aber Gabriel blieb stumm. Der schielte durch den schmalen Spalt zwischen Couch und Boden, um zu sehen, wann Stokes sein Versteck verließ.

»Dein süßer Freund ... wie hieß er noch gleich ... Na, die Schwuchtel eben ...« Stokes lachte böse. »Mann, dem ist ganz schön einer abgegangen, als wir ihn bearbeitet haben.«

Gabriel krallte seine Finger ins Parkett und versuchte, ruhig zu bleiben, während Stokes weitersprach: »Der hat ganz schön was verpackt, hätte ich dem Kerl gar nicht zugetraut.«

Unaufhaltsam kreisten Gabriels Gedanken um Ethan, seine Schläfen pochten wild. Was hatte dieses Schwein ihm angetan? Gabriel wollte auf der Stelle aufspringen und Stokes mit seinen Kugeln durchsieben, aber es stand mehr auf dem Spiel, als nur sein eigenes Leben.

»Noah?!« Plötzlich nahm Gabriel eine Bewegung wahr. »Hast du dir in die Hosen geschissen oder bist du schon abgekratzt?«

Gabriel sah, wie Stokes seinen Kopf neben der Küchenzeile hervorstreckte. Jeder Muskel in Gabriels Körper spannte sich an.

»Scheiße, hab ich den Wichser echt getroffen, oder was?«, murmelte Stokes und kam mit gezogener Waffe auf ihn zu.

Natürlich konnte der Gabriel hinter der Couch nicht sehen. Stokes war nur noch ein paar Schritte von ihm entfernt und dachte wohl, dass sich Gabriel immer noch im Schlafraum befände. Gabriel machte sich bereit, diesen Mistkerl in die Hölle zu schicken. Er unterdrückte den Zwang aufzustehen, um Stokes abzuknallen, als der keinen halben Meter entfernt an der Couch vorbeiging. Mit einem Satz sprang Gabriel hervor und stürzte sich auf ihn.

»Verfluchte Sch...«, stieß Stokes aus. Gabriel landete hart auf seinem Brustkorb und drückte alle Luft aus Stokes Lungen.

Stokes versuchte, Gabriel in den Kopf zu schießen, doch der konnte gerade noch den Arm zur Seite drücken, sodass das Projektil in der Decke einschlug und dort den Putz absprengte.

»Wo ist Ethan?«, knurrte Gabriel atemlos, während sie miteinander rangen. Seine Gedanken kreisten nur um den jungen Mann, denn er traute Stokes zu, dass er Ethan irgendwo eingesperrt hatte und ihn da drin verrotten ließ. *Falls er ihn nicht schon längst umgebracht und im Straßengraben entsorgt hat,* schoss es Gabriel durch den Kopf und er verdrängte das grausame Bild sofort.

Als Stokes nur dreckig lachte, schlug Gabriel ihm mit dem Lauf seiner Beretta die Nase ein. Blut lief über Stokes Wange, aber er zuckte nicht mal mit der Wimper. Paul Stokes war ein eiskalter Typ. Gabriel würde nichts von ihm erfahren.

Stokes wehrte sich mit aller Kraft, verteilte mehrere schmerzhafte Schläge auf Gabriels Kopf sowie seine Nieren, und da Stokes ein großer und sehr starker Mann war, hatte Gabriel Mühe, gegen ihn anzukommen. Gabriels einziger Vorteil bestand in seiner Schnelligkeit und seinem Geschick im Umgang mit der Waffe. Seine Zielgenauigkeit war schon immer Gabriels größte Stärke gewesen. Blitzschnell sprang er auf, und noch bevor Stokes auf ihn schießen konnte, wusste Gabriel, dass es nur eine Möglichkeit gab, seinen ehemaligen Partner zu stoppen: Gabriel zielte auf den am Boden liegenden Mann und traf ihn genau in die Hand, die die Waffe hielt.

Stokes Pistole flog davon, während er aufheulte und sich zusammenkrümmte, die blutende Hand gegen die Brust gedrückt. »Du verdammter Wixer!« Aber Stokes gab nicht auf. Er streckte den gesunden Arm nach der Waffe aus, aber Gabriel kam ihm auch diesmal zuvor. Der zweite Schuss traf Stokes Knie. »Hurensohn! Bastard! Schwule Sau!« Stokes zischte die schlimmsten Wörter, während er auf seine Pistole zukroch, doch Gabriel war schon bei der Waffe angelangt. Mit einem Taschentuch, das er aus seiner Hose gezogen hatte, hob er sie hoch und brachte sie außer Reichweite. Dann blickte er verächtlich auf seinen Widersacher herab.

Wenn Ethan oder jemand anderes jemals hinter sein größtes Geheimnis käme und es an die Öffentlichkeit geriete, hätte Gabriel sein Leben sofort verwirkt. Sein Boss Rico würde ihm augenblicklich seine Schlächter auf den Hals hetzen. Deshalb musste Gabriel auch dafür sorgen, dass Stokes von der Bildfläche verschwand, denn der hatte gewiss noch mehr als eine Rechnung mit ihm offen. Zu gerne hätte

Gabriel dem Mann auch noch eine Kugel durch den Kopf gejagt, aber so ein schnelles Ende hatte der nicht verdient.

Mit dem zerschossenen Knie würde Stokes nicht weit kommen, aber zur Sicherheit band Gabriel ihm mit Kabelbindern die Hände auf den Rücken, bevor er den Ether aus dem Badezimmer holte.

»Das hier ist noch nicht zu Ende, das schwöre ich dir, Noah!« Stokes spuckte ihm ins Gesicht und lachte verächtlich.

Mit dem Ärmel wischte sich Gabriel den blutigen Speichel von der Wange, bevor er Stokes den mit Desfluran getränkten Lappen auf Nase und Mund drückte.

Schwer atmend starrte Gabriel auf Stokes, bis das Anästhetikum wirkte, dann legte er ihn so hin, dass er nicht an seinem eigenen Blut erstickte. Anschließend wählte Gabriel mit Stokes Handy die Nummer der Polizei und erklärte dem Beamten unter falschem Namen, dass er drei Einbrecher überwältigt habe. Stokes war ein gesuchter und verurteilter Verbrecher. Er würde bald wieder hinter Gittern sitzen. Gabriel musste jedoch seinen Auftrag schnellstmöglich zu Ende bringen, denn Stokes konnte auch vom Knast aus singen …

Nachdem er alles erledigt hatte, rannte Gabriel ins Ankleidezimmer und warf ein paar Sachen in Ethans Reisetasche, bevor ihm einfiel, dass Will noch den Rucksack hatte. Gabriel wusste, wie viel dem Kleinen der Laptop bedeutete, deswegen sprintete Gabriel ins Bad. Dort lag der Rucksack zu Wills Füßen. Gabriel schnallte ihn sich auf den Rücken und ging dann zur Toilette hinüber, wo er sich auf die Schüssel stellte und das Lüftungsgitter von der Absauganlage an der Wand nahm. Er holte ein kleines Päckchen heraus, verstaute es in der Reisetasche, schlüpfte wieder in seine Schuhe und verließ das Apartment, ohne sich noch einmal umzublicken.

Die fünfzig Stockwerke nach unten waren Gabriel noch nie so lang vorgekommen. Seine ganze Konzentration galt Ethan und der Hoffnung, dass er noch lebte. Gabriel betete, Ethan zu finden. Er hätte sonst keine Ahnung, wo er nach ihm suchen sollte.

Als er nach einer Unendlichkeit im Foyer ankam, rannte er aus dem Gebäude, hechtete in sein Auto und raste damit in die Tiefgarage. Gabriels Herz pumpte wie wild. Panik kam in ihm hoch – er hatte Angst, dass er den schwarzen Kleinbus nicht finden würde, immerhin besaß die Garage mehrere Etagen. Aber er hatte Glück: Er sah den Wagen vor den Aufzügen stehen. Gabriel wusste also doch noch, wie

Stokes dachte: praktisch und effizient.

Mit quietschenden Reifen kam sein Roadster vor dem anderen Auto zum Stehen. Gabriel sprang heraus und riss die Tür zum Laderaum auf. Gott sei Dank war sie nicht abgeschlossen, aber als er eine reglose Person am Boden des Wageninneren liegen sah, stockte ihm der Atem. »Ethan!« Der junge Mann lag gefesselt und geknebelt da, ohne sich zu bewegen. Sofort stieg Gabriel in den Laderaum, löste die Verschnürungen und zog das Tuch von Ethans Augen.

Sie mussten Ethan stranguliert haben, damit er ihnen erzählte, was sie wissen wollten. Gabriel erkannte das an den Striemen an Ethans Hals. Er ließ seine Finger darübergleiten, um den Puls zu erspüren. *Verdammt, er hätte dabei draufgehen können!*, machte er sich Vorwürfe, war aber überglücklich, dass Ethan noch lebte.

»Ethan!« Gabriel rüttelte ihn vorsichtig an der Schulter. »Kleiner, wach auf!«

Ethan sah schrecklich aus. Geronnenes Blut klebte unter seiner Nase; die gesamte rechte Gesichtshälfte war rot und geschwollen. Das konnte nur Stokes Werk gewesen sein, denn der war Linkshänder. Gabriel hoffte, dass es Paul im Knast richtig dreckig ging und er mit dem zerschossenen Knie nie wieder normal laufen konnte. Stokes sollte für immer daran denken, dass man sich nicht mit ihm anlegte.

Ethan machte einen tiefen Atemzug und verzog dann vor Schmerzen das Gesicht. »Gabriel ...«

»Ich bin hier, Kleiner!« Gabriel streichelte ihm über den Kopf. »Ich bin hier!«

Langsam öffnete Ethan die Augen. »Du hast mich tatsächlich gerettet.« Tränen bahnten sich einen Weg über sein fleckiges Gesicht und Gabriel hätte sie ihm am liebsten alle weggeküsst, aber die Zeit rannte ihnen davon. Die Polizei war wahrscheinlich gerade dabei, in seine Wohnung einzudringen. Es war nur eine Frage von Minuten, bis sie auch in die Tiefgarage kamen. Gabriel musste sich beeilen!

»Kannst du laufen?«, fragte er Ethan.

»Ich weiß nicht ... bestimmt.« Als ihm Gabriel half, sich aufzusetzen, schlossen sich Ethans Lider wieder. Eins davon war stark geschwollen. Dafür sollte Stokes, der Bastard, in der Hölle schmoren!

Kurzerhand hob Gabriel den jungen Mann auf seine Arme und lief mit ihm zum Pontiac, wo er Ethan vorsichtig in den Sessel half.

»Gabriel, es tut mir leid, aber ich habe ihnen die Verstecke verraten, wo du ...«

»Keine Sorge, Kleiner. Sie haben nichts gefunden«, schnitt Gabriel ihm das Wort ab und stieg ebenfalls ein.

»Ich bin so froh, dass du hier bist«, sagte Ethan noch einmal leise.

»Natürlich, was dachtest du denn. Ich ...« Gabriel blickte Ethan fest in die Augen, bevor er sich zu ihm hinüberbeugte und ihn küsste. Tief, fordernd und besitzergreifend, aber dennoch so vorsichtig, dass er Ethans geschwollene Wange nicht berührte. Dann startete er den Wagen und fuhr hinaus in die Nacht.

★★★

»Es geht schon, ich kann allein laufen«, mokierte sich Ethan, dessen Füße immer wieder wegknickten. »Verdammt!« Gabriel legte einen Arm um Ethans Hüften, um ihn zu stützen.

»Ich wollte ihnen nichts sagen, Gabriel, ich schwöre es«, krächzte Ethan, wobei er ebenfalls einen Arm um Gabriels Hüften schlang, als dieser ihn durch den Hintereingang ins Starlight-Kasino brachte.

»Hör auf, dir deswegen Vorwürfe zu machen.« Gabriel war extrem glücklich, dass Ethan noch lebte. Alles andere war im Moment nicht so wichtig.

Unterwegs passierten sie einige Sicherheitsschleusen und fuhren anschließend mit einem Aufzug nach oben. »Wie hast du mich gefunden?« Schwer lehnte sich Ethan gegen Gabriel und dieser hielt in fest.

»Ich hab dein Handy orten lassen und bin dann dem Wagen gefolgt.«

Die Lifttüren öffneten sich fast geräuschlos, der Fahrstuhl hatte die beiden direkt in Gabriels Suite gebracht.

»Sie wissen jetzt, wo du wohnst ...«, sagte Ethan und ließ sich von Gabriel hineinführen.

»Schon okay, Kleiner. Ich habe ja noch die Wohnung hier im Kasino.«

»Aber sie wissen doch, dass du dort arbeitest. Lass uns zu mir nach Hause fahren!«, drängte Ethan. Anscheinend hatte er Angst, dass ihn Stokes aufspürte.

»Und deine Schwester in Gefahr bringen? Niemals, Kleiner. Es reicht schon, dass ich dich in Gefahr gebracht habe. Meine Suite hier ist gesichert wie Fort Knox. Und bevor jemand nicht die elektronischen Schleusen überwunden hat, kommt er ins Starlight nicht rein und in die privaten Etagen schon dreimal nicht.« Gabriel begann leiser zu sprechen, als sie sich den verwanzten Räumen näherten. »Außerdem wird Stokes in diesem Augenblick von der Polizei abgeführt. Du bist hier vollkommen geschützt.«

»Was? Dann ist Elena also auch in Sicherheit? Sie hatten meinen Ausweis und meine Anschrift!« Überrascht blickte Ethan ihn an, worauf ihm Gabriel die Geschichte erzählte, aber natürlich seine Version davon. »Aber wenn es dich beruhigt, werde ich einen meiner Männer vor eurem Haus positionieren«, schloss Gabriel, während er Ethan auf der Couch ablegte.

»Das würdest du tun?«, flüsterte der junge Mann. Dabei ergriff er Gabriels Hand.

Der nickte, ohne ihn anzusehen, und dachte: *Ich würde alles für dich tun …*

Ethan wirkte sofort entspannter. Er hatte also nicht aus Furcht nach Hause gewollt, sondern wegen seiner Zwillingsschwester. Der Kleine besaß ein viel zu gutes Herz. Hoffentlich würde Gabriel es ihm nicht zerbrechen …

Er wählte die Nummer des Arztes, der im Kasino dafür zuständig war, falls sich das Personal verletzte oder es einen Vorfall unter den Besuchern gab.

Dr. Costa Ferre, ein noch recht junger Arzt mit südamerikanischem Aussehen, kam auch schon wenige Minuten später am Starlight an und Gabriel führte ihn in die Suite. Er sah sich Ethan genau an, doch er stellte weder Knochenbrüche noch innere Blutungen fest.

Erleichtert atmete Gabriel auf.

»Es könnte sein, dass eine Rippe angebrochen ist und er hat eine leichte Gehirnerschütterung«, erklärte der Arzt. »Viel Bettruhe und der junge Mann ist wieder okay.«

Nachdem Dr. Costa Ferre Ethan noch ein Schmerzmittel verabreicht hatte, bedankte sich Gabriel bei ihm und führte ihn wieder hinaus. Unterwegs gab er ihm wortlos zu verstehen, dass die Sache unter ihnen bleiben sollte, denn Gabriel steckte dem Mann noch ein Bündel Geldscheine zu, das die Lippen des Doktors mit Sicherheit versiegelte.

Es war Gabriel im Augenblick egal, falls Rico herausfand, dass er andere Männer in seiner Suite beherbergte. Dann waren seine Tage als Frauenheld eben vorbei. Na und? Rico würde ihn nicht gleich abknallen, nur weil er sich einen zusammengeschlagenen Stricher in die Suite holte und sich ein wenig vergnügte – das würde sich sein Boss wahrscheinlich zusammenreimen, falls er die Bilder der Überwachungskameras inspizierte. Doch mehr Geheimnisse brauchte Rico nicht entschlüsseln, aber im Moment zählte für Gabriel nur noch Ethan. Das ließ ihn unvorsichtig werden …

Zum Glück hatte Gabriel daran gedacht, das Apartment im Trump Tower unter falschem Namen zu mieten. Die Polizei würde so schnell nichts herausfinden und Stokes würde sich hüten, mit Rico in Verbindung gebracht zu werden …

Das tat gut … Ethan genoss die Wärme und die Geborgenheit, die ihn umgab, weil er in Gabriels Armen lag. Die beiden saßen in einem Whirlpool, der bis zum Rand mit sprudelndem Wasser gefüllt war und in der Mitte eines geräumigen Badezimmers stand. Der Raum war so groß wie Gabriels Schlafzimmer im Trump Tower. Alles wirkte in dieser Suite noch protziger und teurer, aber ebenso unpersönlich eingerichtet. In dieser Beziehung war Gabriel ein seltsamer Mann. Ein Mann ohne Vergangenheit, wie es schien.

Gabriels Hände glitten sanft über Ethans Brust und befreiten ihn von Blut und Schweiß. Noch nie hatte er diesen Kerl so fürsorglich erlebt. Auch dass er sich um Elenas Sicherheit Gedanken gemacht hatte, zeigte Ethan, dass Gabriel unmöglich ein skrupelloser Mensch sein konnte. Das alles warf jedoch nur noch mehr Fragen auf.

Ethan hatte mitbekommen, wie Stokes meinte, Gabriel verarsche seinen Boss. Was hatte der genau damit gemeint? Wusste Stokes etwa auch, dass Gabriel das Geld für sich selbst auf die Seite schaffen und sich dann zur Ruhe setzen wollte? Ethan erinnerte sich an das Gespräch im Central Park. Da war es um die Konten gegangen und er selbst hatte diese Schlussfolgerung gezogen.

»Wer ist dieser Stokes?«, fragte Ethan in das laute Blubbern der Blasen hinein, die vom Grund des Pools aufstiegen. Er wollte endlich wissen, was um ihn herum gespielt wurde, aber Gabriel blockte sofort ab: »Je weniger du weißt, desto besser.«

»Stokes nannte dich immer Noah. Warum?«, hakte Ethan weiter nach.

Gabriel seufzte. »Das werde ich dir eines Tages alles erklären, ich verspreche es. Aber jetzt geht das noch nicht. Du musst mir einfach vertrauen! Und jetzt versuch zu schlafen.«

»Hier in der Wanne?« Das Schmerzmittel und Gabriels Streicheleinheiten machten ihn tatsächlich so müde, dass ihm bereits die Lider schwer wurden und er kaum noch klar denken konnte. Ethan würde noch an einem anderen Tag Gelegenheit haben, Gabriel auszufragen.

»Ich bring dich ins Bett, Kleiner, keine Sorge. Ich kümmere mich um dich«, erwiderte Gabriel flüsternd, bevor er seine Lippen auf Ethans Mund presste.

So hatte Ethan noch niemand geküsst: lang, leidenschaftlich und besitzergreifend. Wollte Gabriel nur sein Spielzeug markieren oder waren da tiefere Gefühle im Spiel? Einerseits wünschte sich Ethan mehr als nur eine Affäre für Gabriel zu sein, denn Ethan war ihm mittlerweile mit Haut und Haar verfallen, andererseits war Gabriel immer noch ein Verbrecher, wenn auch einer von der netten Sorte, dessen Machenschaften Ethan aufdecken wollte. Zwar nicht mehr so dringend wie zu Beginn ihrer Beziehung, aber ... Jetzt hatte er genug Material zusammen, damit es für eine gute Story ausreichte. Wenn die Polizei erfuhr, dass Gabriel und Stokes sich kannten ...

Ethan war hin und her gerissen. Er hatte keine Ahnung, was er tun sollte. Er wusste nur, dass er Gabriel liebte und er spürte, dass Gabriel ihm ebenfalls sehr zugetan und Elena nie in Gefahr gewesen war.

★★★

Ethan erwachte, als er im Schlaf nach Gabriel rief. Alles um ihn herum war dunkel, sein Herz raste. War er immer noch bei seinen Entführern? Gerade wollte Panik in ihm aufsteigen, aber dann roch er einen vertrauten Duft und fühlte Hände auf sich, die ihn streichelten. »Ist ja gut, du bist in Sicherheit«, hörte er Gabriels Stimme.

Seufzend kuschelte sich Ethan an die harte Brust und genoss Gabriels Berührungen, wobei er darauf achtete, auf der überwiegend unverletzten Gesichtshälfte zu liegen. In seinen Träumen hatte Ethan die Entführung immer wieder erlebt, nur leider war Gabriel nicht gekommen, um ihn zu retten. Stokes, der für ihn nur ein Mann ohne Gesicht war, hatte ihn so lange getreten und gewürgt, bis Ethan erstickte.

Ethan legte einen Arm um Gabriels Hüfte und betastete dessen breiten Rücken. Ja, das war Gabriel, keine Frage. Ethan kannte von diesem Körper bereits jedes Detail. Er konnte sich also getrost entspannen. Ethan war ohnehin zu müde, um seine Augen länger offen zu halten.

»Du bist hier in Sicherheit«, murmelte Gabriel noch einmal, bevor Ethan erleichtert in einen traumlosen Schlaf glitt.

Am nächsten Morgen wurde er von einem wunderbaren Kaffeeduft geweckt. Als er die Lider öffnete, saß Gabriel neben ihm im Bett und balancierte auf seinem Schoß ein großes Tablett mit leckerem Frühstück.

»Guten Morgen oder sollte ich lieber Mittag sagen?« Gabriel grinste ihn so sexy an, dass Ethans Herz zu flattern begann.

»Aber ... Du musst doch ins Kasino!« Auch Ethan setzte sich nun auf, wobei er versuchte, sein Gesicht nicht allzu sehr zu verziehen, denn das Schmerzmittel schien nicht mehr zu wirken. Außerdem verschlimmerten Bewegungen sein Befinden nur. Für Ethan fühlte sich sein Gesicht total dick an und auch sein Brustkorb tat höllisch weh. Er konnte kaum atmen.

»Ich habe schon schnell nach dem Rechten gesehen und mir noch eine halbe Stunde frei genommen. Wofür habe ich denn Personal, das soll ruhig auch mal was tun.« Gabriel steckte ihm eine Schmerztablette zwischen die Lippen und reichte ihm anschließend ein Glas Orangensaft.

»Das sind ja ganz neue Erkenntnisse«, murmelte Ethan, bevor er die Tablette schluckte.

»Ich habe mich noch gar nicht für das exquisite Frühstück bedankt, das du mir letztens gemacht hast, und wollte mich jetzt dafür revanchieren. Ich habe es mir zwar raufbringen lassen, aber ...«

»Allein der gute Wille zählt«, unterbrach Ethan ihn lachend, hörte aber sofort wieder damit auf, weil es ihm überhaupt nicht guttat. »Du bist wohl kein Hausmann.«

»Nicht wirklich.«

Ausnahmsweise ließ sich Ethan von Gabriel füttern, auch wenn er sich dabei total lächerlich fühlte, aber es hätte sowieso nichts gebracht, sich dagegen aufzulehnen. Gabriel bekam immer das, was er wollte, und wäre Ethan nicht in diesem desolaten Zustand, hätte er noch viele andere Dinge über sich ergehen lassen. Aber Gabriel machte keine Anstalten, sich ihm auf diese Weise nähern zu wollen. Er war ganz der fürsorgliche Liebhaber, der Ethan einen Hundeblick schenkte, bei dem sein Herz dahinschmolz.

»Ich möchte, dass du nach Hause fährst«, unterbrach Gabriel ihr idyllisches Beisammensein. »Am besten, du fährst mit Elena für eine Weile weg, irgendwo Urlaub machen, bis sich die Wogen geglättet haben. An meiner Seite ist es viel zu gefährlich für dich. Ich hätte dich niemals in mein Leben lassen dürfen.«

»Hast du das denn?«, fragte Ethan leise, worauf Gabriel fragend die Brauen hob.

»Mich in dein Leben gelassen?«, vervollständigte Ethan den Satz.

Gabriel schlug die Augen nieder, aber Ethan war fest entschlossen, ein Teil von Gabriels Leben zu werden. »Ich bleibe bei dir«, sagte er deshalb und schob Gabriel ein Stück Apfel in den Mund, damit der ihm nicht widersprechen konnte. »Und Elena schicke ich zu Tante Ruth nach Kanada. Da wollte sie schon ewig mal hin.«

»Okay, dann bestelle ich sofort die Flugtickets«, erwiderte Gabriel mampfend und wollte sich erheben, aber Ethan hielt ihn fest.

»*Ein* Ticket, Gabriel. Nur eins für Elena. In meinem jetzigen Zustand kann ich sowieso nicht fliegen.«

»Okay, *ein* Ticket. Aber sobald es dir besser geht, fliegst du auch.«

»Danke«, hauchte Ethan und küsste seinen großzügigen Retter. Soeben hatte er eine Entscheidung getroffen: Er würde auf seine Story verzichten …

★★★

»Ich kann es immer noch nicht glauben, dass wir wirklich hier sind. Wir beide!« Ethan strahlte Gabriel mit seinen grünen Augen an. »Was hast du denn im Kasino erzählt?«

»Dass ich krank bin«, erwiderte Gabriel schmunzelnd und trommelte mit den Fingern auf das Lenkrad. Das war zumindest die offizielle Version. Seinem Boss Rico hatte er mitgeteilt, er wäre heute »geschäftlich« unterwegs.

Ethan beugte sich zu ihm herüber, darauf achtend, das Getränk nicht umzuschubsen, das in der Mittelkonsole des Wagens stand, und fiel Gabriel um den Hals. »Du bist auch total ausgebrannt. Wirst sehen, wie gut dir Sonne, Salzwasser und Entspannung bekommen werden!«

Gabriel hatte den Roadster an der Strandpromenade von Long

Beach geparkt und schloss gerade auf Knopfdruck das Verdeck, wobei sie sich zärtlich küssten. Es hatte Spaß gemacht, sich mit Ethan an seiner Seite den Wind durchs Haar wehen zu lassen, während sie die ganze Strecke von New York bis nach Long Island mit offenem Verdeck gefahren waren. Das hatte Gabriel schon ewig nicht mehr gemacht. Er vertiefte ihren Kuss und zog Ethan halb auf seinen Schoß, stets darauf bedacht, nicht die Blutergüsse und Prellungen zu drücken, die jetzt – ein paar Tage später – eine gelb-braune Färbung angenommen hatten.

Ethans Hand wanderte in seinen Schritt, was Gabriel ein Keuchen entlockte. »Hör auf damit, oder ich nehme dich gleich hier im Auto.«

»Das traust du dich doch gar nicht«, neckte Ethan ihn, während er über die wachsende Beule in Gabriels Jeans strich. Es war ungewohnt für Gabriel, mal wieder andere Hosen zu tragen als die zu seinen Anzügen. Er hatte total vergessen, wie eng es in einer Jeans werden konnte.

»Lass uns am Strand weitermachen, da ist es gemütlicher.« Seufzend riss sich Gabriel von Ethans weichen Lippen los. Nie hätte er gedacht, dass Küssen so schön sein konnte. Er hatte so viel verpasst, aber der Kleine öffnete ihm die Augen für das Wesentliche. Ethan würde ihm so unendlich fehlen …

Nachdem sie ihre Badesachen und einen Sonnenschirm aus dem Kofferraum geholt hatten, schlenderten sie gemeinsam über den hölzernen Boardwalk bis zu dessen Ende, wo die Dünen begannen. Mitten im weißen Sand wählte Gabriel eine Stelle aus, die wenig überlaufen war, wo sie etwas abseits einer Gruppe Schulkinder und geschützt zwischen zwei Dünen den großen Sonnenschirm aufspannten. Hier würden sie ungestört sein.

Gabriel wollte, bevor der große Coup stattfand, noch ein paar wunderschöne Stunden mit Ethan verbringen. Die Sache musste endlich ein Ende haben.

Er beobachtete den jungen Mann, wie er die Kleidung ablegte, um sich dann lang auf einem Badetuch auszustrecken. Es schmerzte Gabriel, die zahlreichen Blutergüsse auf dem jungen Körper zu sehen. Das war allein seine Schuld. Gabriel musste ihn schützen. So etwas durfte nie wieder vorkommen!

Er zog sich selbst bis auf die Badeshorts aus und warf seine Sachen zu Ethans Wäsche auf den Haufen, der sich neben dem Schirmständer türmte. Tief sog er die leicht salzige Luft in die Lungen und schloss die Augen vor der grellen Sonne. Die sanfte Brise, die vom Meer herwehte, streichelte sein Gesicht. Gabriel wünschte sich, dass dieser Tag nie zu Ende gehen solle, während er sich neben Ethan auf ein zweites Badetuch in den Schatten setzte und die Füße in den warmen Sand steckte.

»Was ist los?«, fragte Ethan. »Du wirkst heute so abwesend.«

Grinsend wandte sich Gabriel zu ihm. »Ich versuche nur abzuschalten und träume ein wenig vor mich hin.« Es war verdammt schwer, Ethan etwas vorzuspielen, daher setzte er sich seine Sonnenbrille auf. Sofort fühlte er sich weniger durchschaubar.

Mit den Fingerspitzen fuhr Ethan an Gabriels Arm auf und ab, bis er dort eine wohlige Gänsehaut bekam. »Verrätst du mir deine Träume?«

»Hmm, also, wenn du etwas nicht Jugendfreies hören möchtest ...«

»Aber immer doch, schieß los!« Provozierend starrte Ethan auf Gabriels Badehose, als ob sich da schon etwas regte.

Gabriel lachte. »Nicht so schnell, junger Mann. So ein Schuss muss gut überlegt sein.«

»Ich glaube, du hast noch nie dein Ziel verfehlt.« Ethan zog Gabriel blitzschnell zu sich hinüber und auf seinen Körper, aber Gabriel hatte Angst, ihm wehzutun. Daher legte er sich neben ihn.

»Ich bin nicht aus Glas, Gabriel«, murmelte Ethan.

»Aber deine Rippe könnte angebrochen sein. Ich merke doch, dass dir das Atmen schwerfällt.«

»Geht so.« Mit tiefen Blicken fixierte Ethan ihn, sodass ein Kribbeln Gabriels Unterleib durchzog, bevor der junge Mann flüsterte: »Aber ich bin mir sicher, wenn du mich küsst, wird der Schmerz erträglicher.«

Gabriel konnte ihm kaum in die Augen sehen. »Ich wünschte, du hättest überhaupt keine Schmerzen. Es ist alles meine Schuld.«

Sofort setzte Ethan ein strenges Gesicht auf. »Davon möchte ich jetzt nichts mehr hören! Lass uns diesen wunderschönen Tag einfach genießen.«

»Ich fühle mich dennoch schuldig. Vielleicht kann ich dir ja was Gutes tun.« Verschmitzt lächelnd rutschte Gabriel tiefer. Er zog Ethans Shorts ein Stück zur Seite, um den rasierten, schlaffen Penis herauszuholen.

»Gabriel! Wenn uns jemand sieht!« Ethan versuchte, halbherzig Gabriels Hand wegzudrücken. »So kenne ich dich ja überhaupt nicht!«

»Hier, zwischen den Dünen, sind wir vor neugierigen Blicken geschützt«, erklärte Gabriel, wobei er die Vorhaut zurückzog und mit dem Daumen über Ethans Spitze fuhr. »Aber falls doch jemand vorbeikommt, dann packe ich ihn gleich wieder ein. Versprochen.«

Seine Zustimmung brummend, schloss Ethan die Augen und schien sich zu entspannen. Gabriels Idee gefiel ihm offensichtlich sehr gut, denn er hob ihm leicht die Hüften entgegen. Gabriel begann, Küsse und zarte Bisse auf dem weichen Schaft zu verteilen. Schnell strömte mehr Blut hinein, bis er Gabriel hart entgegenstand. Jetzt konnte er ihn tief in den Mund nehmen und daran saugen.

Ich werde den Kleinen vermissen, ging es Gabriel durch den Kopf, als er Ethans männlichen Geruch einatmete und seinen flachen Bauch vorsichtig streichelte. Aber er wollte jetzt nicht daran denken, dass sich ihre Wege bald trennten, sondern er wollte Ethan nun Lust verschaffen. Dabei erwachte seine eigene Leidenschaft, aber die würde Gabriel zurückstellen. Ethan hatte Schmerzen und die wollte Gabriel nun vergessen machen, zumindest für einen kurzen Moment.

Ethans Atmung beschleunigte sich und seine Hände fuhren in Gabriels schwarzes Haar, das ihm wirr vor die Stirn hing. Dabei raste Gabriels Herz nicht nur vor Erregung. Noch nie hatte er Sex in der Öffentlichkeit gehabt und schon gar nicht mit einem Mann! *Hey Kleiner, was hast du nur mit mir angestellt? Soll doch jemand sehen, was wir tun. Es ist mir egal, solange es dir gut geht.*

Gabriel spürte die Vorboten von Ethans Lust bereits an seiner Zunge. Er glitt mit einer Hand in die Badeshorts, um dort Ethans Spalte zu massieren, während seine Lippen an dem harten Schaft auf und ab fuhren.

»Das ist gut …«, entwich es Ethan mit zitternder Stimme. Er pumpte schneller mit den Hüften und krallte sich beinahe schmerzhaft in Gabriels Kopfhaut, aber das spürte der kaum. Er fühlte nur Ethan in seinem Mund und sein eigenes Geschlecht, das sich durch die Badehose fest in den warmen Sand drückte.

Ohne die Augen von Ethans Gesicht abzuwenden, bearbeitete er dessen Härte noch intensiver. Ethan hatte die Lider geschlossen und die Lippen leicht geöffnet, wobei er sich leise stöhnend ganz seiner Erregung hingab. Er war wunderschön. Gabriel spürte, wie der Schwanz in seinem Mund noch härter wurde, bevor sich Ethan in ihn ergoss.

Als Gabriel schluckte, musste er seine Gefühle kontrollieren. *Reiß dich zusammen, Mann!* In Ethan hatte er endlich den richtigen Partner gefunden, den er jedoch schon bald verlieren würde. *Wenn alles vorbei ist, werde ich ihn bestimmt wieder sehen können ... wenn er mich dann noch will.*

»Ich liebe dich, mein Held«, hörte er Ethan ganz leise sagen. Gabriel wusste nicht, ob er sich das eingebildet hatte oder es nur Wunschdenken war. *Ich liebe dich auch, Kleiner ...*

»Ich hab Lust auf ein Eis«, sagte Gabriel plötzlich, packte die Erektion so gut es ging in die Hose zurück und kniete sich dann neben Ethan. »Da hinten ist eine Strandbar. Soll ich dir auch eins mitbringen?«

»Das wäre wunderbar.« Selig lächelnd fügte Ethan hinzu: »Ich hätte gerne das Eis, das wie eine Rakete aussieht. Mit Himbeergeschmack.«

Gabriel beugte sich zu Ethan hinunter, um ihm einen zarten Kuss zu geben. »Ich besorg meinem Schleckermäulchen, was es will.« Dabei zog Gabriel unauffällig neben dem Portemonnaie sein Handy aus dem Kleiderstapel.

»Okay, dann erst das Eis, danach einen Lolli.«

»Den bekommst du von mir höchstpersönlich.« Tief ließ Gabriel seine Zunge zwischen Ethans Lippen gleiten und wurde allein bei dem Gedanken daran, es könnte sein Penis sein, schon wieder hart. »Ich kann es kaum erwarten, bis du ihn in den Mund nimmst.«

Plötzlich lag ein gehetzter Ausdruck in Ethans Augen. »Aber Gabriel ... Du bist doch gleich wieder da, oder?«

Es war offensichtlich, dass die Entführung Narben hinterlassen hatte. Das schmerzte Gabriel umso mehr, denn bald würde er sich von Ethan verabschieden müssen. Den ganzen Tag schon dachte er an nichts anderes mehr und es machte ihn bald verrückt. »Ich habe dich immer im Blick, Kleiner. An mir kommt keiner vorbei.«

»Ich stelle mich an wie ein Baby«, sagte Ethan leise, ohne Gabriel anzusehen.

»Hey, sag so was nicht.« Gabriel gab ihm einen schnellen Kuss auf die Nase. »Du bist der mutigste Mann, den ich kenne. Nicht viele trauen sich nach einem Trauma so rasch an die Öffentlichkeit.«

»Solange du an meiner Seite bis, hab ich keine Angst.« Der Blick aus Ethans grünen Augen war so ehrlich, dass Gabriel ihm nicht lange standhalten konnte.

»Du brauchst auch ohne mich keine Angst haben. Stokes sitzt bereits im Knast. Sie haben es in den Nachrichten gebracht. Du bist in Sicherheit.« Schweren Herzens löste er sich von Ethan, ohne sich seine

Melancholie anmerken zu lassen. Heute würde ihr letzter gemeinsamer Tag sein und der sollte besonders schön werden. Heute würde er ihm jeden Wunsch erfüllen ...

Das Handy verbarg Gabriel in der Hand hinter seinem Geldbeutel, während er auf die mit Stroh gedeckte Hütte zuging, wo Eis verkauft wurde. Ethan musste nicht sehen, wenn er telefonierte. Er würde nur wieder Fragen stellen, und Gabriel wusste nicht, ob er in der Lage wäre, Ethan weiterhin anzulügen.

Bevor sich Gabriel an der kleinen Menschenschlange anstellte, verschwand er hinter dem Kiosk und klappte sein Handy auf. Er wählte eine Nummer, die er nicht eingespeichert hatte, und wartete, bis am anderen Ende abgehoben wurde.

»Wir machen es morgen Mittag«, sagte Gabriel knapp, als er schon wieder auflegte, das Eis kaufte und zu Ethan ging. *Jetzt gibt es kein Zurück mehr ...*

Gabriel hielt ihm das Eis vor die Nase. »Deins war aus. Eine Horde Kinder vor mir wollte Himbeere. Ich hoffe, Waldmeistergeschmack tut es auch.«

»Oookay«, sagte Ethan gedehnt und zog dabei eine gespielte Schnute, dann nahm er ihm das Eis ab. »Hauptsache Rakete.«

»Kindskopf!« Gabriel zerzauste ihm liebevoll das Haar und setzte sich neben Ethan unter den großen Sonnenschirm. *Ich möchte lieber sterben, als dass ihm etwas zustößt,* dachte Gabriel, während er den jungen Mann dabei beobachtete, wie der sein Eis schleckte. Ethan war an seiner Seite nicht mehr sicher. Er sollte keine Angst mehr haben müssen. Gabriel musste es beenden. Er wusste, er tat das Richtige ...

★★★

»Weißt du, dass ich für den Rest meines Lebens neben dir aufwachen möchte«, murmelte Ethan in Gabriels Haar, aber der schien noch fest zu schlafen und ihn nicht zu hören.

Sanft glitten Ethans Finger durch die weichen, pechschwarzen Strähnen, bis sich Gabriel drehte und einen Arm um ihn legte. Mit dem Gesicht an Ethans Brust gekuschelt, lag er wie ein schnurrender Kater da und ließ es sich gut gehen.

»Mmmm, nicht aufhören«, murmelte Gabriel.

»Ich würde ja endlos so weitermachen, aber ich glaube, du musst aufstehen.«

»Wieso? Wie spät ist es denn?« Gabriel machte keine Anstalten, sich zu bewegen. Nur seine Lippen zupften leicht an Ethans Brustwarze, was sich ungemein gut anfühlte.

»Schon nach elf.«

»Was?!« Gabriel schoss wie eine Rakete nach oben. »Verdammt!«

So schnell hätte es für Ethan nun auch nicht gehen müssen, denn er genoss den neuen, verschmusten Gabriel in vollen Zügen.

»Ich möchte, dass du hier im Apartment bleibst!«, rief Gabriel auf dem Weg zur Dusche.

»Ja, mein Herr und Meister!« Ethan hatte sowieso noch Bedarf an Entspannung und auch absolut keine Lust, noch einmal zwischen die Fronten zu geraten. Das Apartment bot einige Annehmlichkeiten, da ließ es sich schon eine Weile aushalten. Und jetzt, wo Gabriel so liebevoll war, machte es ihm erst recht nichts aus.

Als Gabriel frisch rasiert und komplett angezogen aus dem Badezimmer kam, hockte er sich neben Ethan auf die Bettkante. Lange Zeit saß er einfach nur da und schaute ihn an. »Am besten, du bleibst den ganzen Tag im Bett. Wenn ich dann Pause mache, habe ich dich gleich da, wo ich dich haben will.«

Gabriel benahm sich heute recht merkwürdig, was Ethan stutzig machte. »Was ist eigentlich los?«, fragte er deshalb.

»Gar nichts, Kleiner.« Liebevoll fuhr ihm Gabriel durchs Haar. »Das Wichtigste für mich ist, dass du in Sicherheit bist.«

»Das bin ich hier doch, oder?« Für einen Moment wollte Angst in ihm aufflackern, aber sein Verstand übernahm gerade noch rechtzeitig die Oberhand. Es war ja auch lächerlich – Stokes saß tatsächlich hinter Gittern. Gabriel hatte ihm gestern die Zeitung gezeigt.

Ein wenig wehmütig dachte Ethan daran, ob ihm wohl auch jemals so ein Knüller gelingen würde, aber wenn er Gabriel nun ansah, wollte Ethan kein berühmter Reporter mehr werden. Er war überglücklich an Gabriels Seite.

Gabriel nickte, mied aber Ethans Blick. »Ja, du bist hier absolut sicher.«

»Du musst los!«

Etwas Unverständliches murmelnd, blieb Gabriel weiterhin an der Bettkante sitzen und ergriff Ethans Hand. Geistesabwesend streichelte er über die Finger.

Warum war Gabriel heute nur so seltsam? Beinahe, als wollte er nicht gehen.

Aber als sich Gabriel zu ihm beugte und die Lippen auf seinen Mund presste, vergaß Ethan alle Sorgen. Gabriels Kuss war lang, tief und fordernd. Seufzend vergrub Ethan seine Finger in Gabriels schwarzem Haar. Es war ein unbeschreibliches Gefühl, diesem Mann so nah zu sein. Ethan wusste, dass er niemals zuvor so sehr verliebt gewesen war, aber das wollte er Gabriel jetzt noch nicht sagen, auch wenn es Ethan schon ein paar Mal leise entwischt war. Er durfte Gabriel nicht unter Druck setzen. Ethan wollte einen Schritt nach dem anderen machen.

Immer noch umspielten sich ihre Zungen wild, während Gabriels Hände Ethans nackte Oberschenkel streichelten. Wenn Gabriel so weitermachte, konnte Ethan nicht garantieren, dass er ihm die Kleider nicht vom Leib riss!

Schwer atmend machte sich Gabriel jedoch los. »Ich hab noch etwas für dich.« Er holte eine kleine Schatulle aus der Innentasche seines Sakkos, worauf Ethans Herz an Tempo zulegte. Konnte es möglich sein ...

Als Gabriel den Deckel aufklappte, steckte ein silberner Ring in dem dunkelroten Samtpolster. Deshalb hatte sich Gabriel so seltsam benommen! Ethan fiel ein Stein vom Herzen. »Für mich?«, stammelte er.

Gabriel nickte und räusperte sich, fand aber seine Sprache noch nicht wieder.

»Warum?« Jetzt war Ethan doch neugierig geworden.

Als ihm Gabriel mit zitternden Fingern den Ring ansteckte, hoffte Ethan, die drei Wörter zu hören, auf die er schon so lange wartete, aber Gabriel antwortete: »Einfach nur so.« Dann gab er Ethan noch einen flüchtigen Kuss. »Wir sehen uns«, sagte er mit belegter Stimme und stand vom Bett auf, wobei er sich mit den Fingern durchs Haar fuhr, um die wirren Strähnen zu ordnen.

»Klar sehen wir uns.« Ethan blickte ihm stirnrunzelnd hinterher, als er davonging. »Spätestens in deiner Pause!«

Da drehte sich Gabriel noch einmal zu ihm um. Sein Mund öffnete sich, doch dann schloss er ihn wieder.

»Willst du mir noch was sagen?« Gebannt starrte Ethan ihn an. Kerzengerade und mit wild trommelndem Herzen saß er im Bett, die

Finger in die Zudecke gekrallt.

»Ich ... Ich hab dich sehr gern«, erwiderte Gabriel, bevor er schnellen Schrittes davoneilte.

Bis über beide Ohren grinsend ließ sich Ethan in die Kissen zurückfallen. Er hatte es doch gewusst! »Ich liebe dich auch«, flüsterte er. »Und wie ich dich liebe ...«

Ethan war nun viel zu aufgekratzt, um sich weiter auszuruhen. Ständig drehte er den Ring an seinem Finger. Er war glatt poliert – etwas ganz Einfaches –, aber dennoch war es für Ethan das schönste Geschenk, das er jemals bekommen hatte. Auf der Innenseite hatte Gabriel sogar etwas eingravieren lassen: *FOR EVER*

Für immer ... Meinte Gabriel damit, dass sie für immer zusammenbleiben würden? Wenn man jemandem einen Ring schenkte, dann hatte das zumindest eine tiefere Bedeutung. Gabriel liebte ihn, da war sich Ethan sicher. Plötzlich ärgerte er sich, weil er Gabriel nicht gesagt hatte, dass er genauso für ihn empfand. Das musste er sofort nachholen! Ihn hielt nichts mehr im Bett. Also schwang er die Beine über die Matratze, schlüpfte in seine Unterhose und schlenderte in die Küche. Eine Schachtel, die auf dem Tisch stand, weckte seine Aufmerksamkeit. Beim Näherkommen erkannte er einen Anhänger, auf dem sein Name stand.

»Noch ein Geschenk von Gabriel?«, freute sich Ethan. Heute geschah ja ein Wunder nach dem anderen!

Als er die Schleife löste und den Deckel hob, kam ihm sofort ein leckerer, süßer Schokoduft entgegen. »Brownies!« Herzhaft schob er sich einen kleinen Kuchen in den Mund. *Hmm*, das waren die besten ... Gabriel hatte ihm seine Lieblingsmarke besorgt. Heute war der herrlichste Tag in Ethans Leben und er konnte es kaum erwarten, bis er Gabriel wiedersah. Ethan wusste bereits genau, was er dann machen würde: sich nackt und unschuldig auf dem Bett räkeln, bis Gabriel über ihn herfiel. Dabei würde er flehen und betteln, nicht so heftig rangenommen zu werden, weil das Gabriel besonders erregte, und dann würde Ethan richtig durchgestoßen werden ...

Als er daran dachte, wurde er hart. »Wie soll ich es denn so lange aushalten?«, murmelte er, aber plötzlich sah er Gabriels Handy auf dem Tisch liegen. »Mist, das braucht er bestimmt!«

Schnell zog er sich an und lief aus der Tür. Gabriel hatte ihm zwar befohlen, in der Wohnung zu bleiben, aber im Kasino passierte ihm bestimmt nichts. Außerdem war der Einlass erst in einer halben Stunde. Ethan würde Gabriel das Handy geben, sich seine Standpauke anhören und dann wieder in das Apartment verschwinden … und ihm vielleicht ganz nebenher sagen, dass er ihn liebte und auf der Stelle vernaschen wollte.

Es dauerte eine Weile, bis sich Ethan in dem Gewirr aus Gängen, die zudem alle gleich aussahen, zurechtgefunden hatte, aber irgendwann trat er in einen Flur, der ihm ziemlich bekannt vorkam.

Hier hatte Gabriel ihn gegen die Wand gedrückt, bevor er ihn »verhört« hatte. Das war jetzt ein paar Wochen her. Damals war Gabriel noch extrem verschlossen gewesen, aber jetzt … Er fehlte Ethan, wenn er nicht in seiner Nähe war. Vielleicht konnte er Gabriel dazu bringen, eine schnelle Nummer in dem Verhörraum zu schieben, um den Gedanken aufzufrischen, wie sie sich kennengelernt hatten. »Mann, war das geil!«, entfuhr es Ethan. Sofort schlug er sich die Hand auf den Mund und blickte sich um, aber er stand ganz allein in dem Gang. Wo waren denn nur alle? Nicht ein einziger Wachmann lief hier herum, aber vielleicht war es dazu noch zu früh.

Er bog um die Ecke und sah vor sich die Tür, durch die er damals Gabriel in diesen Flur gefolgt war. Ethan wusste, dass sich dahinter der Bereich des Kasinos befand, in dem die Slotmaschinen und Spieltische standen. Auch hier war niemand zu sehen. Ethan hatte Glück, dass sich die Tür von dieser Seite aus ohne Sicherheitscode öffnen ließ. Gabriel würde ihn wieder in die Suite bringen müssen, wenn er zurückwollte, denn Ethan war die geheime Zahlenkombination nicht bekannt. Also drückte er die Klinke nach unten und trat ins Starlight.

Ethan bemerkte sofort, dass hier etwas nicht stimmte. Obwohl er wusste, dass noch keine offizielle Öffnungszeit war, nahm er überall in dem riesigen Raum schwarz gekleidete Personen wahr, die regungslos auf verschiedenen Plätzen standen. Zuerst hielt Ethan sie für Wachmänner, aber als sich plötzlich mehrere Maschinenpistolen auf ihn richteten, wusste er, was hier gespielt wurde, und sein Herz begann zu rasen. Dennoch sah er sich die Personen noch einmal genauer an: Alle trugen schwarze Overalls mit Schutzwesten und ihre Gesichter waren vermummt. Dann erblickte er auch die großen, hellen Buchstaben auf einigen Westen. Das hier war eine Spezialeinheit der Polizei, die bei risikoreichen Verhaftungen, bei Razzien oder anderen Einsätzen, wo mit bewaffnetem Widerstand gerechnet wurde, anrückte.

Automatisch hob Ethan die Hände und blieb wie erstarrt stehen. Er ahnte das Schlimmste, sein Puls klopfte in einem wilden Stakkato. Waren Gabriels Machenschaften aufgeflogen?

Sofort kamen zwei bewaffnete Polizisten auf ihn zu, pressten ihn gegen die Wand, durchsuchten ihn und nahmen ihm Gabriels Handy weg.

»Arbeiten Sie hier?«, wollte ein Mann wissen, aber Ethan war zu geschockt, um zu antworten, also schüttelte er nur den Kopf. Die Erlebnisse seiner Entführung waren noch frisch und dieser plötzliche Überfall riss die alte Wunde wieder auf. Ethan bekam kaum noch Luft.

»Er ist sauber«, sagte der andere, dennoch entließ er ihn nicht aus seinem eisernen Griff. »Wir werden jetzt nach draußen gehen.«

Ethan sträubte sich. Wo war Gabriel? Was war hier nur los? Hart hämmerte sein Herz bis zum Hals.

Als der Polizist ihn abführen wollte, blickte sich Ethan suchend um. »Gabriel!« Dort stand er, mitten im Kasino vor den Blackjack-Tischen, wobei er von mehreren bewaffneten Polizisten eingekreist wurde. Gabriel selbst hielt eine Pistole in der Hand und zielte wahllos auf die Männer.

Als Gabriel Ethan bemerkte, erkannte Ethan nur Entsetzen in den eisblauen Augen. Kopfschüttelnd bewegte sich Gabriel weiter weg von ihm und formte mit den Lippen ein Wort, das Ethan verstand, ohne es zu hören: »Nein.«

»Gabriel!«, rief Ethan abermals. Er riss sich von dem Polizisten los und wollte zu Gabriel laufen, aber der wich weiter vor ihm zurück.

»Geh!«, befahl er lautlos und Ethan hörte ihn leise fluchen, bevor ein anderer Arm Ethan grob packte und zum Stehen zwang. »Sind Sie lebensmüde, Mann?!«

In diesem Moment fiel ein Schuss.

Für Ethan schienen die Ereignisse plötzlich in Zeitlupe abzulaufen. Er konnte nur auf Gabriel starren, der vor einem großen Spieltisch auf die Knie ging, die Hände auf den Bauch gepresst, und dabei die Waffe fallen ließ. Währenddessen sah er Ethan aus großen Augen an. Mit dem Mund bildete Gabriel Wörter, die Ethan nicht verstand, weil er vor Schock wie gelähmt war. So nach und nach tropfte die Erkenntnis, dass es Gabriel war, der getroffen wurde, in sein Gehirn. Und als

Ethan das Blut sah, das zwischen Gabriels Fingern hervorlief, begriff er schließlich.

»Nein …«, flüsterte Ethan. »Nein, nein, nein …« Eine bedrückende Ohnmacht wollte über seine Sinne hereinbrechen, aber er ließ es nicht zu. Stattdessen begann er zu kämpfen. Er musste zu Gabriel! Er war angeschossen – Ethan musste ihm helfen!

»Ruft einen Krankenwagen!«, schrie er und wand sich im Griff des Polizisten, um sich loszureißen, aber der drehte ihm sofort den Arm auf den Rücken, sodass er in die Knie gezwungen wurde. »Bitte!«

Hilflos streckte Ethan seine freie Hand nach Gabriel aus. Er musste doch zu ihm, er war verletzt! Er blutete! Warum hatten sie auf ihn geschossen? Warum?! Was hatte er getan? *Gabriel …*

Gabriels Schmerz spiegelte sich in seinen wunderschönen eisblauen Augen, bevor er sie langsam schloss und nach vorne kippte. Reglos blieb er auf dem Boden liegen, während sich unter ihm eine blutrote Pfütze ausbreitete.

»Nein! Gabriel! NEIN!!!«

Gabriel durfte nicht sterben, nicht jetzt, wo sie gerade erst zueinander gefunden hatten! Ethan liebte diesen Mann und er wollte nie wieder ohne ihn sein. Und sollte Gabriel ins Gefängnis müssen, dann würde Ethan auf ihn warten. Im Augenblick war alles egal, wenn Gabriel nur nicht starb. »Gabriel! NEIN!«

Ethan wusste nicht, wie lange er wie ein Verrückter geschrien und im Griff des Polizisten getobt hatte, und er bemerkte auch nicht, dass er weinte, bis er einen Stich in seinem Arm spürte. Überrascht blickte er einen blonden Mann an, der neben ihm stand und der weißen Kleidung nach zu urteilen ein Sanitäter war. »Es wird alles gut, Sie sind jetzt in Sicherheit.«

Eine bleierne Müdigkeit brach sofort über Ethan herein. Nur am Rande nahm er wahr, dass er auf eine Trage gebettet wurde und Sanitäter ihn zum Ausgang trugen. Ethan verrenkte weiterhin seinen Hals nach Gabriel, aber der lag einfach nur auf dem grauen Teppichboden des Kasinos, während sein lebloser Körper mit einer Plane abgedeckt wurde.

Ethan wollte nur noch sterben, als er in einen traumlosen Schlaf glitt …

★★★

Mit hinter dem Kopf verschränkten Armen lag Ethan in seinem Bett und starrte zum Dachfenster hinaus. Seine Stimmung war ebenso schlecht wie das Wetter. Dicke Tropfen klatschten gegen das Glas und ließen zahlreiche Rinnsale darauf zurück. Sie erinnerten Ethan an die Tränen, die er vergossen hatte, an den Schmerz und die unendliche Leere ins seinem Inneren. Einen Monat war Gabriel nun tot. Ethan wusste nicht mal, wo man ihn begraben hatte. Die Polizei wollte ihm keine Auskunft darüber geben.

Als er durch seine geschlossene Zimmertür hörte, dass es an der Haustür klingelte, zuckte Ethan nicht einmal mit der Wimper. Er hatte Elena gesagt, dass er keinen mehr von der Presse hier haben wollte. Ethan hatte ihnen alles erzählt. Fast alles. Keiner, nicht mal seine Schwester, würde je erfahren, was wirklich zwischen Gabriel und ihm gewesen war. Dieses Geheimnis und die süßen Erinnerungen daran würde er mit ins Grab nehmen. Ethan hatte ernsthaft überlegt, Gabriel nachzufolgen, aber das konnte er Elena nicht antun. Sie war seine Zwillingsschwester. Ihr Herz würde genauso brechen wie seines.

Gedämpft hörte er Elenas Stimme, aber durch das heftige Prasseln des Regens auf das alte Dach, verstand Ethan nur die Hälfte: »Wer sind Sie? Winter? ... Woher haben Sie diese Adresse? ... Von der Polizei? ... Es geht ihm nicht gut. Seit der Entführung ist er ein anderer Mensch ... Sind sie ein Freund von Ethan? Es ist gut, wenn er mal auf andere Gedanken kommt ...«

Ein *Freund* war vorbeigekommen? Welcher Freund? Ethan hatte keine richtigen Freunde, aber plötzlich interessierten sich alle für ihn, doch er wollte niemanden sehen. Ethan konnte nicht begreifen, dass Gabriel tot war. Zudem kannte er keinen, der Winter hieß. Wahrscheinlich war es doch jemand von der Presse, der sich nur an seiner Schwester vorbeimogeln wollte. Ethan kannte die Tricks, schließlich war er selbst einer von ihnen.

Das erinnerte ihn wieder an seine Zeit mit Gabriel. Während der gemeinsamen Wochen hatte Ethan heimlich Daten gesammelt, Gabriel ausspioniert und an seiner Story geschrieben. Nach Gabriels Tod hatte er die Daten der Polizei übergeben, die sie an die Presse weiterreichten. Ethans Story war DIE Sensation, weil er live dabei gewesen war. Über Nacht wurde Ethan berühmt. Ein Privatsender hatte ihm viel Geld für die Exklusivrechte an der Story gegeben, aber Ethan hatte keinen einzigen Cent davon angenommen, sondern es auf Elenas Konto überwiesen. Ethan fühlte sich für Gabriels Tod verantwortlich.

Sie haben ihn erschossen, weil sie dachten, er wollte fliehen, dabei ist er doch nur vor mir zurückgewichen. Weil er mich nicht in Gefahr bringen wollte ... Da war sich Ethan absolut sicher. *Ich bin schuld an seinem Tod. Ich allein* ...

Ein Krampf erfasste seine Brust, aber es kamen keine Tränen mehr. Ethan hatte sie alle schon geweint. Ihm war nichts von Gabriel geblieben bis auf den Ring und ein T-Shirt. Das weiße Hemd, das er damals von Gabriel bekam, weil der seins zerschnitten hatte, lag immer unter Ethans Kopfkissen. Es war eine Erinnerung an eine wundervolle Zeit mit einem wundervollen Menschen.

Die Polizei hatte Ethan natürlich verhört. Sie hatten ihm erklärt, dass er von Glück sprechen konnte, noch am Leben zu sein. Gabriel Norton wäre ein sehr gefährlicher Mann gewesen, hatten sie ihm mehrmals gesagt. Aber Ethan wusste es besser ... Gabriel war ein guter Mensch gewesen. Er hatte bestimmt noch niemanden umgebracht. Das redete sich Ethan immerzu ein. Er wollte nicht begreifen, dass Gabriel ein Verbrecher war.

Der dumpfe Schmerz in seiner Brust brachte ihn noch um ...

»Ethan, hier ist ein Mr Winter für dich!«, rief seine Schwester durch die Tür. Dann hörte er sie gedämpft durch das Holz sagen: »Gehen Sie nur hinein, aber wundern Sie sich nicht, seit der Entführung ist er ein anderer Mensch. Er verkriecht sich nur noch in seinem Bett.«

Ethan seufzte. Es wurde Zeit, dass er mit Elena endlich von hier wegzog, wo ihn niemand in Ruhe ließ und ihn auch so viel an Gabriel erinnerte. Ganz Manhattan, der Central Park, Long Island ... Irgendwie fand er immer einen Bezug zu Gabriel. Elena hatte es in Kanada sehr gut gefallen – also, warum sollten sie in Zukunft nicht dort leben?

Er hörte, wie jemand die Tür öffnete und sofort wieder schloss. »Hey«, sagte plötzlich eine ihm sehr bekannte Stimme ...

Nein, das konnte nicht sein!

Abrupt setzte sich Ethan im Bett auf und hielt die Luft an, vor seinen Augen drehte sich alles. In seinem Zimmer stand ein großer Mann in Jeans und T-Shirt, der fast wie Gabriel aussah, nur dass er grüne Augen und blondes Haar hatte, das feucht vom Regen war. *Das muss eine Täuschung sein*, glaubte Ethan. *Ein Geist. Gabriel ist tot! Ich drehe langsam durch!* Sein geschundenes Herz überschlug sich förmlich.

Bevor Ethan etwas erwidern konnte, stammelte der andere: »Das sind Kontaktlinsen und die Haare sind blondiert. Ist nur für den Übergang.« Nach einer kurzen Pause setzte er hinzu: »Es tut mir leid, dass dich die ganze Sache so mitgenommen hat, aber es ging nicht anders.«

Der Mann redete wie ein Wasserfall, aber Ethan konnte ihn nur anstarren.

»Morgen werde ich New York verlassen, um in einem anderen Bundesland zu arbeiten«, sagte dieser Mr Winter.

»Was?« Ethan schluckte. Mit zitternden Knien erhob er sich von der Matratze und blieb dicht vor dem Mann stehen. Der Geruch der regenfeuchten Kleidung stieg Ethan in die Nase. Er kannte diesen unvergleichlichen, maskulinen Duft. Sein Puls raste. »Gabriel?«

Der blonde Mann fuhr sich durch das Stoppelhaar. »Ja. Nein ... eigentlich Noah. Noah Winter ist mein richtiger Name.«

»Noah ...« Wie ein Blitz schossen die Bilder der Entführung in Ethans Gedächtnis. Dieser Stokes hatte immer von einem Noah gesprochen. Er hatte also den richtigen Gabriel gekannt? »Ich habe dich sterben sehen«, flüsterte Ethan.

»Ich bin Undercover-Agent«, fuhr der falsche Gabriel fort, wobei er sehr nervös wirkte. Er stand mitten im Raum und wippte mit den Füßen, die Hände in den Taschen seiner Jeans vergraben. »Mein Tod war nur inszeniert.« Sein Gesicht hellte sich ein wenig auf, als er sagte: »Du kleiner Schnüffler! Ich hab doch gewusst, dass du noch an der Story dran warst. Deine Geschichte hat super gepasst, das machte die ganze Aktion total authentisch!«

»Super? Authentisch?!« Ethan konnte Gabriels ... Noahs Begeisterung nicht teilen. Ein unglaublicher Zorn stieg plötzlich in ihm hoch. Alles, was sich bis jetzt in ihm angestaut hatte, wollte mit einem Mal entweichen: Wut, Trauer, Verzweiflung! Er holte aus und schlug dem blonden Mann mit der flachen Hand ins Gesicht.

Der falsche Gabriel taumelte ein Stück zurück. Er rieb offensichtlich verwundert und sprachlos über die getroffene Stelle, bevor Ethan auf Noah losging und ihn gegen die Tür drückte.

»Ich bin vor Kummer beinahe ... Ach, Scheiße!«, schrie Ethan. Die plötzliche Nähe zu dem Mann, den er tot geglaubt hatte, die harten Muskeln unter seinen Fingern und dieser vertraute Geruch ... All das verwirrte Ethan. »Ich habe dich sterben sehen ...«

Noahs schön geschwungene Lippen lagen direkt vor Ethans Augen. Wie sehr er sich danach sehnte, sie wieder zu küssen.

Das ist Gabriels Mund ... Ethan schloss die Lider und drängte sich eng an den warmen Körper. In seinem Geiste ließ er noch einmal all die schönen Dinge Revue passieren, die er mit Gabriel erlebt hatte: Ihr erster Sex im Hinterzimmer des Kasinos, das klebrig-süße Frühstück, ihr erster Kuss, der Ausflug zum Strand ... Ethan spürte Gabriels Hände auf seinen Armen, fühlte dessen Atem in seinem Haar und wünschte sich, all das wäre nie passiert.

Kopfschüttelnd machte er ein paar Schritte zurück und ließ sich aufs Bett sinken, die Hände vor den Augen. Für Gabriel war er anscheinend nur eine Schachfigur in seinem Spiel gewesen, aber Ethan hatte ihn geliebt. Nein, das stimmte nicht ganz. Er liebte ihn immer noch. »Es ist sehr nett von dir, mir *jetzt* mitzuteilen, dass du noch lebst!« Der Sarkasmus in Ethans Stimme war nicht zu überhören. Was dachte der Mann sich eigentlich? Dass er keine Gefühle besaß? Ethan war komplett durcheinander.

Noah machte zwei Schritte auf ihn zu, wobei er beschwichtigend mit den Armen gestikulierte. »Hör zu, Kleiner, es tut mir leid, aber ich konnte dir nicht die Wahrheit sagen.«

»Nenn mich nie wieder *Kleiner*, hörst du!«, fuhr Ethan ihn an. Er sprang auf, packte Noah am Shirt und zerrte ihn zur Tür. »Und tritt mir nie wieder unter die Augen!«

»Ethan ...«, flüsterte Noah und sah ihn mit halb gesenkten Lidern an.

Dass Gabriel es überhaupt wagte, hier aufzukreuzen! »Was willst du eigentlich hier?!«

Noah schlug die Augen nieder. »Ich wollte nur sehen, ob's dir gutgeht und ...« Offenbar wollte er noch etwas hinzufügen, ließ es aber dann bleiben. Stattdessen reichte er Ethan eine Visitenkarte. »Falls du reden willst, hier wohne ich jetzt. Aber bitte gib die Adresse nicht weiter. Ich muss eine Weile untertauchen.«

»Das interessiert mich nicht mehr. Du bist gestorben, schon vergessen?« Ethan warf ihm nur einen verächtlichen Blick zu, ohne die Karte zu nehmen. Dann zog er den Ring vom Finger und schleuderte ihn Gabriel vor die Füße. »Und jetzt verschwinde!«

»Okay, ich gehe«, sagte Noah leise. »Aber falls du es dir doch anders überlegst ...«

Plötzlich wurde die Türe aufgerissen, sodass sie beinahe Noahs

Schulter traf, und Elena trat aufgelöst herein. »Ethan? Was ist denn los, warum schreist du so?«

Aber keiner der beiden Männer sagte ein Wort. Beide sahen nur betreten zu Boden, wo immer noch der silberne Ring lag, bis Noah aus seiner Starre erwachte und im Vorbeigehen Elena seine Karte in die Hand drückte. »Falls es sich Ihr Bruder noch anders überlegt, dann findet er mich dort.« Dann verschwand er aus Ethans Sichtfeld.

Seine Schwester kam auf ihn zu. »Ethan, wer war das? Warum hast du so geschrien?«

»Das ... er war ... mein Entführer«, stammelte er benommen und blickte auf den leeren Flur hinaus. Was war gerade geschehen? War tatsächlich Gabriel bei ihm gewesen? Schwer atmend setzte Ethan sich auf die Bettkante, da seine Beine ihn nicht mehr tragen wollten. Eine heftige Übelkeit erfasste ihn und Ethan konnte sich gerade noch beherrschen, sich nicht zu übergeben.

»Was?« Elena starrte ihn mit ihren großen grünen Augen ungläubig an und setzte sich neben ihn. »*Er* war dein Entführer?«

Ethan wusste nicht, was in diesem Moment mit ihm geschah, aber plötzlich brach es aus ihm heraus. Sofort nahm Elena ihn in die Arme und unter Tränen erzählte er seiner Schwester alles, was vorgefallen war. Die ganze Wahrheit.

★★★

Jetzt war er hier, in Kalifornien, und fing praktisch noch einmal von vorne an. Aber Noah hatte gewusst, was auf ihn zukam, wenn der Einsatz beendet war. Nur hatte er zu Beginn nicht geahnt, wie sich die Dinge entwickeln würden.

Seufzend schlenderte er zum Fenster seines neuen Hauses und blickte in den Vorgarten mit dem englischen Rasen, um den sich natürlich sein Gärtner kümmerte. Das Leben könnte perfekt sein, aber Noah fehlte ein entscheidender Teil: Freunde, eine Familie, ein Partner ... *Ethan* ...

Bei der New Yorker Polizei hatte er keinen Kollegen gekannt, den er als richtigen Freund bezeichnet hätte, deswegen war ihm der Umzug nicht weiter schwergefallen.

Auch zu seinen Eltern hatte er nie ein lockeres Verhältnis gehabt. Mit leichten Magenschmerzen erinnerte er sich an die Stunden vor seinem Abflug, als er einen Abstecher nach Williamsburg gemacht hatte, um sich von ihnen zu verabschieden:

»Sieh mal an, mein verlorener Sohn beehrt mich einmal wieder. Wie lange ist es jetzt her? Ein Jahr?«, fragte Salome Winter, als sie die Tür öffnete. »Und was hast du nur mit deinen Haaren angestellt?«

»Ich freue mich auch dich zu sehen, Mum.« Noah gab seiner Mutter einen Kuss auf die Wange. »Du weißt doch, dass es mir mein Job manchmal nicht leicht macht. Ich hatte in letzter Zeit sehr viele Einsätze.«

Seine Mutter blickte ihn skeptisch an. Natürlich wusste sie nicht, dass er die letzten zwei Jahre undercover gearbeitet hatte. »Und was verschafft uns die Ehre deines Besuchs?« Sie führte ihn in die Küche, wo sein Vater in einem Rollstuhl saß und in den Fernseher starrte.

Noah drückte kurz seine Schulter, aber wie erwartet reagierte der alte Mann nicht, denn er litt an Demenz und erkannte viele Dinge und Personen in seiner Umgebung oftmals nicht mehr.

»Ich werde an die Westküste ziehen«, antwortete Noah seiner Mutter. »Dort habe ich eine neue Arbeitsstelle und kann es etwas ruhiger angehen lassen.«

Sie schien wenig überrascht. »Und wann wirst du fliegen?«

»Heute Abend.« Noah kratzte sich an einer Braue. Er hatte mit seiner Mutter noch nie ein anständiges Gespräch führen können, vor allem, weil er immer das Gefühl hatte, dass sie ihm überhaupt nicht richtig zuhörte. Auch jetzt stand sie am Waschbecken, spülte das Geschirr von Mittag und sah nebenher in den Fernseher. Der war so laut eingestellt, dass Noah beinahe schreien musste.

»Wenn du ja jetzt bald mehr Freizeit hast – vielleicht lernst du dann endlich mal ein Mädchen kennen. Du bist der Einzige deiner Geschwister, der noch allein lebt und keine Kinder hat.« Das klang wie immer vorwurfsvoll. Wie oft hatte er sich das schon anhören dürfen.

»Na ja ...«, wand er sich. »Eigentlich hatte ich jemanden kennengelernt.«

Zum ersten Mal seit seiner Ankunft huschte ein Lächeln über Salome Winters faltiges Gesicht, wobei sie Noah mit strahlenden Augen fixierte. »Wieso hast du sie nicht mitgebracht?«

»Weil ...« Wie sollte er es ihr nur sagen? »Wir haben uns gestritten.«

Sie schien plötzlich vergessen zu haben, dass ihre Hände in Spülwasser badeten, denn sie schaute weiterhin gebannt auf Noah. »Ach, das renkt sich doch bestimmt wieder ein. Liebst du sie denn?«

»Es ist ein Mann, Mutter«, erwiderte er leise.

»Was?« Salomes Stirn bekam noch ein wenig mehr Falten.

»Ich habe einen Mann kennengelernt!«, sagte er lauter.

»Was?« Immer noch verständnislos sah sie ihn an.

»Ich liebe Männer. Habe ich schon immer.« So, jetzt war es heraus ...

Mit zitternden Fingern zündete sich Noah eine Zigarette an und nahm einen tiefen Zug. Dann lehnte er eine Wange gegen das kühle Fensterglas und schloss die Augen. Während des ganzen Monats, den er von Ethan getrennt war, hatte er von Tag zu Tag mehr bemerkt, wie sehr er den jungen Mann liebte. Es schmerzte Noah unsäglich, dass Ethan nichts mehr von ihm wissen wollte. Er dachte daran, wie er Ethan in seinem Zimmer nahe gekommen war und es so aussah, als wollte er ihn küssen, aber das hatte Noah sich wohl nur eingebildet, denn dann hatte Ethan ihm den Ring vor die Füße geworfen. Verdammt, hatte das wehgetan ...

Noah hatte immer geglaubt, zwischen ihnen hätte es mehr als nur Sex gegeben. Ethan war der erste Mann, mit dem er öfter das Bett geteilt hatte, und er war der erste Mann, den er in seinem Leben geküsst hatte. Noah wusste, wie weich sich Ethans Haut anfühlte und wie er aussah, wenn er zum Höhepunkt kam: Seine Nippel wurden steinhart und sein ganzer Körper war mit Gänsehaut überzogen. Außerdem gab Ethan dabei ganz sonderbare Stöhnlaute von sich, was Noah aber total süß fand.

Außerdem wusste Noah genau, wie Ethan roch, wie er schmeckte und dass er Brownies liebte.

Noahs Hand sauste auf das Fensterbrett. *Fuck,* Ethan fehlte ihm unendlich! Er nahm noch einen tiefen Zug von der Zigarette und drückte sie dann in dem Aschenbecher aus, der auf dem Fensterbrett stand. Eigentlich hatte er nicht mehr mit dem Rauchen anfangen wollen, aber Nikotin schien das einzige Mittel zu sein, das seine Nerven ein wenig beruhigte.

Da Ethan seine Homosexualität vor niemandem versteckte und absolut offen damit umging, hatte sich Noah in Ethans Nähe viel entspannter gefühlt und endlich er selbst sein können. Das war auch der Grund gewesen, warum es ihn von Beginn an zu Ethan hingezogen hatte. Wie töricht war er gewesen, anzunehmen, Ethan würde ihn ebenso sehr lieben. Er hatte wahrscheinlich nur seine Story im Kopf gehabt ... Noah hatte gehofft, der junge Mann würde ihm überglücklich um den Hals fallen und mit ihm nach L.A. kommen.

Was sollte er jetzt nur mit seiner ganzen Freizeit anfangen, so ganz allein? Bevor er seinen neuen Job in Los Angeles begann, hatte er acht Wochen Urlaub.

Das Haus hatte er komplett möbliert gekauft, viele Umzugskartons hatte er nicht dabei gehabt ... Vielleicht sollte er es ernsthaft in Betracht ziehen, mal wieder ein Buch zu lesen.

Gerade bei diesem Gedanken blickte Noah aus dem Fenster. Als er jedoch sah, wer da gerade vor seiner Gartentür stand, blieb ihm beinahe das Herz stehen ...

★★★

Ethan steuerte den Mietwagen in Richtung des Küstenstädtchens Newport Beach, das keine Autostunde von Los Angeles entfernt lag. Hier reihte sich ein schmuckes Haus an das andere. Dass hier nur die Reichen wohnten, war offensichtlich. Der Hafen befand sich gleich in der Nähe und auch der wunderschöne kilometerlange Sandstrand, den die Sonne zum Glitzern brachte.

Das Gespräch mit seiner Schwester war sehr befreiend gewesen und Ethan fühlte sich nun dazu bereit, Noah entgegenzutreten, weshalb er gleich den nächsten Flug nach Los Angeles gebucht hatte. Er war immer noch sauer auf Noah, aber vor allem wollte Ethan Antworten auf seine offenen Fragen. Jetzt, da er wusste, dass Gabriel ... Noah lebte, gab es so viel, was er von ihm wissen wollte.

Er ist Undercover-Agent, ging es Ethan immer wieder durch den Kopf. Natürlich, das erklärte alles ...

Die freundliche Frauenstimme des Navigationsgerätes teilte Ethan soeben mit, dass er sein Ziel erreicht habe. Er lenkte den Wagen vor ein hübsches, mit hellblauer Farbe gestrichenes Haus, das einen großen Vorgarten besaß. Die gesamte Straße wurde von solch wunderschönen Häusern gesäumt, von denen jedes bestimmt einen eigenen Pool besaß. Es war unverkennbar eine sehr noble Gegend und wahrscheinlich wahnsinnig teuer, denn gleich dahinter lagen ein Golfplatz und zahlreiche exklusive Freizeitanlagen.

Ist ja auch schwer, seinen Lebensstandard wieder zurückzuschrauben, dachte Ethan angesäuert, als er neben dem Bordstein parkte. Aber der Anflug von Wut wich Aufregung. Gleich würde er Noah wiedersehen. Wie würde der reagieren?

Eine Weile blieb Ethan unschlüssig vor der Gartentür stehen, bevor er beherzt die Klinke drückte und auf die Haustür zuschritt. Das zweistöckige Gebäude mit seinen großen Fenstern gefiel Ethan, doch er fand, dass es viel zu riesig für nur eine Person war.

Kurz bevor er den Klingelknopf drücken wollte, wurde die Tür geöffnet. Vor ihm stand ... Gabriel. Fast so wie Ethan ihn kannte, nur mit viel kürzeren Haaren. Noah musste sie wieder schwarz gefärbt haben und auch die Kontaktlinsen trug er nicht mehr. Seine Augen waren so eisblau wie eh und je.

Aber noch etwas war anders als sonst: Wie auch schon zuvor bei Ethan zu Hause, trug Noah eine Jeans und ein T-Shirt. Damit sah er aber nicht weniger attraktiv aus als im Anzug.

Ethans Herz schlug noch schneller als zuvor. Es war, als wäre Gabriel von den Toten auferstanden. *Aber er war ja nie tot,* wusste Ethan. Das erinnerte ihn daran, wie wütend er immer noch auf Noah war.

»Ethan!« In Noahs Gesicht stand Überraschung, aber mehr konnte Ethan nicht daraus lesen. »Ich freue mich, dass du gekommen bist.«

Endlose Sekunden lang blickten sie sich einfach nur an, bis Noah einen Schritt zur Seite und eine einladende Handbewegung machte. »Komm doch rein.«

Zögerlich trat Ethan über die Schwelle. Bis jetzt hatte er noch kein Wort hervorgebracht, aber nachdem er sich umgesehen hatte, sagte er: »Du hast ein schönes Haus.« Überall standen zwar noch Umzugskartons herum, aber hier wirkte dennoch alles viel persönlicher und gemütlicher als in Gabriels ehemaligen Apartments.

Ein Geruch nach Zigarette lag in der Luft. »Du rauchst?«, wunderte sich Ethan, als er den Aschenbecher auf dem Fensterbrett sah. Diese Seite an Noah war nun vollkommen neu für ihn.

»Ähm ... Gelegentlich«, wand sich Noah. »Aber ich kann jederzeit damit aufhören.«

Aber Ethan wollte keinen Smalltalk führen und lange um den heißen Brei herumreden. »Weißt du, wie ich mich gefühlt habe, als ich dachte, du wärest tot?«, kam er direkt zum Punkt.

»Äh ... magst du was trinken?« Noah eilte in die Wohnküche und riss den Kühlschrank auf. »Ein Bier? Also ich könnte jetzt eins vertragen.« Nachdem er zwei Dosen herausgeholt hatte, öffnete er sie und reichte eine davon Ethan.

Der nahm sie entgegen, trank aber nicht. »Gabriel! Hast du mir überhaupt zugehört?!« Verdammt, für ihn würde er immer Gabriel bleiben. »Noah ... meinte ich«, fügte er leise hinzu.

Noah nahm einen großen Schluck und stellte die Dose dann auf den Tisch. Ohne Ethan anzuschauen, erwiderte er: »Schon gut, du musst ja total durcheinander sein.«

»Ach ... echt?«, spottete Ethan, aber während er in Noahs gequältes Gesicht blickte, wurde ihm ganz warm in der Brust.

Räuspernd begann Noah: »Als ich dich im Kasino schreien hörte, als du dachtest, ich sei tot ... Das war die härteste Prüfung meines Lebens. Ich wäre beinahe aufgesprungen und zu dir gelaufen.« Verzweifelt sah er zu Ethan. »Aber das konnte ich natürlich nicht. Das hätte mich und die ganze Operation in Gefahr gebracht. Wenn Rico wüsste, dass ich noch lebe ... Nur gut, dass Glücksspiel in L.A. verboten ist. Dann treffen sich unsere Wege hoffentlich nie mehr. Rico konnte nämlich untertauchen. Es war geplant, ihn an diesem Tag hochgehen zu lassen, aber irgendwo muss er einen Spitzel haben. Wir haben allerdings seine Hintermänner bekommen.«

»Aber du hast mich einer Gefahr ausgesetzt!«, stieß Ethan hervor. Er wusste nicht, was er sonst sagen sollte. Noahs Geständnis klang ehrlich. *Empfindet er doch etwas für mich?*, hoffte Ethan.

Noah kam auf ihn zu und fasste ihn an den Schultern. Dabei blickte er Ethan so tief in die Augen, dass ihm leicht schwindlig wurde. »Ich habe alles dafür getan, um das zu verhindern, Kleiner. Warum glaubst du wollte ich, dass du mein Apartment nicht verlässt?«

Tief sog Ethan den Geruch des wohlbekannten Aftershaves in seine Lungen und war darauf noch verwirrter als zuvor. »Aber du hast mich doch Aufträge verrichten lassen.«

Noah ließ ihn immer noch nicht los. Stattdessen schien er stetig näher zu kommen. »Die Personen, mit denen du dich getroffen hast, waren von der Polizei. Ich habe ihnen regelmäßig Informationen zugespielt.« Etwas leiser sprach er weiter: »Aber als du dann entführt wurdest, da wollte ich alles hinschmeißen. Ich habe gefühlt, dass ich nicht mehr lange durchhalte. Immerhin hatte ich schon seit fast zwei Jahren undercover an dem Fall gearbeitet. Ich war am Ende meiner Kräfte.«

Ethan war schockiert. »Zwei Jahre?!« Wie konnte das überhaupt jemand so lange durchhalten?

»Ja, man wird nicht mal so schnell die rechte Hand vom Boss. Außerdem sind zwei Jahre gar nichts, es hätte durchaus noch länger andauern können«, erwiderte Noah trocken. »Wenn du nicht so taff gewesen wärst, hätte ich dich da niemals hineingezogen.«

Ethan konnte kaum noch sprechen. »Wirklich nicht?« Noahs Lippen lagen genau vor seinen Augen. Er wollte ihn nur noch küssen.

»Da kam der Noah in mir durch. Noah war dir von Beginn an hoffnungslos verfallen. Als du entführt wurdest, hätte ich beinahe alles hingeschmissen. Das musst du mir glauben, Ethan, denn ich ...«

Plötzlich hörte Ethan ein Grollen, gleich einem Donner, und sofort begann das gesamte Haus zu vibrieren, sodass die Gläser im Küchenschrank klirrten.

»Was ist das?« In seiner Panik klammerte sich Ethan an Noah fest. Der zog ihn an seine Brust und legte schützend die Arme um ihn, als der Spuk auch schon vorbei war.

»Das war ein leichtes Erdbeben. Ist in L.A. nichts Ungewöhnliches«, flüsterte Noah in sein Ohr.

»Natürlich, wie dumm von mir ...« Ethan kuschelte sich an seine Schulter, wobei er mit den Händen unter Noahs Shirt glitt. »Siehst du, ich bin nicht so taff wie du denkst und nicht so stark wie du.«

»Ethan ...«, fuhr Noah leise fort, »der Mann, den du kennengelernt hast, das war nicht ich, zumindest meistens. Es war nur eine Rolle, die ich spielen musste. In Wahrheit bin ich nicht so stark wie Gabriel. Gabriel wäre es egal gewesen, was seine Eltern über ihn sagen, wenn sie wüssten, dass er schwul ist.«

»Du hast es ihnen gebeichtet, nicht wahr?« Stirnrunzelnd blickte Ethan zu Noah auf.

»Ja, kurz vor dem Abflug.«

»Und, wie haben sie reagiert?«

»Wie erwartet«, erwiderte er leise, mit einem traurigen Unterton und er erzählte Ethan, wie er seiner Mutter endlich gestanden hatte, dass er schwul war, doch sie hatte sich nur entsetzt von ihm abgewandt und ihn aus ihrem Haus geschickt, aus Sorge, er könne ihre Enkel verderben. »Ich fühle mich so allein, Ethan.«

Immer noch berührte Ethan Noahs Rücken. »Das brauchst du nicht. Ich bin ja jetzt hier.«

Es entstand ein peinliches Schweigen. Anscheinend traute sich keiner der beiden, den nächsten Schritt zu machen. Sie standen nur eng beieinander und streichelten sich.

»Wie hast du das mit dem Blut gemacht?«, durchbrach Ethan die Stille.

»Ich habe mir einen mit roter Flüssigkeit gefüllten Beutel auf den Bauch geklebt und trug einen Ring mit einem Dorn dran. Als ich mir die Hände auf den Bauch presste, hat er ein Loch in die Folie gestochen.«

Es gab noch so vieles, was Ethan Noah fragen wollte, aber zwei Sachen brannten ihm besonders unter den Nägeln: »War ich wirklich der Erste für dich, der mit dir geschlafen hat, oder war das auch nur gespielt?«

»Nichts, was zwischen uns passiert ist, war gespielt, Kleiner«, erwiderte Noah und drückte Ethan an sich. »Meine Gefühle waren immer echt.« Ethan spürte Noahs Herzschlag an seiner Brust. Es war schön, diesem Mann wieder so nahe zu sein.

»Und als du mich gefesselt, mich lustvoll bestraft hast ... Hattest du das schon oft gemacht? Mit anderen Männern?«, wollte Ethan noch wissen.

»Ich hatte mir ein paar Mal Callboys kommen lassen. Aber mit denen hat es mir nie so viel Spaß gemacht wie mit dir, weil ...« Noah atmete tief ein, bevor er sagte: »Ich liebe dich, Ethan. Schon vom ersten Augenblick an.« Etwas leiser fügte er hinzu: »Ich möchte mit dir zusammen sein.« Ein Zittern lief durch Noahs Körper.

Hat er mir eben gestanden, dass er mich liebt?, dachte Ethan. Sein Puls klopfte in einem wilden Stakkato. Er rückte ein Stück von Noah ab, um ihn besser ansehen zu können. Noah wollte ihn nicht loslassen, aber er hielt die Augen geschlossen, so als befürchtete er eine Abfuhr.

»Ich bin so froh, dass du zu den Guten gehörst und noch lebst«, sagte Ethan leise, wobei er Noah wieder näherkam, ihm über die Wangen strich und an dessen Lippen wisperte: »Ich liebe dich auch und möchte sehr gerne mit dir zusammen sein. Für immer.«

Noah riss die Augen auf. Dem Seufzer nach zu urteilen, war er mehr als erleichtert. Er zog Ethan fest in seine Arme und küsste ihn voller Verlangen.

Wie sehr Ethan diese Lippen vermisst hatte! Ihre Zungen umspielten sich stürmisch, und Noah drang so tief in seinen Mund ein, dass Ethan kaum noch Luft bekam.

»Du hast mir so gefehlt, Kleiner!« Noahs Hände zerrten an Ethans Shirt, und auch Ethans Hände lagen längst an Noahs nackter Haut. Sie zogen sich gegenseitig die Hemden über den Kopf, während sie sich immer wieder küssten und streichelten.

»Warte!«, rief Ethan, bevor er seine Hose verlor. Er holte den silbernen Ring aus einer Tasche und steckte ihn sich an. »For ever.«

Noah lachte laut. »Tut mir leid, ich bin kein großer Romantiker und ein anderer Spruch ist mir nicht eingefallen.«

»Langsam frage ich mich, was du überhaupt gut kannst, außer heißen Sex machen«, stellte Ethan schmunzelnd fest.

»Ja, aber das kann ich dafür besonders gut.«

»Beweise es mir«, hauchte Ethan.

Noah nahm ihn an der Hand und lief mit ihm die Treppe nach oben, wo sein Schlafzimmer lag. Dort zogen sie sich ganz aus und krabbelten auf Noahs großes Bett, das mit weinroten Seidenlaken bezogen war.

Waren sie zuvor noch unbeherrscht gewesen, so lagen sie nun ruhig nebeneinander, sahen sich tief in die Augen und streichelten sich zärtlich.

»Ich möchte mit dir schlafen«, sagte Noah leise, beinahe schüchtern.

Ethans Brauen hoben sich und ein spöttischer Zug lag um seine Mundwinkel. »Sonst hast du dir immer genommen, was du wolltest, ohne zu fragen.«

Nun kräuselten sich auch Noahs Lippen. »Nein, das war Gabriel ...«

»Lügner«, flüsterte Ethan und legte den Kopf auf Noahs Brust. Kraftvoll hörte er das Herz darin schlagen. »Ich liebe dich.« Ethan war überglücklich. Gut, dass er auf Elena gehört hatte und zu Noah geflogen war. Aber noch tausendmal besser war: Noah gehörte keinem Verbrechersyndikat an. Er war Polizist. Und waren Polizisten nicht verdammt sexy, wenn sie ... »Hast du eine Uniform?«

Lachend drehte sich Noah und schubste dabei Ethan von sich herunter. Dann legte er sich halb auf den jüngeren Mann, sah ihm tief in die Augen und erwiderte: »Ich liebe dich so sehr, Ethan James Hunter aus Williamsburg. Und wenn du möchtest, trage ich im Bett auch eine Uniform. Doch die bekomme ich erst, wenn ich in ein paar Wochen meinen Dienst antrete.«

»Schade.« Ethan schmunzelte, als er Noah zu sich zog.

Noah küsste Ethan lange und tief. Er schob seine Zunge in Ethans Mund, um ihn zu schmecken. Der Kleine war für ihn wie Luft zum Atmen ... ohne ihn konnte und wollte er nicht mehr leben.

Hart presste sich Ethans Erektion gegen seine. Noah musste den Jungen jetzt spüren. Er stützte sich auf die Ellbogen, damit er Ethan genau betrachten konnte: seine wunderschönen grünen Augen, die Sommersprossen um seine Nase, die schmalen, aber sinnlichen Lippen ...

Ethans Achseln, seine Brust und der Schambereich waren immer noch rasiert, aber er hatte sich leicht verändert. »Du bist dünn geworden«, sagte Noah leise, weil er wusste, dass es seine Schuld war.

»Ein paar Brownies und ich bin wieder ganz der Alte.« Ethan zog ihn abermals an sich. »Hör auf, dir Gedanken zu machen«, murmelte er an Noahs Lippen. »Es geht mir gut.«

Wieder küssten sie sich, aber Noah wollte alles von Ethan schmecken. Daher kniete er sich über den Jüngeren und rutschte küssend an ihm hinunter. Tief sog er Ethans Geruch ein, als er seinen Hals hinableckte, bis er zu den spitzen, harten Brustwarzen kam, die er mit seiner Zunge umkreiste.

Ethans Härte drückte sich in Noahs Bauch und Rippen. Der junge Mann stöhnte, seinen Körper an Noah pressend.

»Nimm mich endlich«, wisperte Ethan. »Bitte ...«

Das ließ sich Noah nicht zweimal sagen. Ein schneller Griff in seine Nachttischschublade genügte und er hatte das Gleitmittel zur Hand, das er auf seinem pochenden Ständer verteilte. Ethan lag dabei unter ihm und sah mit entrücktem Blick zu ihm auf, sein Bauch bewegte sich schnell. Weit zog Ethan die Schenkel an und Noah verteilte auch etwas Gel in seiner Spalte. Dabei ließ Ethan auffordernd sein Becken kreisen, und Noah drang mit einem Finger in ihn ein.

»Hab ich das vermisst!« Stöhnend drückte sich Ethan ihm entgegen. »Mehr!«

»Du bist wie immer unersättlich.« Noah nahm noch einen zweiten Finger dazu und wunderte sich, wie weit er den engen Ring dehnen konnte. Dann massierte er Ethans empfindsamen Punkt in seinem Innern, was den jungen Mann noch schneller atmen ließ.

Noah legte die andere Hand um Ethans Penis, der sich unentwegt aufbäumte, und schob die samtige Haut auf dem harten Schaft auf und ab. Sogleich winkelte Ethan die Arme über dem Kopf an, den er hin und her warf. Dadurch wirkte er auf Noah hilflos und dennoch völlig losgelöst. Ethan verstand es, sich ungehemmt seiner Lust zu unterwerfen, und dafür beneidete ihn Noah ein wenig. Er wünschte, er könne sich eines Tages auch so gehen lassen, aber bestimmt würde ihm der Kleine helfen, dieses Ziel zu erreichen.

»Ich muss in dir sein«, sagte Noah, zog seine Hände zurück und legte sich auf Ethan.

Als Noah seine Spitze an Ethans Eingang positionierte und langsam hineinglitt, entfuhr auch ihm ein kehliger Laut. »Du bist so heiß ...«

Immer wieder bog Ethan stöhnend den Rücken durch und drückte sich ihm entgegen. Aber Noah wollte diesmal zärtlich sein, auch wenn es ihn unwahrscheinlich viel Beherrschung kostete. Sogar Ethan schien das zu bemerken, denn er sagte: »Sehr ungewöhnlich für dich, dass du mich so sanft liebst.«

»Ja ...« Noah stöhnte in Ethans Mund, als er den Kleinen an sich zog, um ihn zu küssen. Dabei presste sich Ethans Penis an seinen Bauch. Sofort fuhr Noah mit einer Hand zwischen ihre Körper, um den harten Schaft zu umfassen. Dann massierte er Ethans Erektion und beobachtete dabei dessen Gesicht. In seiner Erregung fand Noah ihn noch attraktiver.

»Ich will dich heute mit allen Sinnen genießen. Wild können wir ein anderes Mal wieder sein.«

»Hört, hört!« Ethan grinste frech und drehte sich mit Noah herum, sodass der nun unter ihm lag. Anschließend begann Ethan einen langsamen Ritt, bei dem er Noahs Penis bis zur Spitze entließ, um sich dann wieder ganz auf ihn zu setzen.

»Gott!«, stieß Noah aus, weil der Anblick und das Gefühl einfach himmlisch waren. Ethans seidige Hitze umschloss ihn fest.

»Für dich *Ethan* oder *Kleiner*«, kam es sofort spöttisch zurück, worauf sie beide lachen mussten, weil ihnen der Witz bekannt vorkam.

Mit geöffneten Schenkeln hockte Ethan über ihm und bewegte sich sanft, wobei sein harter Schaft auf und ab wippte. Noah griff danach, um mit dem Daumen über die glatte Spitze zu reiben. Mit der anderen Hand streichelte er Ethans samtweiche Hoden und den Steg dahinter. Es gefiel Noah, dass der Kleine rasiert war. So konnte er jedes Detail genau erkennen, und wenn er Ethan leckte, fühlte sich alles sauber und glatt an.

Noah konnte sich an Ethan einfach nicht sattsehen: Der hatte den Kopf leicht in den Nacken gelegt, sodass sein Kehlkopf hervortrat. Ein Schweißtropfen glitzerte in der Kuhle darunter und bahnte sich einen Weg über Ethans Brust bis zum Bauchnabel. Nur dort führte eine schmale Spur dunkler Härchen tiefer. Die hatte Ethan nicht entfernt, was Noah sehr erotisch fand. Er streichelte kurz über Ethans flachen, harten Unterleib und widmete sich dann sofort wieder seinem Penis.

Als sich Ethan an Noahs Oberschenkeln abstützte, wurde sein Ritt fordernder. Auch Noah verstärkte die Massage an Ethans Schaft und spürte, dass er es nicht mehr lange aushielt. Er zog Ethans Kopf zu sich, um ihn zu küssen. Kaum hatten sich ihre Zungen berührt, ergoss sich Noah, und noch während er alles in ihn pumpte, kam auch Ethan. Der stöhnte laut in Noahs Mund. An der Stirn klebten ihm ein paar Strähnen seines hellbraunen Haares, die Noah sanft wegstrich. Dann ließ sich Ethan schwer atmend auf ihn fallen und beide genossen das sanfte Pulsieren und das Adrenalin, das noch eine Weile durch ihren Körper rauschte.

Nachdem Noah sie zugedeckt hatte und seine Arme um Ethan schlang, fragte er: »Also ... dann bleibst du?«, weil er immer noch nicht glauben konnte, dass er das vollkommene Glück gefunden hatte. »Unter dem Dach wären noch drei Zimmer frei. Darin könnte Elena so lange wohnen, bis sie was Eigenes gefunden hat.«

»Das würdest du tun?« Ethans grüne Augen leuchteten und sein sexy Lächeln trieb Noahs Puls abermals in die Höhe.

»Ich würde alles für dich tun ...«, hauchte Noah und war schon wieder dabei, Ethan überall zu küssen.

★★★

Es war sehr ungewohnt für Noah, in der Öffentlichkeit seine Neigung zu zeigen, und ständig blickte er sich um. Dabei studierte er die Mienen der anderen Spaziergänger, aber den meisten schien es relativ egal zu sein, einem schwulen Pärchen zu begegnen.

»Du musst noch viel lockerer werden«, sagte Ethan, der Noahs Unsicherheit natürlich bemerkt hatte. Hand in Hand gingen sie hinunter zum Strand und sahen sich den Sonnenuntergang an, wobei ihnen die letzten Strahlen des Tages das Gesicht wärmten.

Das war alles noch sehr neu für Noah, doch er genoss Ethans Finger, die ihn festhielten, und die schmunzelnde Seitenblicke.

»Und vielleicht solltest *du* deine illegalen Aktivitäten für etwas Sinnvolles nutzen, mein kleiner Hacker«, erwiderte Noah, um schnell das Thema zu wechseln. »Sicher gäbe es im Revier etwas für dich zu tun, natürlich nur, wenn du willst.«

»Könnte es sein, dass du mich ständig um dich haben möchtest?«, neckte Ethan ihn. Er zog Noah an sich und gab ihm einen Kuss auf die Wange.

»Ich möchte dich immer um mich haben«, gab Noah lächelnd zu.

Sie blieben an einer Bank stehen, die unter einer hohen Palme stand, und setzten sich hin.

»Für Elena findet sich bestimmt ein Haus in der Nähe, mit einem großen Garten, in dem sie entspannt zeichen kann. Die Luft ist hier außerhalb von L.A. auch viel frischer als in New York«, fuhr Noah fort. »Ich weiß ja, dass du ohne Elena nicht sein kannst.«

Mit offenem Mund starrte Ethan ihn an. »Du weißt ja über mein Leben und das meiner Schwester bestens Bescheid.«

»Na ja ...« Stirnrunzelnd blickte Noah einer kreischenden Möwe hinterher. »Ich musste doch wissen, woran ich bei dir bin. Dich hätte genauso gut Rico schicken können ...«

»Hmm, stimmt«, brummte Ethan. »Meinst du, die Polizei schnappt ihn noch?«

»Ich hoffe es.« Noah seufzte. »Stokes hatte einen Kontaktmann bei der Polizei, dadurch sind geheime Informationen durchgesickert ...«

»Rico hätte dich also jederzeit töten können!? Er hat über dich Bescheid gewusst?«, platzte Ethan heraus und zerquetschte Noah beinahe die Hand.

»Nein, anscheinend erst, als Stokes verhaftet wurde. War wohl seine Rache. Aber wenn wir meinen inszenierten Tod nur einen Tag später durchgezogen hätten ...« Noah schüttelte den Kopf und Ethan lehnte sich an ihn. »Ich bin so froh, dass das alles endlich vorbei ist.«

»Dieser Stokes ...« Als Ethan kurz die Augen schloss, wusste Noah, dass der Kleine die schmerzhafte Erinnerung an seine Entführung nicht so schnell abschütteln würde. »Was war das eigentlich für ein Typ? Ihr kanntet euch doch.«

»Ja, ich kannte Paul Stokes. Er war mein ehemaliger Partner bei der Polizei. Er wurde suspendiert, weil er Waffen verschoben hatte. Und er hat mir nie verziehen, dass ich ihn ans Messer lieferte.«

»Du hast deinen Partner verraten?« Jetzt schien Ethan überrascht.

»Es war verdammt schwer, das kannst du mir glauben. Aber man hatte ihn mir erst als Partner zugeteilt, als der Verdacht aufkam, er könnte in was Illegales verwickelt sein. Ich sollte ein Auge auf ihn haben.«

»Deinen Job möchte ich nicht machen«, stellte Ethan fest.

»Ja, endlich kann ich es ruhiger angehen. Dafür musste ich in New York zwar alles aufgeben, aber was hatte ich da schon.« Noah zuckte mit den Schultern.

»Du hattest mich«, sagte Ethan leise.

Sofort starrte Noah ihn an. »Hab ich dich denn noch?« Noah hätte es am liebsten schriftlich gehabt. Zu groß war die Angst, Ethan könnte einen Rückzieher machen.

»So lange du willst ... Du bist doch mein Retter.« Schelmisch zwinkerte er Noah zu. »Was Mrs Kuwalski jetzt von ihrem Helden denkt? Immerhin stand dein Name ganz groß in den Medien.«

»Ja, dank dir. Aber weißt du, Ethan ... Das ist mir eigentlich total egal. Für mich zählt nur, was *du* über mich denkst.«

»Für mich bist du das Beste, was mir passieren konnte. Du bist der tollste Mann, den ich kenne.« Ethan strahlte ihn an. »Wahnsinnig gut aussehend, noch wahnsinniger im Bett ... Und wenn ich *wahnsinnig* sage, dann meine ich es auch so!«

Lachend gab Noah ihm einen Kuss auf die Nase, nicht ohne sich vorher zu vergewissern, dass ihnen niemand zusah. »Schleimer!«

»Nein, das ist mein Ernst. Auch wenn ich noch ein klein wenig sauer bin, weil du mich so angeschwindelt hast, aber ich weiß ja jetzt, dass du nicht anders handeln konntest.«

»Und du hast ebenfalls deinen Job gemacht. Ich hab vielleicht gestaunt, als ich den Artikel in der Times las. Ein Wunder, dass du meine Identität nicht aufgedeckt hast.«

Ethan beugte sich verschwörerisch zu Noah hinüber und flüsterte: »Irgendwann wäre ich dir schon auf die Schliche gekommen, Noah Winter aus Williamsburg ...«

★★★

Tödliches Begehren Spezial – *Good Vibrations*

Noah atmete schwer. Er saß auf einem massiven Stuhl, die Arme über dem Kopf mit einem dicken Seil gefesselt, das an einer Öse an der Wand befestigt war. Seine Beine waren an den Stuhlbeinen fixiert, sodass Noahs Schenkel leicht offen standen. Auch seine Polizeiuniform wurde gerade geöffnet: Noahs Entführer holte seinen schlaffen Penis aus dem Hosenschlitz, bevor er das Hemd aufknöpfte und Noahs Brust entblößte.

Der maskierte Mann lachte dunkel und leckte über Noahs Nippel, die sich sofort versteiften. »Mmm, armer, schwacher Cop!« Er biss leicht in eine Brustwarze, und Noah zuckte.

Abermals lachte der Mann. »Ist mir der Cop endlich in die Falle gegangen!«

Obwohl er sich beherrschen wollte, beschleunigte sich Noahs Atmung. Um sich abzulenken, ließ er den Blick durch den düsteren Raum schweifen und betrachtete die zahlreichen Folterinstrumente, die dort herumstanden. Auf einem rollbaren Wagen lagen Peitschen, Paddel, Klemmen und sogar Nadeln, und weiter hinten im Raum gab es die sonderbarsten Möbel. Die sahen alle sehr unbequem aus. Da war er mit dem Stuhl noch gut davongekommen. Der besaß zwar kaum eine Sitzfläche, denn auf einem SM-Stuhl mussten alle Körperstellen frei zugänglich sein, aber immerhin konnte Noah sitzen.

Der Kerker, in dem er sich befand, war düster, sauber und bestens eingerichtet, um jemanden zu quälen, und Noah hasste es, so wehrlos zu sein. Vergeblich zerrte er an den Ledergurten, doch sein Folterknecht setzte noch eins drauf, indem er ihm auch noch einen Riemen um den Hals legte, den er an der Lehne befestigte.

Der Schweiß brach Noah aus jeder Pore aus und sein Herz raste.

»Jetzt kann ich mit dir machen, wozu ich Lust habe.« Die Lippen des Folterknechts kräuselten sich. Mehr bekam Noah von seinem Gesicht auch nicht zu sehen, denn der Mann trug eine Skimaske und es war zu dunkel im Keller, um die Augen zu erkennen. Der schlanke, aber athletische Körper steckte in einer eng anliegenden Latexhose; der Oberkörper war nackt, bis auf ein Piercing – ein silberner Ring, der durch eine Brustwarze ging. In der Hand hielt sein Peiniger einen etwa zwanzig Zentimeter langen Stab aus Edelstahl mit ein paar

Millimetern Durchmesser, der am Handstück dicker war. Noah wusste, was das für ein Gerät war, auch wenn er es noch nie zu spüren bekommen hatte. Er schluckte hart, doch in seinen Schwanz schoss das Blut. »Du weißt, wie man mit dem Ding umgeht, Kleiner?«, fragte er und blickte Ethan ins Gesicht.

»Wer hat dir erlaubt, mich anzusehen!«, rief der, bevor er ihm leicht auf die Wange schlug.

Sofort senkte Noah die Augen und starrte auf seinen Penis, der immer mehr aus der geöffneten Hose wuchs. Diese grobe Behandlung erregte ihn, aber nur bei Ethan. Bei ihm wusste Noah, dass ihm nichts geschehen würde. Ethan ging immer nur bis knapp an seine Grenzen, aber nie darüber hinaus.

Nachdem Elena in ihr eigenes Haus zwei Straßen weiter gezogen war, hatten Noah und Ethan sofort damit begonnen, einen Teil des Kellers in ein richtiges Verlies zu verwandeln: Die nackten Wände hatten sie mit schwarzer Farbe gestrichen und den Boden gefliest. Kerzen, die in gusseisernen Kandelabern steckten, warfen ein schummriges Licht auf ein Andreaskreuz, Folterbänke, Käfige und all die Geräte, die das Herz eines jeden Meisters und seines Sklaven höher schlagen ließen.

Meistens bekleidete Noah den dominanten Part, aber ab und zu hatte es seinen Reiz, den Sub zu spielen, so wie heute.

»Ich liebe es, den Cop zu quälen«, säuselte Ethan und stülpte ohne Vorwarnung den Mund über Noahs beginnende Erektion. Ethan saugte sie in seinen feuchte, warme Höhle und umspielte die glatte Spitze mit der Zunge. Mehrmals leckte er darüber und senkte dann die Lippen tief auf den Schaft, sodass er in seinen Rachen glitt.

Stöhnend warf Noah den Kopf zurück, so weit es der Gurt um seinen Hals zuließ. Ethan verstand es, seinen Schwanz mit dem Mund zu verwöhnen. Zu gerne hätte Noah die Finger in Ethans Haar geschoben, um den Takt vorzugeben, denn Ethan reizte ihn nur so lange, bis sein Penis lustvoll pochte und steil aus dem Hosenschlitz ragte.

Noah war ein stolzer Mann und das zeigte er Ethan auch, wenn sie ihre Positionen tauschten und der junge Mann die dominante Rolle einnahm. Noah verlor nie seine aufrechte Haltung und seine Würde.

Heute hatte sich Ethan etwas ganz besonderes für Noah, der für ihn wohl immer »Gabriel« bleiben würde, ausgedacht: Eine Harnröhrendehnung mit einem Harnröhrenvibrator!

Ethan unterwarf diesen großen, starken Cop auch mal ganz gerne. So konnte er Noah wenigstens ein paar Gemeinheiten heimzahlen. Immer wenn Noah seine schwarze Uniform trug, machte das Ethan total an. Er ließ sich dann von Noah mit Vorliebe den Hintern versohlen. Bei diesen Gedanken spürte Ethan, wie er hart wurde, aber er musste sich gedulden. Heute spielte er den Bösen.

Er griff nach der Spritze, in der sich ein steriles Gleitmittel befand, und setzte die Düse an Noahs Harnröhre an. Mit einer Hand hielt er die Erektion fest, dann drückte er den Kolben hinunter.

»Verdammt, ist das kalt!« Noah bog den Rücken durch, was natürlich nicht half, Ethan zu entkommen.

»Bist du ein Cop oder eine Memme?«

»Wenns um meinen Schwanz geht, verstehe ich keinen Spaß!«, rechtfertigte sich Noah.

»Aber dein Schwanz scheint eine Menge Spaß zu haben.« Ethan schmunzelte und leckte sich über die Lippen. »Du kannst ruhig zugeben, dass dich meine Behandlung geil macht.« Vorsichtig führte Ethan den metallenen Stab in den Schlitz an der Eichel.

Noahs Augen wurden groß, doch er hielt angestrengt ein Kommentar zurück. Das erkannte Ethan an seinen zusammengepressten Lippen.

Ethan wollte so etwas sagen, wie: »Wenn du Angst hast, dann höre ich auf«, aber was wäre er dann für ein Dom? Er merkte schon, dass ihm die Rolle des Sklaven besser stand, aber da musste er jetzt durch, ebenso Noah. Dennoch zog er den Stab erst mal zurück und Noah seufzte auf.

»Du brauchst nicht meinen, dass du mir entkommst«, donnerte Ethan, holte einen schwarzen Seidenschal vom Rollwagen und verband Noah damit die Augen. »Es erhöht den Reiz, wenn du nicht siehst, was ich mache.«

Dann schaltete Ethan den Vibrator an und ließ seine Spitze um die Eichel kreisen. Das schien Noah zu gefallen, denn seine Erektion zuckte stark.

Faszinierte beobachtete Ethan Noahs Reaktion, als er den summenden Stab langsam in die Harnröhre schob. Jeder Muskel von Noahs Körper schien sich dabei anzuspannen und er stieß hektisch den Atem aus. »Shit, das ist heftig!«

Schmunzelnd ließ Ethan den vibrierenden Stab in der Eichel auf und ab gleiten und genoss Noahs Reaktionen. Aber tiefer wollte Ethan beim ersten Mal nicht gehen. Er sah anhand seines verkrampften Körpers, wie viel Angst Noah hatte. Trotzdem empfand er auch Lust. Ethan kannte das Gefühl, wenn man die Kontrolle abgab; das war jedes Mal ein zusätzlicher, erregender Kick.

»Nicht so tief …« Noah keuchte bei jeder Bewegung des Stabs. Dadurch, dass er nichts sehen konnte, dachte er wohl, der Vibrator befände sich tief in ihm, aber Ethan bearbeitete immer noch seine Eichel.

»Ich ramm ihn dir bis zum Anschlag rein, wenn du nicht endlich still bist«, knurrte Ethan.

Noah warf den Kopf zurück und murmelte etwas, das sich wie »Scheiße« anhörte, aber immer mehr Lusttropfen perlten aus dem Schlitz.

Mit einer Hand hielt Ethan den Stab, die andere streckte er aus, damit er eine gute Portion Gleitgel auf ein Vibro-Ei geben konnte, das auf dem kleinen Wagen lag. Dann nahm er es und fuhr damit in Noahs Hose unter den Hoden vorbei, um es ihm in seinen After zu drücken. Beinahe widerstandslos ließ Noah es zu, bis nur noch das Kabel mit dem Bedienteil herausschaute. Aber er hätte sich auch schlecht wehren können, so gefesselt wie er war.

Noah fluchte wieder. »Shit, Kleiner, heute treibst du es aber zu weit!«

»Genug jetzt!«, fauchte Ethan ihn an und zog vorsichtig den Vibrator aus der Harnröhre. Dann griff er nach einem Stück Klebeband, das er sich zuvor schon zurechtgelegt hatte, und klebte es über Noahs Lippen. Immerhin kannte er die Macken seines Sklaven.

Sie hatten ein Zeichen vereinbart, das – falls Noah tatsächlich einmal nicht mehr konnte – auch mit verschlossenem Mund anzuwenden war: ein Stöhnen von drei verschieden hohen Lauten. Das klang so lächerlich, dass es Noah bestimmt nur als letzten Ausweg gebrauchen würde.

Bei Noahs Anblick strömte sämtliches Blut in Ethans Unterleib: Der große Mann hing nun völlig hilflos am Stuhl, Arme und Beine gefesselt, Augen und Mund verbunden. Noahs Brust glänzte vor Schweiß, seine Nasenflügel blähten sich und der Penis, der aus der Hose ragte, zuckte. Darunter schaute auch noch das Kabel mit dem Bedienteil hervor. Ethan drehte den Regler des Vibro-Eis auf eine mittlere Stufe.

Mit kehligen Lauten warf Noah den Kopf hin und her, so weit es der Gurt um seinen Hals zuließ, während sein Penis unaufhaltsam zuckte. Ethan wusste, dass sein Sklave gerade höchste Lust erfuhr, denn das summende Ei massierte gnadenlos Noahs Prostata. Schon liefen die ersten milchigen Tropfen aus der Penisspitze.

Ethan beeilte sich und ließ den metallenen Stab wieder vorsichtig in die Eichel gleiten, worauf Noah beinahe schrie. Das schwarze Haar klebte ihm an der Stirn und seine Polizeiuniform am Körper. Dennoch hatte Ethan noch nie einen schöneren Mann gesehen. Er liebte und begehrte Noah unendlich. Manchmal konnte Ethan immer noch nicht begreifen, auf welche Art sie sich kennengelernt hatten und wie ungewöhnlich ihre Beziehung zu Beginn gewesen war. Ethan war sehr froh darüber, dass Noah keine gefährlichen Aufträge mehr annahm.

Verträumt blickte Ethan auf den prallen Schaft in seiner Hand, den er vorsichtig mit dem Vibrator verwöhnte. Immer härter wurde das Glied; es würde nicht mehr lange dauern, bis Noah kam. Ethan machte sich bereit. Er drehte das Vibro-Ei auf die höchste Stufe und drang mit dem ebenfalls vibrierenden Metallstab noch ein Stück tiefer in Noahs Schwanz.

Augenblicklich spannte sich Noahs Körper an. Er zuckte, stöhnte und zitterte, bevor sein Samen emporschoss. Ethan bekam gerade noch rechtzeitig den Stab heraus, um seinen Mund über die Erektion zu stülpen ...

Eng aneinandergekuschelt lag Ethan mit Noah auf einer Matratze im »Verlies«, wo sie sich träge streichelten und küssten. Noah hatte sein Hemd ausgezogen und genoss Ethans Berührungen.

»Was ich dich schon immer mal fragen wollte«, begann Ethan, als er Noah über das Schlüsselbein fuhr. »Wo hast du eigentlich diese Narbe her? War das ein Dienstunfall?«

»Nein ...«, flüsterte Noah. »Nach dem Sportunterricht bin ich gegen einen offenstehenden Spind gelaufen und das scharfe Metall hat mich praktisch aufgeschlitzt.«

Ethan verzog das Gesicht. »Wie hast du denn das geschafft? Eine Schlägerei?« Er zwinkerte, aber Noah blieb ernst.

»Ich bin vor meinem Lehrer geflüchtet.«

»Hattest wohl was ausgefressen«, stichelte Ethan weiter, wobei er die lange Narbe mit dem Finger nachzog.

»Nein. Er hatte mich ...« Ethan sah, dass es Noah schwerfiel, ihm zu antworten. »Er hat mich unter der Dusche missbraucht.«

»Was?!« Sofort saß Ethan kerzengerade auf der Matratze und starrte gebannt auf Noah, aber der verschonte ihn mit den Details.

»Deshalb hätte ich nie gedacht, einmal an solchen Praktiken Spaß zu haben, nach allem, was mir dieser Mann angetan hat.«

»Jetzt verstehe ich, warum du mich ... warum *Gabriel* so hart mit mir umgesprungen ist. Du brauchtest ein Ventil, um deine Erinnerungen rauszulassen.«

»Schon möglich«, erwiderte Noah leise. »Und es scheint auch geholfen zu haben, denn meine Albträume nehmen immer mehr ab.«

»Hat er dich ... vergewaltigt?«, fragte Ethan vorsichtig.

»Nein ... ja ... so ähnlich. Er hat mir einen runtergeholt, während er mich gefingert hat.«

»Dieses Drecksschwein!« Sanft streichelte ihm Ethan über das Gesicht, und Noah schloss die Augen. Er wirkte erleichtert. »Hast du ihn angezeigt?«

»Nein, ich hatte viel zu viel Angst, meine Eltern könnten herausfinden, dass ich schwul bin ...« Seufzend fuhr er sich durchs Haar, dann tastete er in dem Kleiderstapel neben sich herum.

»Suchst du was?«, wollte Ethan wissen.

»Zigaretten.«

»Die haben wir letzte Woche alle ...«

»Weggeschmissen, ja ja.«

Ethan wusste genau, was Noah jetzt für eine Zigarette geben würde, und er war froh, dass sein Freund schon so lange ohne durchhielt. »Ich hätte ihn angezeigt.«

»Sie haben meinen Sportlehrer gefeiert wie einen Helden, weil er mich ins Krankenhaus gefahren hat«, fuhr Noah fort. »Auf dem Weg dorthin hatte er mir allerdings mehrmals eingetrichtert, dass ich bloß meinen Mund halten solle oder er würde jedem erzählen, ich hätte ihn verführt.«

»Diese Drecksau!« Ethan kochte. »Hat er dich noch mal angefasst?«

»Nein. Er hatte wohl Lungenkrebs. Ein halbes Jahr später war er tot. Ich hatte mir seinen Tod so sehr gewünscht, dass ich glaubte, dafür verantwortlich zu sein.«

»Du hattest wegen diesem Arsch noch Schuldgefühle?« Ethan war fassungslos.

»Na ja, nur so lange, bis ich es verstand. Ich war ja noch ein halbes Kind.« Jetzt setzte sich auch Noah auf und suchte seine Anziehsachen zusammen. Ganz so wohl schien er sich in seiner Haut nicht zu fühlen. Immerhin hatte er Ethan soeben sein dunkelstes Geheimnis anvertraut.

»Bist du deshalb ein Cop geworden?«, wollte Ethan wissen.

Schulterzuckend antwortete Noah: »Kann schon sein.«

»Danke, dass du mir das erzählt hast«, sagte Ethan und küsste Noah auf die Nasenspitze, bevor sie beide aufstanden.

»Ich möchte keine Geheimnisse mehr vor dir haben. Aber es gibt auch erfreuliche Nachrichten«, wechselte er das Thema, während sie sich anzogen und nach oben gingen. »Stell dir vor, als du heute Morgen mit Elena unterwegs warst, hat meine Mutter angerufen. Sie hat sich doch tatsächlich bei mir entschuldigt.«

»Wie das?« Ethan blickte ihn überrascht an.

»Anscheinend ist mein Dad doch nicht so senil, wie wir immer dachten. Ab und zu hat er auch seine klaren Momente. Er muss unser Gespräch vor ein paar Wochen mitbekommen haben und hat meiner Mutter daraufhin den Kopf gewaschen.«

Verwundert schüttelte Ethan den Kopf. »Das kann ich gar nicht glauben, nach allem, was du mir schon über deine Eltern erzählt hast ...«

»Irgendwie hat sich alles zum Guten gewendet und das habe ich nur dir zu verdanken«, sagte Noah lächelnd.

Ethan grinste. »Wenn du meinst.« Sofort umarmte er Noah fest und kuschelte sich an seine Halsbeuge. »Dann habe ich ja eigentlich eine ganz tolle Belohnung verdient.«

Noahs Lachen vibrierte in seinem Brustkorb. »Wie wärs mit einem Raketeneis? Oder Brownies?«

»Ich dachte da an etwas anderes, immerhin bin ich heute noch nicht auf meine Kosten gekommen«, hauchte Ethan gegen Noahs Lippen und zog ihn mit sich die Treppen hinauf ins Schlafzimmer ...

Happy End

Inka Loreen Minden

Die Autorin, die auch unter dem Pseudonym Lucy Palmer schreibt, hat bereits mehrere erotische und homoerotische Bücher veröffentlicht. Dabei tummeln sich ihre Helden am liebsten im historischen England oder sind Vampire, Dämonen und Gestaltwandler. Zu ihren erfolgreichsten Titeln zählen "Mach mich scharf!" von Lucy Palmer und "Sündhafte Küsse" von Inka Loreen Minden.

Mehr über die Autorin auf ihrer Homepage:

www.inka-loreen-minden.de

Von der Autorin sind bereits folgende Bücher erschienen:

GAYFÜHLVOLL – homoerotische Geschichten
Co-Autorin: Nicole Henser
ISBN: 9783837030136

GAYLÜSTE – homoerotische Geschichten
Drei Beiträge in der Anthologie
ISBN: 9783934442634

Feurige Offenbarung – Dämonenglut
Co-Autorin: Nicole Henser
ISBN: 9783934442610

TEMPTATIONS – VERSUCHUNGEN
4 gay historical romances
ISBN: 9783934442603

Sinful Kisses – Sündhafte Küsse
gay historical romance
ISBN: 9783934442627

SUPERNOVAE – corporis voluptas
Drei erotische Liebesgeschichten
ISBN: 9783833494772

Verlockende Versuchungen
14 märchenhaft-erotische Geschichten
ISBN: 9783866081086

Mach mich scharf! & Mach mich wild!
von Lucy Palmer / Blue Panther Books

Weitere Titel aus dem dead soft verlag:

Dangerous Liaison*

Autor: Savi Jansen

ISBN: 978-3-934442-40-5

Robin Sazuke hat der Liebe abgeschworen und lebt einsam in einem Haus am Meer. Durch Zufall lernt er den charismatischen Franzosen Marcel kennen, aber eine Satanssekte streckt ihre Krallen nach Robin aus.

be-coming*

Autor: Simon Rhys Beck

ISBN: 978-3-934442-10-8

Er war unglaublich hübsch, mit hohen Wangenknochen, einer schmalen Nase und einem wohlgeformten Mund ... So beginnt die ungewöhnliche Beziehung zwischen dem Autor Falk und dem jungen Cieran. Doch Falk hat mysteriöse Freunde, und bald sind sie in ein lebensgefährliches Abenteuer verstrickt ...

Magierblut
Simon Rhys Beck, 978-3-934442-43-6

Dämonenlust
Martin Skerhut, 978-3-934442-34-4

Es passiert ... weltweit
Justin C. Skylark, 978-3-934442-42-9

**be-coming* und *Dangerous Liaison* sind nicht über den Verlag zu beziehen, jedoch in allen Online-Shops, Buchläden und bei www.bod.de erhältlich.

Weitere Titel aus dem dead soft verlag – editio cupido:

GAYLÜSTE

978-3-934442-63-4

Zehn Autoren entführen den Leser in sinnlich-romantische oder lustvoll-andere Welten. Magier, Vampire und Dämonen zeigen uns die düster-verbotene Seite der Verführung, während Cowboys, Indianer oder der Anführer einer Motorradgang sündhafte Dinge anstellen.
Ob auf den Malediven oder in der Unterwelt – die Liebe findet immer einen Ort.

16 erotische Geschichten, von zeitgenössisch bis historisch, die echtes Verlangen in uns wecken.

Mit Storys von Simon Rhys Beck, Charlotte Engmann, Kira Hawke, Sandra Henke, Nicole Henser, Inka Loreen Minden, Verena Rank, Martin Skerhut, Justin C. Skylark und dem Newcomer Tobias Wolf.

Feurige Offenbarung

Inka Loreen Minden
Nicole Henser

978-3-934442-61-0

Hartgesottene Dämonenkrieger beschützen die Menschheit vor finsteren Mächten. Doch nicht nur fiese Gesellen haben den Jägern den Kampf angesagt, sie müssen sich auch noch mit ihren eigenen Gefühlen herumschlagen.
Da ist auf der einen Seite Brody: Er verliebt sich in einen jungen Mann, der nur zur Hälfte menschlich ist. Aber der einzelgängerische Krieger wehrt sich verbissen gegen seine aufkeimende Leidenschaft.
Und da gibt es noch die Jäger Mark und Alan, die ihre Liebe schon lange geheim halten. Als jedoch ein mächtiger Dämon von ihrer Zuneigung erfährt, benutzt er sein Wissen gegen sie, um die Truppe zu schwächen.

Knisternde Erotik und brennende Sehnsüchte führen die Kämpfer in ihre persönliche Hölle, aus der sie nur die Liebe befreien kann.

Das ausführliche Verlagsprogramm finden Sie unter: www.deadsoft.de